CABALLOS SALVAJES

Lily Casey Smith, Ash Fork, Arizona, 1934

Jeannette Walls

Autora del *best seller*
EL CASTILLO DE CRISTAL

CABALLOS SALVAJES

SA PL

SUMA
de letras

© Título original: Half Broke Horses
© 2009, Jeannette Walls. Todos los derechos reservados.
© De la traducción: 2010, Pablo Usabiaga
© De esta edición: 2010, Santillana USA Publishing Company
  2023 N. W. 84th Ave., Doral, FL, 33122
  Teléfono (1) 305 591 9522
  Fax   (1) 305 591 7473
  www.sumadeletras.com

Primera edición: junio de 2010
ISBN: 978-1-61605-077-1

Diseño de cubierta: Rex Bonomelli
Fotografía de cubierta: Dorothea Lange, Agencia de Servicios Agrícolas/Biblioteca del
Congreso, División de Impresos y Fotografías (fsa 8b34759)
Fotografía de la autora: John Taylor

Published in The United States of America
Printed in Colombia by D´vinni S.A.
12 11 10   1 2 3 4 5 6 7 8 9 10

*Este libro está dedicado a todos los maestros,
y en especial a Rose Mary Walls, Phyllis Owens y
Esther Fuchs. Y a la memoria de Jeannette Bivens
y Lily Casey Smith*

Agradecimientos

Mi más profundo agradecimiento a mi madre, Rose Mary Smith Walls. Durante muchísimas horas fue enormemente generosa contándome historias, recuerdos y observaciones, sin negarse jamás a responder a mis preguntas, aunque fuesen muy personales, y sin tratar nunca de restringir o controlar lo que yo escribía.

También quisiera dar las gracias a mi hermano Brian y a mis hermanas Lori y Maureen, así como a mi amplia familia, el clan Taylor. Mi gratitud alcanza también a mi tía Diane Moody y mis primos Smith, especialmente Shelly Smith Dunlop, quienes me regalaron un tesoro de fotografías en las que aparecían personas, lugares o animales de una época que yo sólo conocía por haber oído hablar de ellos.

Gracias también a Jennifer Rudolph Walsh, que es, ante todo, una buena amiga, además de mi agente literario. En Scribner, Nan Graham dotó a mis escritos de su precisión con las palabras y las ideas, y el alegre y esforzado trabajo de Kate Bittman es un preciado regalo, como lo es también el entusiasta apoyo de Susan Moldow.

Por su sabiduría y sensibilidad con los caballos también tengo una deuda de gratitud con Joe Kincheloe, Dick Bickel y especialmente con Susan Holman.

Jamás seré capaz de expresar todo el agradecimiento que debo a mi marido, John Taylor, que me ha enseñado tanto, incluyendo cuándo tirar de las riendas y cuándo aflojar para avanzar.

«Fue el gran viento del norte el que hizo a los vikingos».

Antiguo proverbio noruego

EL VALLE DEL SALT

Parte 1

Rancho KC, río Hondo

AQUELLAS VIEJAS VACAS SUPIERON antes que nosotros que se avecinaban problemas.

Ya había transcurrido buena parte de aquella tarde de agosto, el aire era cálido y pesado, como solía ocurrir en la estación lluviosa. Poco antes habíamos visto el resplandor de algunos relámpagos cerca de los montes Burnt Spring, pero habían pasado de largo hacia el norte. Yo había terminado casi todas mis tareas de la jornada y me encaminaba hacia los pastos con mi hermano Buster y mi hermana Helen a traer las vacas para ordeñarlas. Pero cuando llegamos allí, los animales se comportaban como si estuvieran inquietos. En lugar de arremolinarse alrededor del portón, como el resto de los días a esas horas, estaban paradas con las patas rígidas y el rabo tieso, sacudiendo la cabeza, escuchando.

Buster y Helen alzaron su mirada hacia mí y, sin decir una palabra, me arrodillé y apoyé la oreja en el suelo. Percibí un ruido sordo, tan débil y apagado que más que oírlo lo sentí. Entonces supe lo mismo que las vacas: iba a llegar una riada.

Cuando me puse de pie las vacas salieron corriendo en estampida, dirigiéndose hacia la alambrada sur, y cuando llegaron al alambre de espino lo saltaron por encima —jamás había visto a una vaca saltar tan alto y tan limpiamente— y a continuación salieron disparadas hacia zonas más altas.

Pensé que lo mejor que podíamos hacer era salir también nosotros corriendo, así que agarré de la mano a Helen y a Buster. Para entonces ya podía sentir el suelo vibrando bajo mis zapatos. Vi las primeras aguas corriendo a raudales sobre la parte más baja de la pradera y supe que no tendríamos tiempo de alcanzar la zona más alta. En medio del prado había un viejo álamo, con una amplia copa y un tronco nudoso, y corrimos hacia él. Helen tropezó, pero Buster le agarró la otra mano, la levantamos y la llevamos en vilo entre los dos mientras corríamos. Cuando llegamos al álamo, alcé a Buster hasta la rama más baja y él tiró de Helen hacia el interior de la copa del árbol. Subí temblando y envolví con mis brazos a Helen justo cuando una pared de agua de unos dos metros de alto, que arrastraba las rocas y las ramas que encontraba a su paso, golpeó el álamo, empapándonos a los tres. El árbol se estremeció y se dobló tanto que podíamos oír cómo la madera crujía. Algunas de las ramas más bajas fueron arrastradas por la corriente. Temí que pudiera arrancarlo de raíz, pero el álamo se enderezó rápidamente y nosotros hicimos lo mismo, aferrándonos con los brazos mientras un gran torrente de agua color caramelo, llena de restos de árboles con alguna que otra ardilla enredada o con marañas de serpientes, surgía debajo de nosotros, extendiéndose por encima de las zonas más bajas de la pradera buscando su nivel.

***

Nos quedamos sentados allí, en aquel álamo, mirando, más o menos durante una hora. El sol empezó a ponerse detrás de los montes Burnt Spring, tiñendo las altas nubes de carmesí y proyectando largas sombras purpúreas hacia el este. Debajo de nosotros el agua todavía fluía hacia el sur, y Helen dijo que se le estaban cansando los brazos. Sólo tenía siete años y temía no poder aguantar mucho tiempo más.

Buster, que tenía nueve, estaba encaramado en una gran rama en forma de horquilla. Yo tenía diez años. Era la mayor, y me puse al mando diciéndole a Buster que le cambiara su sitio a Helen para que ella pudiera sentarse derecha y no tuviera que aferrarse con tanta fuerza. Un poco después oscureció, pero salió una luna brillante que nos dejaba ver realmente bien. Cada poco tiempo, los tres intercambiábamos nuestros sitios, de forma que a ninguno se le cansaran los brazos. La corteza me arañaba los muslos, y a Helen también, y, cuando tuvimos ganas de orinar, simplemente nos vimos en la necesidad de mojarnos. Más o menos cuando había transcurrido la mitad de la noche, la voz de Helen empezó a debilitarse.

—No puedo aguantar más tiempo —dijo.

—Sí que puedes —repliqué yo—. Puedes, porque debes.

Les aseguré que íbamos a conseguirlo. Yo sabía que lo lograríamos porque podía verlo en mi mente. Podía vernos a nosotros mismos caminando colina arriba en dirección a casa a la mañana siguiente y podía ver a nuestros padres que salían corriendo a recibirnos. Eso es lo que pasaría, aunque conseguirlo dependía de nosotros.

Para evitar que Helen y Buster se quedaran dormidos y se cayeran del álamo, los acribillé a preguntas sobre la tabla de multiplicar. Cuando éstas se nos acabaron, pasé a los presidentes de Estados Unidos y a las capitales de los estados, luego a las definiciones de palabras, a buscar palabras que rimaran con otras y a cualquier otra cosa que se me ocurriera, hablándoles con brusquedad si sus voces titubeaban. Así fue como mantuve a Helen y a Buster despiertos toda la noche.

**

Con las primeras luces del alba, pudimos ver que el agua todavía cubría la tierra. En la mayor parte de los sitios una riada repentina se retiraba al cabo de un par de horas, pero los pastos estaban en las zonas bajas cercanas al río, y a veces el agua permanecía allí durante días. Sin embargo había dejado de moverse, y había empezado a ser absorbida por los desagües y las presas.

—Lo logramos —afirmé.

Supuse que sería seguro caminar por el agua, así que bajamos del álamo. Estábamos tan entumecidos de sujetarnos a él toda la noche que apenas podíamos mover las articulaciones, y el barro nos succionaba los zapatos, pero llegamos a la zona seca cuando estaba saliendo el sol, y subimos la colina hasta casa tal como yo lo había visto en mi mente.

Nuestro padre estaba en el porche, caminando de un lado a otro con ese paso desigual que tenía a causa de su pierna coja, y cuando nos vio soltó un grito de alegría y empezó a bajar los escalones cojeando para venir a nuestro encuentro. Mamá salió de casa y se acercó a nosotros corriendo. Se puso de rodillas, juntó las manos por delante y empezó a rezar mirando hacia el cielo: daba gracias al Señor por haber salvado a sus hijos de la riada.

Mamá afirmó que si nos habíamos salvado había sido porque ella se había quedado toda la noche rezando.

—Poneos de rodillas y dad gracias a vuestro ángel de la guarda —dijo—. Y agradecédmelo también a mí.

Helen y Buster se arrodillaron y empezaron a rezar con mamá, pero yo me limité a quedarme de pie, mirándolos. Desde mi punto de vista, había sido yo la que los había salvado, a ellos y a mí misma, no mamá ni ningún ángel de la guarda. No había nadie subido a ese álamo aparte de nosotros tres. Papá se colocó a mi lado y me pasó el brazo alrededor de los hombros.

—No había ningún ángel de la guarda, papá —dije.

Empecé a explicar cómo había logrado que subiéramos al álamo a tiempo, que se me había ocurrido lo de intercambiar los sitios cuando se nos cansaron los brazos y que había mantenido despiertos a Buster y a Helen durante la larga noche sometiéndolos a interrogatorios.

Papá me apretó el hombro.

—Bueno, cariño —dijo—, tal vez el ángel hayas sido tú.

TENÍAMOS UNA GRANJA junto al arroyo Salt, el cual desembocaba en el río Pecos, en la ondulada y arenosa pradera del oeste de Texas. El cielo era alto y pálido, la tierra baja y parecía lavada, gris y de todos los colores de la arena. Algunas veces el viento soplaba durante días y días, pero otras veces estaba tan quieto que se podía oír ladrar al perro del rancho Dingler, que estaba tres kilómetros río arriba, y cuando pasaba un carro por el camino el polvo que levantaba se quedaba suspendido en el aire durante un largo rato antes de volver a depositarse en el suelo.

Cuando se miraba a la lejanía, casi todo lo que se podía ver —el horizonte, el río, las alambradas, las acequias, los matorrales— se extendía en la llanura, y la gente, el ganado, los caballos, las lagartijas y el agua se movían todos con lentitud, cautelosamente.

Era una tierra dura. El suelo era como una roca —salvo cuando una inundación lo convertía todo en barro—, los animales eran huesudos y resistentes, e incluso las escasas plantas eran espinosas. Aunque de vez en cuando las tormentas cargadas de truenos traían consigo asombrosas explosiones de flores silvestres. Papá decía que High Lonesome, el nombre por el que se conocía aquella zona, no era un lugar para los que tenían poca cabeza o el corazón débil, asegurándome que por eso él y yo encajábamos tan bien allí. Ambos éramos duros de roer.

Nuestra granja apenas tenía sesenta y cinco hectáreas, lo cual no constituía una hacienda completa en esa parte de Texas, en donde la tierra era tan seca que se necesitaban por lo menos dos hectáreas para criar una sola cabeza de ganado. Pero nuestra finca bordeaba el canal, así que valía diez veces más que la tierra sin agua, y podíamos mantener los caballos de tiro que adiestraba mi padre, las vacas lecheras, decenas de gallinas, algunos cerdos y pavos reales.

Los pavos reales formaban parte de uno de esos planes de papá para conseguir dinero que no habían tenido demasiado éxito. Había pagado una buena suma por importar de una granja del este pavos reales para la reproducción. Estaba convencido de que aquellas aves eran un indiscutible signo de elegancia y distinción, y de que la gente que le compraba caballos para los carruajes también estaría deseosa de soltar cincuenta pavos por una de aquellas distinguidas aves. Su plan era vender solamente los machos, de modo que fuéramos los únicos criadores de pavos reales a esta orilla del Pecos.

Desgraciadamente, había sobreestimado la demanda de aves ornamentales en el oeste de Texas —incluso entre los dueños de carruajes—, y en pocos años nuestro rancho estaba plagado de pavos reales. Andaban ufanos por todas partes, chillando, picándonos en las rodillas, asustando a los caballos, matando a los pollitos y atacando a los cerdos, aunque tengo que admitir que constituía una espléndida estampa cuando, de vez en cuando, esos pavos reales hacían una pausa en su campaña de terror para desplegar su plumaje y acicalarse.

***

Los pavos reales eran sólo una actividad complementaria. La ocupación primordial de papá eran los caballos de tiro: criarlos y adiestrarlos. Le encantaban los caballos, a pesar del accidente. Cuando él era un niño de tres años, estaba corriendo por el establo y un caballo le coceó en la cabeza, rompiéndole prácticamente el cráneo. Estuvo en coma unos días y nadie pensaba que fuera a salir adelante. Al final lo logró, pero el lado derecho de su cuerpo se le quedó ligeramente atrofiado. Arrastraba la pierna derecha y el brazo le colgaba como el ala de un pollo. Además, cuando era joven, había pasado largas horas trabajando en el ruidoso molino del rancho de su familia, lo que le había dejado un poco duro de oído. Como consecuencia, hablaba de un modo extraño y hasta que uno no se acostumbraba no lograba entender bien lo que decía.

Papá nunca culpó al caballo por soltarle aquella coz. Le gustaba explicar que lo único que el caballo sabía era que cierta criatura del tamaño de un puma andaba deslizándose junto a sus ijadas. Los caballos nunca se equivocaban. Siempre actuaban como actuaban por alguna razón, y dependía de cada uno entenderlo o no. Y aunque había sido un caballo el que casi le rompe el cráneo, él amaba a los caballos porque, a diferencia de las personas, siempre le entendían lo que decía y nunca se compadecían de él. Así que, a pesar de que no podía sentarse en una silla de montar debido al accidente, se convirtió en un experto adiestrador de caballos de tiro. Si no podía cabalgar sobre ellos, podía conducirlos.

YO NACÍ, EN UNA CASA EXCAVADA en la tierra a orillas del arroyo Salt, en 1901, al año siguiente de que papá saliera de la cárcel, en donde había estado cumpliendo condena por una falsa acusación de asesinato.

Papá había crecido en un rancho en el valle del Hondo, en Nuevo México. Su padre, que era un colono en esas tierras, fue uno de los primeros anglosajones del valle, al que llegó en 1868, pero cuando papá todavía era joven ya se habían trasladado a la zona más colonos de los que el río podía mantener y había constantes discusiones sobre los límites de las propiedades, especialmente por los derechos sobre el agua: cada uno aseguraba que sus vecinos que estaban corriente arriba usaban más agua que la cuota que les correspondía en un reparto equitativo, mientras que los que estaban corriente abajo afirmaban lo mismo en contra de aquéllos. Estas disputas a menudo acababan en peleas, juicios y disparos. El abuelo, Robert Casey, fue asesinado en una de esas disputas, cuando papá tenía catorce años. Tuvo que ponerse al frente del rancho junto a su madre, pero los altercados se siguieron produciendo, y veinte años más tarde, cuando fue asesinado un colono tras otra discusión, papá fue declarado autor de su muerte.

Aseguró que alguien le había tendido una trampa para incriminarle. Escribió largas cartas a congresistas y editores de periódicos alegando su inocencia, y, tras pasar tres años en la cárcel, fue puesto en libertad. Poco después de salir de la cárcel, conoció a mamá y se casó con ella. El fiscal estaba investigando si podía reabrir el caso, y papá creyó que todo se olvidaría si se esfumaba. Así que él y mamá se fueron del valle del Hondo a High Lonesome, en donde solicitaron nuestras tierras, que estaban situadas a lo largo del arroyo Salt.

Mucha de la gente que estaba colonizando High Lonesome vivía en casas excavadas, porque la madera para construir era muy escasa en esa parte de Texas. Para hacer nuestra casa, papá excavó poco más que un gran agujero; utilizó ramas de cedro a modo de vigas y las cubrió con tierra. La pequeña casa tenía una habitación, suelo de tierra apisonada, una puerta de madera, una ventana de papel encerado y una estufa de hierro fundido con un tubo de chimenea que salía a través del techo.

Lo mejor de vivir en ella es que era fresca en verano y no demasiado fría en invierno. Lo peor era que frecuentemente aparecían escorpiones, lagartijas, serpientes, ardillas, ciempiés y topos, que se abrían paso entre la tierra y salían de las paredes. Una vez, en medio de una cena de Pascua, cayó una serpiente de cascabel sobre la mesa. Papá, que estaba cortando el jamón, ensartó al bicho clavándole el cuchillo detrás de la cabeza.

Además, cada vez que llovía los techos y las paredes de la casa se convertían en barro. A veces caían del techo terrones de ese barro, y había que aplastarlos con la mano otra vez en su sitio. Y de vez en cuando, las cabras que estaban pastando sobre el techo clavaban una pezuña y lo atravesaban de lado a lado, así que teníamos que tirar de ellas para sacarlas.

***

Otro problema de vivir en aquella casa eran los mosquitos. Formaban nubes tan densas que a veces uno sentía que estaba nadando a través de ellos. Mamá era particularmente sensible a sus picaduras, que a veces le duraban días, pero fui yo la que acabó con fiebre amarilla.

En aquel entonces yo tenía siete años, y el primer día estaba ya retorciéndome en la cama, tiritando y vomitando. Mamá tuvo miedo de que todos los demás se contagiaran, así que, aunque papá insistió en que la transmitían los mosquitos, improvisó con una colcha una especie de aislamiento para dejarme en cuarentena. Papá era el único al que se le permitía cruzar al otro lado de la colcha y estuvo sentado conmigo durante días, humedeciéndome con agua de colonia, tratando de que bajara la fiebre. Cuando yo deliraba, visitaba brillantes lugares blancos de otro mundo y veía fantásticos animales verdes y púrpuras que aumentaban y disminuían con cada latido de mi corazón.

Cuando finalmente la fiebre cedió, pesaba unos cinco kilos menos y mi piel estaba toda amarilla. Papá bromeaba diciendo que mi frente había estado tan caliente que casi le quemaba la mano cuando la tocaba. Mamá asomó la cabeza por detrás de la colcha.

—Una fiebre tan alta puede cocerte el cerebro y causar un daño permanente —dijo—. Así que nunca le cuentes a nadie que la tuviste. Si lo haces, tal vez tengas problemas para conseguir marido.

MAMÁ SE PREOCUPABA POR COSAS como que sus hijas consiguieran un marido apropiado. Le parecía importante lo que llamaba «los buenos modales». Había amueblado la casa con las mejores galas, incluyendo una alfombra oriental, una *chaise longue* con un pequeño paño, cortinas de terciopelo que colgaban de las paredes para que pareciera que había más ventanas, cubiertos de plata y una cabecera de nogal tallada que sus padres habían traído desde el este cuando se trasladaron a California. Mamá valoraba aquella pieza como si fuera un tesoro y decía que era lo único que le permitía dormir por las noches, porque le recordaba al mundo civilizado.

El padre de mamá era un minero que había encontrado oro al norte de San Francisco y había prosperado bastante. Aunque su familia vivía en los pueblos mineros, mamá —cuyo nombre de soltera era Daisy Mae Peacock— fue criada en una atmósfera de refinamiento. Tenía una piel blanca y suave que se quemaba e irritaba fácilmente con el sol. Cuando era niña, su madre le hacía llevar un velo de lino que tapara sus rizos rubios si tenía que pasar un rato al sol. En el oeste de Texas, siempre llevaba sombrero y guantes y un tul sobre el rostro cuando salía al exterior, lo cual hacía lo menos posible: sólo cuando era indispensable.

Mamá se ocupaba de la casa, pero se negaba a realizar tareas como acarrear agua o traer leña.

—Vuestra madre es una dama —decía papá a modo de explicación del desdén que ella mostraba por aquel tipo de tareas.

Él hacía casi todo el trabajo en el exterior con la ayuda de nuestro peón, Apache. Apache no era realmente un indio, pero había sido capturado por los apaches cuando tenía seis años, y había vivido con ellos hasta que fue un muchacho. Cuando la caballería de los Estados Unidos —con mi abuelo como explorador entre sus filas— tomó por asalto el campamento, Apache había salido corriendo y gritando:

—¡Soy blanco! ¡Soy blanco!*

Apache se había ido con mi abuelo a casa y desde entonces se quedó con la familia. Ahora era un anciano, con una barba blanca tan larga que se la metía por dentro de los pantalones. Apache era un hombre solitario que en ocasiones se pasaba horas con la mirada fija en el horizonte o en el muro del granero, y además, de vez en cuando, desaparecía en la pradera unos días, aunque siempre regresaba. A Apache la gente lo consideraba un poco raro, pero de papá pensaban lo mismo, y los dos se llevaban muy bien.

Para cocinar y lavar mamá contaba con la ayuda de una criada, Lupe, que se había quedado embarazada y la

---

* En español en el original. (N. del T.)

habían obligado a irse de su pueblo, en las afueras de Juárez, tras el nacimiento del bebé, porque había traído vergüenza a su familia y ya nadie se iba a casar con ella. Era pequeñita y tenía una forma ligeramente parecida a la de un barril. Era una católica aún más devota que mamá. Buster la llamaba «Loopy», pero a mí me gustaba «Lupe». Aunque sus padres le habían quitado el bebé y ella dormía sobre una manta navaja en el suelo de casa, Lupe nunca se compadecía de sí misma, y llegué a la conclusión de que ésa era la cualidad más digna de admiración que podía tener la gente.

A pesar de la ayuda de Lupe, a mamá no le gustaba mucho que digamos la vida en el arroyo Salt. No era lo que se había esperado. Pensaba que hacía una buena boda eligiendo a Adam Casey como marido, a pesar de su cojera y su defecto al hablar. El padre de papá había venido de Irlanda debido a la plaga que había destruido las cosechas de patatas, se había unido al Segundo Regimiento de Dragones —una de las primeras unidades de caballería del ejército de Estados Unidos—, en donde había servido a las órdenes del coronel Robert E. Lee. Estaba acantonado en la frontera de Texas, y luchaba contra los comanches, los apaches y los kiowa. Después de dejar el ejército, pasó a dedicarse a la ganadería, primero en Texas y luego en el valle del Hondo, y en la época en que lo mataron tenía uno de los mayores rebaños de la región.

Robert Casey fue tiroteado mientras caminaba por la calle principal de Lincoln, en Nuevo México. Una versión de la historia sostenía que él y el hombre que le mató habían tenido un desacuerdo por una deuda de ocho dólares. Del ahorcamiento del asesino se habló durante años en el valle, porque una vez colgado, declarado muerto y metido en su caja de pino, la gente lo oyó moverse, así que le sacaron de su ataúd y lo volvieron a colgar.

Tras la muerte de Robert Casey, sus hijos empezaron a discutir sobre cómo repartir el ganado, lo que provocó un resentimiento que duró el resto de la vida de papá. Él heredó la finca del valle del Hondo, pero pensaba que su hermano mayor, que se había llevado la manada a Texas, le había timado quitándole su parte, por lo que estaba constantemente entablando demandas y presentando apelaciones. Y continuó en ese empeño incluso después de mudarse al oeste de Texas. Además, todavía estaba litigando contra los otros rancheros del valle del Hondo, y viajaba una y otra vez a Nuevo México para interponer una interminable serie de demandas y contrademandas.

**

Una cosa que hay que decir de papá es que tenía un carácter terrible, y a menudo volvía de esos viajes temblando de rabia. En parte era su sangre irlandesa, y en parte su impaciencia con las personas a las que les costaba entender lo que decía. Le daba la sensación de que aquellas personas creían que él era corto de entendederas y que siempre estaban intentando timarle, ya se tratase de sus hermanos y sus abogados como de los vendedores ambulantes o los tratantes de caballos mestizos. Empezaba a farfullar y a soltar tacos y, de vez en cuando, se indignaba tanto que sacaba su revólver y disparaba a alguna cosa, procurando no dar a nadie —la mayoría de las veces—.

En una ocasión se puso a discutir con un hojalatero que quería cobrarle de más por reparar la tetera. Cuando aquel hombre empezó a imitar burlonamente su forma de hablar, papá entró en casa corriendo para coger sus armas, pero Lupe había intuido lo que se avecinaba y las había escondido en su manta navaja. Él se puso como un loco, preguntando a gritos dónde estaban sus armas desaparecidas; estoy convencida de que Lupe le salvó la vida a aquel hojalatero. Y probablemente a papá también, ya que si hubiera matado a ese hombre, podría haber terminado balanceándose, ahorcado como el hombre que le había disparado a su padre.

P APÁ SE PASABA EL DÍA DICIENDO que la vida sería más fácil una vez que cada uno consiguiera lo que le correspondía. Pero sólo lo conseguiríamos si luchábamos por ello. Él estaba totalmente enfrascado en sus juicios, pero el resto de nosotros ya teníamos bastante en el arroyo Salt con luchar contra los elementos. La riada que nos había mandado a Buster, a Helen y a mí a las ramas del álamo no fue la única que estuvo a punto de costarnos la vida. Las inundaciones eran bastante frecuentes en aquella parte de Texas —se podía tener la certeza de que habría una cada dos años—, y cuando yo tenía ocho años fuimos golpeados por otra muy grande. Papá estaba fuera, en Austin, presentando otra demanda por su herencia, cuando una noche el arroyo Salt se desbordó y empezó a colarse en el interior de nuestra casa. El ruido de los truenos me despertó, y cuando me levanté los pies se me hundieron hasta los tobillos en agua embarrada. Mamá llevó a Helen y a Buster a un terreno elevado para rezar, pero yo me quedé atrás, con Apache y Lupe. Taponamos la puerta con la alfombra y empezamos a achicar el agua por la ventana. Mamá regresó y nos rogó que fuéramos a rezar con ella a la cima de la colina.

—¡Al cuerno con rezar! —grité yo—. ¡Achica, maldita sea, achica!

Ella pareció angustiarse. Me di cuenta de que probablemente mi blasfemia nos había condenado a todos, y me quedé un poco horrorizada conmigo misma, pero con el agua subiendo tan rápido la situación era desesperada. Habíamos encendido la lámpara de queroseno y podíamos ver que las paredes de la casa estaban empezando a combarse hacia dentro. Si mamá hubiera arrimado el hombro y ayudado, habría habido alguna posibilidad de salvar la casa —no una posibilidad muy grande, pero una posibilidad al fin y al cabo—. Pero Apache, Lupe y yo no podíamos hacerlo solos, y cuando el techo empezó a ceder, cogimos la cabecera de nogal de mamá y la sacamos por la puerta justo cuando la casa se derrumbaba sobre sí misma, sepultándolo todo.

Después, la actitud de mamá me indignó bastante. Empezó a decir que la inundación era la voluntad de Dios y que teníamos que someternos a ella. Pero yo no veía las cosas de esa manera. Someternos, para mí, se parecía mucho a darnos por vencidos. Si Dios nos había dado la fuerza para salir de los problemas —las agallas para tratar de salvarnos—, ¿no era eso lo que Él quería que hiciésemos?

***

Pero la inundación terminó resultando una bendición disfrazada. Fue demasiado para el señor McClurg, que había llegado recientemente y vivía arroyo arriba en una casa de dos habitaciones que había construido con madera que había traído desde Nuevo México. La inundación socavó los cimientos de su casa y las paredes se vinieron abajo. Dijo que ya había tenido suficiente en aquella parte del mundo olvidada de la mano de Dios, y decidió regresar a Cleveland. Tan pronto como papá volvió de su viaje a Austin, nos hizo subir a todos a la carreta y —rápidamente, antes de que alguien en High Lonesome tuviera la misma idea— nos pusimos en marcha para rescatar la madera de la casa del señor McClurg. Lo cogimos todo: los revestimientos, las vigas, los puntales, los marcos de las puertas, los listones del suelo. Hacia finales del verano teníamos construida una flamante casa de madera, y una vez que le dimos una mano de cal, casi no se podía apreciar que había sido levantada utilizando como pudimos la madera vieja de otra.

Cuando estábamos todos de pie ante la casa, admirándola, el día que la terminamos, mamá se giró hacia mí y dijo:

—Y ahora, ¿esa inundación no fue la voluntad de Dios?

Yo no encontré respuesta. Ella podía decir eso retrospectivamente, pero a mí me parecía que cuando uno estaba en medio de algo, era tremendamente difícil dilucidar qué parte de ello era la voluntad de Dios y qué parte no lo era.

L E PREGUNTÉ A PAPÁ si él creía que todo lo que sucedía era voluntad de Dios.

—Lo es y no lo es —contestó—. Dios nos reparte a todos cartas diferentes. Depende de nosotros cómo hemos de jugarlas.

Me pregunté si él consideraba que Dios le había dado malas cartas, pero pensé que no era la indicada para cuestionar eso. De vez en cuando, papá mencionaba aquel episodio del caballo que le había dado una coz en la cabeza, pero ninguno de nosotros hablaba jamás sobre su pierna coja o su problema al hablar.

Su pronunciación defectuosa hacía que pareciera un poco como si estuviera hablando debajo del agua. Si decía «enganchen la carreta», a la mayoría de la gente le sonaba algo como «en'nch a crrta»; y si decía «mamá necesita descansar», sonaba como «jma ncita shcnsá».

Toyah, el pueblecito más cercano, quedaba a seis kilómetros, y a veces, cuando íbamos allí, los niños seguían a papá a todas partes imitándolo, lo que a mí me daba ganas de darles una buena paliza. Casi siempre, en especial cuando mamá también le acompañaba, Buster, Helen y yo lo único que podíamos hacer era lanzarles una mirada furiosa. Por regla general, papá actuaba como si aquellos niños no existieran —después de todo, difícilmente podía correr a buscar su revólver para pegarles un tiro, como había hecho con el hojalatero—, pero una vez, en los establos de Toyah, cuando dos de ellos se estaban burlando en voz muy alta, le vi bajar los ojos con una mirada herida. Mientras él y Buster estaban cargando la carreta, yo volví al establo y traté de explicarles a aquellos mocosos que estaban hiriendo los sentimientos de una persona, pero se limitaron a reírse burlonamente, así que los empujé contra la pila de estiércol y salí corriendo. Nunca había hecho una maldad que me hubiera proporcionado tanta satisfacción. Lo único que lamentaba era no poder contárselo a papá.

Lo que aquellos niños no eran capaces de comprender de él era que, aunque su forma de hablar fuese rara, era inteligente. Había sido educado por una institutriz, y se pasaba mucho tiempo leyendo libros de filosofía y escribiendo cartas a políticos como William Taft, William Jennings Bryan y Frederick William Seward, que había sido secretario de Estado asistente de Abraham Lincoln. Seward siempre respondía, y papá apreciaba sus cartas como si fueran un tesoro y las guardaba en una caja de lata con cerrojo.

Cuando se trataba de escribir, nadie componía las frases mejor que él. Su letra era elegante, si bien de trazos finos e inseguros, y sus frases eran largas y extravagantes, llenas de palabras como «mendaz» y «evadirse». Para entender la mayoría de ellas, mucha gente de Toyah habría necesitado un diccionario. Dos de sus mayores preocupaciones cuando escribía cartas eran la industrialización y la mecanización, de las que pensaba que estaban destruyendo el alma humana. También estaba obsesionado con la ley seca y con la escritura fonética; veía ambas como remedios de la tendencia de la humanidad hacia el comportamiento irracional.

Había crecido viendo muchas personas borrachas disparándose unas a otras sin ton ni son. Su padre había vendido licores en la tienda que tenía en el rancho de río Hondo, y también había tenido que disparar a un borracho que trató de pegarle un tiro. Decía que el alcohol volvía locos a los indios y a los irlandeses. Tras la muerte de mi abuelo, retiró los barriles de licor de la tienda y, para gran consternación de Apache, no permitió que se bebiera en el rancho nada más fuerte que el té.

También le sacaba de quicio la incoherencia de la escritura respecto al inglés hablado. Los dígrafos como *sh* y *ph* le enfurecían, y las letras sordas le apesadumbraban. «Si las palabras se escribieran simplemente tal como se pronuncian —argumentaba—, cualquiera que aprendiera el alfabeto sería capaz de leer de corrido, y eso significaría acabar virtualmente con el analfabetismo».

Toyah tenía una escuela con una sola aula, pero papá pensaba que la enseñanza impartida allí era de segunda categoría y que lo mejor era que mi maestro fuera él. Todos los días, después de comer, cuando el sol quemaba demasiado para trabajar a la intemperie, teníamos clase —de gramática, historia, aritmética, ciencia y civismo—, y cuando habíamos terminado, yo les enseñaba a Buster y a Helen. La asignatura preferida de papá era historia, pero la impartía desde un punto de vista «del oeste del Pecos». Como hijo orgulloso de un irlandés, odiaba a los colonizadores ingleses, a los que llamaba *poms,* al igual que a la mayoría de los padres fundadores. De éstos pensaba que eran un puñado de santurrones hipócritas que declararon que todos los hombres eran iguales, pero conservando sus esclavos y masacrando a pacíficos indios. Estaba a favor de México en la guerra mexicano-norteamericana y creía que Estados Unidos había robado todo el territorio que estaba al norte del río Grande, pero también opinaba que los estados sureños deberían haber tenido tanto derecho a abandonar la Unión como el que tuvieron las colonias de abandonar el Imperio Británico.

—La única diferencia entre un traidor y un patriota es la perspectiva con que lo mires —decía.

* * *

A mí me encantaban mis clases, particularmente las de ciencias y geometría. Me gustaba mucho aprender que existían esas reglas invisibles que explicaban los misterios del mundo en el que vivíamos. Nuestros padres decían continuamente —lo que me hacía sentirme muy lista— que aunque yo estaba recibiendo mejor educación en casa que cualquier otro de los niños de Toyah, tendría que ir a terminar la escuela cuando tuviera trece años, tanto para adquirir buenos modales como para conseguir un diploma. «Porque en este mundo —decía papá—, no es suficiente contar con una excelente educación. Hace falta un pedazo de papel que demuestre que uno la tiene».

MAMÁ HACÍA LO QUE PODÍA para que conserváramos la elegancia. Mientras yo les estaba enseñando a Buster y Helen, ella me cepillaba el pelo cien veces, tirando con cuidado desde el cuero cabelludo hacia atrás, poniéndome loción y lanolina para darle brillo. Por la noche me lo rizaba con pedacitos de papel que llamaba *papillotes*.

—La melena de una dama es su corona de belleza —afirmaba. Y se pasaba todo el tiempo diciendo que el pico de cabello sobre la frente era mi mejor rasgo; pero cuando yo me miraba al espejo, esa pequeña V de pelo no me parecía algo que contara a mi favor.

A pesar de que vivíamos a seis kilómetros de Toyah y pasaban días sin que viéramos a nadie aparte de la familia, mamá ponía todo su empeño en comportarse como una dama. Era delicada, medía solamente un metro cuarenta, y sus pies eran tan pequeños que tenía que usar pequeñas botas abotonadas hechas para niñas. Para mantener sus manos elegantemente blancas, se las frotaba con una pasta hecha con miel, zumo de limón y bórax. Usaba corsés muy ceñidos que hacían que su cintura fuera diminuta —yo la ayudaba a atárselos—, pero que muchas veces le provocaban desmayos. Llamaba a sus desmayos «los vahídos», y decía que eran un signo de su alta cuna y de su delicada naturaleza. Yo, en cambio, pensaba que eran un síntoma de que el corsé le dificultaba la respiración. Cada vez que se desplomaba, tenía que reanimarla con sales aromáticas, que ella llevaba en una botellita de cristal atada al cuello con una cinta rosa.

**

Helen era la más parecida a mamá y había heredado sus manos minúsculas y su constitución delicada. A veces se leían poemas la una a la otra, y en el sofocante calor de media tarde se echaban juntas en la *chaise longue* de mamá. Pero aunque su relación con Helen era tan estrecha, mamá a quien adoraba era a Buster, el único varón, al que consideraba el futuro de la familia. Buster era un niño con aspecto de conejo, pero tenía una sonrisa irresistible y, tal vez para compensar el defecto de dicción de papá, era uno de los que más rápida y fluidamente hablaba de todo el condado. Mamá solía comentar que Buster era capaz de cautivar incluso a las plantas. Siempre le estaba diciendo que él podría llegar a ser lo que quisiera: potentado de los ferrocarriles, magnate del ganado, general o incluso gobernador de Texas.

Mamá no sabía muy bien qué hacer conmigo. Temía que yo pudiera tener dificultades para casarme porque no tenía las cualidades propias de una dama. Para empezar, yo era un poco patizamba. Mamá lo achacaba a que montaba mucho a caballo. Además, mis dientes delanteros sobresalían, así que me compró un abanico de seda rosa para que me tapara la boca. Cada vez que me reía o sonreía abiertamente, mamá decía:

—Lily, querida, el abanico.

Como mamá no era exactamente la persona más práctica del mundo, una de las primeras lecciones que aprendí a una corta edad fue cómo hacer las cosas y terminarlas. Y esto fue motivo tanto de asombro como de preocupación para mamá, ya que consideraba que mi comportamiento era poco adecuado para una dama, pero al mismo tiempo contaba conmigo para realizar las tareas.

—Nunca he visto una niña con tanto sentido común —decía—. Pero no estoy segura de que eso sea algo bueno.

***

Tal como mamá veía las cosas, las mujeres debían dejar que trabajaran los maridos, porque eso les hacía sentirse más varoniles. Esa noción tenía sentido solamente si una tenía un hombre fuerte que deseara ponerse de pie y hacer las cosas, y entre la cojera de papá, las rebuscadas excusas de Buster y la tendencia de Apache a desaparecer, a menudo me tocaba a mí sostener la casa para que no se viniera abajo. Pero incluso cuando todos arrimaban el hombro, no dábamos abasto con la cantidad de trabajo que teníamos. A mí me encantaba el rancho, aunque a veces parecía que no éramos nosotros los dueños de él, sino al contrario: el rancho era nuestro dueño.

Habíamos oído hablar de la electricidad y de que algunas grandes ciudades allá en el este estaban electrificadas con tantas bombillas resplandecientes que parecía de día incluso después de ponerse el sol. Pero esos cables todavía no habían llegado a Texas, de modo que había que hacerlo todo a mano: calentar la plancha de hierro en la estufa para planchar las blusas de mamá, hervir calderos de lejía y potasa para hacer jabón, bombear el agua, acarrear agua limpia para fregar los platos y el agua sucia para regar el huerto.

También habíamos oído hablar de las instalaciones de fontanería en el interior de las viviendas que empezaban a usarse en las casas elegantes del este. Pero en el oeste de Texas no había nadie que tuviera semejante adelanto, y la mayoría de la gente, incluyendo a mis padres, pensaba que la idea de tener un cuarto de baño en el interior de la casa era repugnante.

—Por todos los santos, ¿quién puede querer un cagadero dentro de casa? —se preguntaba papá.

COMO CRECÍ OYENDO A PAPÁ, siempre le comprendí perfectamente, y cuando cumplí cinco años empecé a ayudarle a adiestrar caballos. Se tardaba seis años en entrenar adecuadamente un par de caballos de tiro. Tenía seis parejas en todo momento, y solía vender una por año, lo cual alcanzaba para poder mantenernos hasta el siguiente. Una pareja tenía que ser perfectamente homogénea en tamaño y color, sin irregularidades, y si un caballo tenía los extremos de las patas blancos, el otro también debía tenerlos.

De los seis pares de caballos que teníamos, a los de uno y dos años papá les dejaba que corrieran libremente por la pradera.

—Lo primero que un caballo necesita aprender es a ser un caballo —solía decir.

Yo trabajaba con los de tres años, enseñándoles a estar al lado de una persona y acostumbrándolos a aceptar el freno, y luego ayudaba a papá a ponerles y quitarles los arreos a los tres pares de caballos de más edad. Yo hacía andar a cada pareja en círculo mientras papá se quedaba en medio, usando un látigo para enseñarles, asegurándose de que levantaran bien altos los cascos, de que cambiaran de paso al unísono y flexionaran el cuello con agilidad.

Solía decir que todo aquel que pasara tiempo entre caballos tenía que aprender a pensar como un caballo. Siempre estaba repitiendo esa frase: «Piensa como un caballo». La clave del asunto, decía, era entender que los caballos siempre tenían miedo. La única manera que tenían de protegerse de los pumas y los lobos era soltar coces y salir galopando a toda velocidad. Y corrían como el viento, compitiendo unos con otros, porque el caballo más lento de la manada sería alcanzado por el depredador. Y si podías convencer a un caballo de que lo protegerías, él haría cualquier cosa por ti.

Papá tenía todo un vocabulario de gruñidos, murmullos, chasquidos de lengua y silbidos que usaba para hablar con los caballos. Era como su lengua propia. Nunca los azotaba en el lomo; el látigo lo usaba para producir un pequeño restallido a cada lado de sus orejas, y así les indicaba lo que quería, sin hacerles daño ni asustarlos.

Mi padre también hacía arreos para los caballos, y parecía muy contento cuando estaba sentado solo, tarareando ante su máquina de coser, trabajando con el pedal, rodeado de cueros, tijeras, latas de grasa para untar cuero, carretes de hilo de coser y sus grandes agujas de talabartero, sin que nadie le molestara, o le tuviera lástima, o se rascara la cabeza tratando de entender qué era lo que quería decir.

***

Yo me encargaba de la doma. No era como domar caballos salvajes, porque habían estado con nosotros desde que eran potrillos. Casi siempre los montaba a pelo —si el caballo era demasiado flacucho, la columna vertebral me arañaba y se me clavaba en el trasero—: me agarraba a sus crines, les clavaba los talones, y así nos poníamos en movimiento, al principio un poco a trompicones, con algunos brincos y virajes bruscos, pues el caballo en un primer momento se mostraba extrañado al ver a una niña subida a su lomo; pero por lo general aceptaba bastante pronto su destino y nos movíamos todo recto hacia delante de un modo bastante agradable. Después de eso, había que ensillarlo y encontrar el mejor freno. Entonces, podíamos empezar a adiestrarlo.

Aun así, en especial con un caballo inexperto, no podías confiarte, y muchas veces fui a parar con mis huesos al suelo, algo que aterrorizaba a mamá. En cambio papá se limitaba a hacer un gesto con la mano para tranquilizarla y enseguida me ayudaba a ponerme de pie.

***

En ocasiones me daba la sensación de ir a cámara lenta. Si el caballo andaba a trompicones o respingaba, tu cuerpo era desplazado hacia delante, y terminabas abrazando el cuello del animal tras haber perdido el apoyo de los pies en los estribos. Si no podías enderezarte, lo mejor era no hacer nada más que dejarte caer rodando a un lado, y seguir rodando al llegar al suelo. Las caídas más peligrosas eran las que sucedían tan rápido que no tenías tiempo de reaccionar.

Papá trajo una vez un gran caballo castrado de color gris que había comprado muy barato. Había formado parte de la caballería de los Estados Unidos, y como había pertenecido al Gobierno, papá le puso de nombre *Roosevelt*. Tal vez porque había sido alimentado con demasiado grano, o porque había oído demasiados toques de corneta y cañonazos, o simplemente quizá porque ya había nacido angustiado, *Roosevelt* era un caballo temible. Era un animal muy hermoso, con los cuartos traseros moteados y las patas oscuras, pero los ruidos y los movimientos repentinos lo hacían saltar como una liebre.

Al poco tiempo de haber comprado a *Roosevelt*, yo lo estaba montando de vuelta a la caballeriza cuando un halcón descendió en picado delante de nosotros. El caballo se puso a girar y me lanzó al suelo como una piedra que sale de una honda. Traté de amortiguar el golpe con el brazo y terminé rompiéndomelo. Los extremos astillados de los huesos asomaban, formando un bulto bajo mi piel. Papá siempre me estaba diciendo que yo era dura de roer, pero cuando vi mi brazo doblado y colgando, empecé a gritar como una niña pequeña.

Papá me llevó hasta la cocina, y cuando mamá me vio se disgustó tanto que empezó a sollozar. Cuando logró articular palabra, le dijo a papá que una niña pequeña como yo no tenía que estar domando caballos. Él le dijo que era mejor que se fuera hasta que pudiera controlarse, y ella se metió en el dormitorio dando un portazo. Papá colocó el hueso y Lupe cortó tiras de lino mientras él preparaba una pasta de cal, cola, huevos y harina. Luego me envolvió las tiras de lino alrededor del brazo y las embadurnó por todos lados con la pasta.

Me levantó en sus brazos y nos sentamos en el porche a mirar las montañas lejanas. Al cabo de un rato, dejé de llorar, y es que ya no me quedaban más fuerzas para seguir. Me senté allí con la cabeza apoyada en su hombro, como un pajarillo con un ala rota.

—Estúpido caballo —dije finalmente.

—Nunca le eches la culpa al caballo —me corrigió mi padre—. Es algo que ha aprendido a hacer. Y los caballos no son estúpidos. Saben lo que necesitan saber. De hecho, siempre he pensado que los caballos son más listos de lo que aparentan. Más o menos como los indios que simulan que no saben hablar en inglés porque hablar con los blancos nunca les ha reportado nada bueno.

***

Papá me aseguró que volvería a montar en cuatro semanas, y así fue.

—La próxima vez —dijo— no trates de amortiguar una caída.

—¿La próxima vez? —preguntó mamá—. Confío en que no habrá una próxima vez.

—Espera que suceda lo mejor y haz planes para lo peor —sentenció papá—. De todas formas —me recomendó—, una vez que estás cayendo, acéptalo y deja que tu trasero reciba el castigo. Tu cuerpo sabe cómo caer.

Mientras tanto, papá matriculó a *Roosevelt* en lo que él llamaba la escuela de Adam Casey para caballos díscolos. Le ató la cabeza a la cola y lo dejó encerrado en un compartimento para que aprendiera a tener paciencia. Llenó latas vacías con piedrecillas y se las ató a las crines y a la cola, hasta que el animal se acostumbró al ruido.

Una vez que *Roosevelt* se hubo reformado —más o menos—, papá lo vendió, obteniendo buenos beneficios, a unos hombres del este que se dirigían a California. Nuestro padre, de la misma forma que no culpaba a los caballos por nada, tampoco era un sentimental con ellos. «Si no puedes frenar a un caballo —solía decir—, y no puedes venderlo, pégale un tiro».

OTRO DE MIS TRABAJOS ERA dar de comer a las gallinas y recoger los huevos. Teníamos unas dos docenas de gallinas y unos cuantos gallos. Lo primero que hacía todas las mañanas era arrojarles un puñado de maíz y algunas sobras y agregarle cal al agua que tomaban para que las cáscaras de los huevos salieran fuertes. En primavera, que es cuando las gallinas son realmente fértiles, podíamos reunir cien huevos por semana. Separábamos veinticinco o treinta para comer nosotros, y una vez por semana yo conducía la calesa hasta Toyah para vender el resto al dueño de la tienda de comestibles, el señor Clutterbuck, un hombre de mala catadura que usaba gomas en las mangas y hacía las cuentas en el papel marrón en el que envolvía la mercancía que vendía. Pagaba un céntimo por cada huevo, y luego los vendía a dos céntimos, algo que a mí me parecía injusto, puesto que yo había hecho todo el trabajo: criar las gallinas, juntar los huevos y llevarlos al pueblo. Pero el señor Clutterbuck se limitaba a decir:

—Lo siento, niña, así es como funciona el mundo.

También llevaba huevos de pavo real, dando finalmente a aquellas vistosas aves una oportunidad de ganarse el sustento. Al principio pensaba que sacaría el doble que con los huevos de gallina, puesto que eran el doble de grandes, pero el señor Clutterbuck me pagaba solamente un céntimo por cada uno.

—Un huevo es un huevo —decía.

Yo pensaba que el condenado tendero me estaba timando porque yo era una niña, pero no había mucho que pudiera hacer al respecto. Así era como funcionaba el mundo.

***

Mi padre decía que era bueno para mí ir al pueblo y regatear con el señor Clutterbuck sobre el precio de los huevos, que esa práctica mejoraba mis matemáticas y me enseñaba el arte de la negociación. Todo eso me ayudaría a lograr mi «propósito en la vida». Papá era un filósofo y tenía lo que él llamaba su «teoría del Propósito». Sostenía que todo en la vida tenía un propósito, y que si no se lograba ese propósito, sólo se estaba ocupando espacio en el planeta y haciendo perder el tiempo a todo el mundo.

Ésa era la razón de que no nos comprara juguetes a ninguno de los tres. Decía que jugar era una pérdida de tiempo. En lugar de jugar a las casitas o con muñecas, para las niñas era mejor limpiar una casa o cuidar a un bebé de verdad si su «propósito en la vida» era convertirse en madres.

En realidad, no nos prohibía que jugáramos alguna que otra vez, y en ocasiones Buster, Helen y yo cabalgábamos hasta el rancho Dingler para jugar al béisbol con los hijos de los Dingler. Como no teníamos suficientes jugadores para formar dos equipos completos, nos inventamos un montón de reglas propias, una de las cuales establecía que se podía eliminar a un corredor arrojándole la pelota. Una vez, cuando tenía diez años, mientras intentaba conquistar una base, uno de los Dingler me arrojó la pelota muy fuerte y me dio en el estómago. Yo me doblé en dos, y como el dolor no se me pasaba, papá me llevó a Toyah, en donde el barbero, que a veces daba puntos en las heridas, me dijo que se me había reventado el apéndice y que tenía que ir al hospital a Santa Fe. Cogimos la primera diligencia, y cuando llegamos a Santa Fe yo estaba delirando. Lo siguiente que recuerdo es cuando me desperté en el hospital con una herida recién cosida en el vientre, y papá sentado a mi lado.

—No te preocupes, angelito —dijo.

El apéndice, según me explicó, era un órgano arcaico, lo que significa que no tiene ningún «propósito». Si yo tenía que perder un órgano, había sido el correcto. Pero, prosiguió, casi había perdido la vida, ¿y con qué fin? Sólo había estado jugando un partido de béisbol. Si quería arriesgar mi vida, debería hacerlo por un «propósito». Llegué a la conclusión de que papá tenía razón. Todo lo que tenía que hacer era averiguar cuál era mi «propósito».

S I QUIERES RECORDAR EL AMOR del Señor —decía siempre mamá—, basta con que mires la salida del sol.

—Y si quieres recordar la ira del Señor —decía papá—, mira un tornado.

Viviendo en el valle del Salt, teníamos nuestra cuota de tornados, a los que temíamos todavía más que a las crecidas. Casi siempre parecían estrechos conos de humo gris, pero, en ocasiones, cuando el tiempo había sido especialmente seco, eran casi transparentes, y se podían ver ramas de árboles, arbustos y piedras arremolinándose en la parte de abajo. En la distancia daba la sensación de que se movían despacio, como si estuvieran debajo del agua, girando y balanceándose casi con elegancia.

La mayoría no eran más que un remolino de polvo algo más violento de lo normal, que rasgaba la ropa en el tendedero y hacía cacarear a las gallinas. Pero una vez, cuando tenía once años, un monstruo llegó rugiendo por la pradera.

Papá y yo estábamos trabajando con los caballos cuando el cielo se oscureció con una rapidez inusual y el aire empezó a ponerse denso. Se podía notar el olor y el sabor de lo que se avecinaba. Papá fue el primero que vio el tornado acercándose por el este: un gran embudo que bajaba desde las nubes hasta la tierra.

Yo me quedé quitando los arreos a los caballos y papá corrió a advertir a mamá para que abriera todas las ventanas porque le habían dicho que así se igualaba la presión del aire y era más improbable que la casa explotara. Los caballos corrían en desbandada, enloquecidos, por todo el corral. Papá no quiso que se quedaran atrapados, así que abrió el portón y salieron galopando hacia la pradera, alejándose del tornado. Papá dijo que si sobrevivíamos ya tendríamos tiempo de preocuparnos por los caballos más adelante.

Entonces el cielo se puso negro y comenzó a llover, pero en la lejanía se podía ver la luz del sol colándose a través de las nubes doradas, y yo me tomé eso como una señal. Papá hizo que todos nos metiéramos, incluyendo a Apache y a Lupe, amontonados en el estrecho espacio que había debajo de la casa. Cuando el tornado se acercó, levantó arena, ramas y pedazos de madera en un gran remolino alrededor de la casa; rugía tan fuerte que sonaba como si estuviéramos justo debajo de un tren de mercancías.

Mamá nos agarró las manos para rezar, y a pesar de que habitualmente yo no sentía la llamada divina, estaba tan asustada —más asustada que nunca— que empecé a rezar con más fervor del que había empleado jamás; recuerdo que pedía a Dios que perdonara mi anterior ausencia de fe sincera y le prometía que, si nos salvaba, le rezaría y le adoraría todos y cada uno de los días del resto de mi vida.

De pronto oímos un estrépito y un ruido de madera que se hacía astillas. La casa gemía y se estremecía, pero el suelo, por encima de nuestras cabezas, estaba bien asentado, y muy rápidamente el tornado pasó de largo. Todo quedó en silencio.

Estábamos vivos.

EL TORNADO NO SE HABÍA LLEVADO LA CASA, pero había arrancado de cuajo el molino y lo había estrellado contra el tejado. La casa, construida con madera que ya había sobrevivido a una inundación, era una ruina total.

Papá empezó a soltar una sarta de palabrotas. Aseguró que la vida le había vuelto a estafar.

—Si yo fuera dueño del infierno y del oeste de Texas —afirmó—, creo que vendería el oeste de Texas y me quedaría a vivir en el infierno.

Papá predijo que los caballos volverían a la hora de darles la comida, y cuando lo hicieron, enganchó a los que tenían seis años al carro y se marchó al pueblo para usar el telégrafo. Después de varias idas y venidas con algunas personas del valle del Hondo, papá creyó que ya no le iban a volver a juzgar por aquella antigua acusación de asesinato y le pareció seguro volver a Nuevo México y reanudar la vida en el rancho Casey, que durante todos aquellos años había tenido arrendado a unos granjeros.

Las gallinas habían desaparecido con el tornado, pero casi todos los pavos reales habían sobrevivido, y teníamos los seis pares de caballos, las yeguas de cría y las vacas, y cierto número de reliquias familiares seleccionadas por mamá, como la cama de nogal, que habíamos rescatado de lo que quedaba de la casa. Metimos todo en dos carretas. Papá se subió a una de ellas con mamá y Helen a su lado. Apache y Lupe iban en la segunda. Buster y yo los seguimos montando a caballo con el resto de la manada, en fila.

En el portón, me detuve y miré el rancho que dejaba tras de mí. El molino todavía estaba sobre la casa derrumbada, y había ramas esparcidas por todo el corral. Papá siempre había criticado a la gente del este que venía al oeste de Texas y no tenía la suficiente fuerza para soportarlo. Pero ahora nosotros también dábamos nuestro brazo a torcer. A veces no importa las agallas que le eches, sino las cartas que te ha tocado jugar.

La vida había sido dura en el oeste de Texas, pero esa tierra plana de color amarillo era todo lo que yo conocía, y estaba a gusto en ella. Mamá decía, como tenía por costumbre, que era la voluntad de Dios, y esta vez lo acepté. Dios nos había salvado, pero también nos había quitado nuestra casa. No sabía si era la contrapartida por salvarnos o se trataba de un castigo porque no nos la merecíamos. Quizá simplemente nos estuviese dando una patada en el trasero diciendo: «Es hora de continuar el viaje».

La escalera milagrosa

Parte 2

Lily Casey a los trece años,
en las Hermanas de Loreto

VIAJAMOS TRES DÍAS HASTA llegar al rancho Casey, al que papá, con su afición a la escritura fonética, insistió en rebautizar como rancho KC*. Quedaba en medio del valle del Hondo, al sur de las montañas Capitan, y el campo era tan verde que cuando lo vi por primera vez apenas podía creer lo que aparecía ante mis ojos. El rancho era más que una granja, con campos de alfalfa, hileras de plantas de tomates y huertos de melocotoneros y pacanas plantados cien años antes por los españoles. Las pacanas eran tan grandes que aunque Helen, Buster y yo nos agarráramos de las manos no llegábamos a rodearlas del todo.

La casa, que el abuelo le había comprado a un francés cuando se fue a vivir a esta zona, estaba hecha de adobe y piedra. Tenía dos dormitorios —con lo que los adultos y los niños no tenían que dormir en la misma habitación— y una leñera en el exterior para Lupe; por su

* KC se pronuncia en inglés igual que *Casey* (aproximadamente, *kei-si*). *(N. del T.)*

parte, Apache se instaló en uno de los compartimentos del establo. Yo no podía creer que fuéramos a vivir con semejante lujo. Las paredes eran tan gruesas como el antebrazo de papá.

—Ningún tornado tirará jamás esta casa —afirmó.

***

Al día siguiente, cuando estábamos dentro de la casa desembalando nuestras pertenencias, papá nos llamó a gritos desde fuera. Nunca le había visto tan excitado. Salimos corriendo y lo encontramos de pie en el patio, señalando hacia el cielo. Allí, flotando en al aire, sobre el horizonte, había un pueblo al revés. Se podían ver los almacenes bajos y chatos, la iglesia de ladrillo, los caballos atados a los postes y la gente que caminaba por las calles.

Todos nos quedamos mirando boquiabiertos, y Lupe se santiguó. No era un milagro, según explicó papá, sino un espejismo, un espejismo de Tinnie, el pueblo que quedaba a unos diez kilómetros. A mí el espejismo me pareció que no tenía nada que envidiar a un milagro. Era enorme, ocupaba un buen pedazo de cielo, y yo estaba hipnotizada mirando a aquellas personas patas arriba caminando silenciosamente por esas calles vueltas del revés.

Todos nos quedamos con la vista clavada en el espejismo durante un rato muy largo, y luego se puso borroso y se fue desvaneciendo hasta que finalmente desapareció. Ya habíamos visto espejismos, manchones azules en la tierra que a todo el mundo le parecían charcos en los días más secos. Papá decía que ésos eran espejismos de la tierra, y que lo que se veía como agua en el suelo en realidad era el cielo. En cambio éste era un espejismo celeste, afirmó, que se creaba cuando el aire más cercano a la tierra era más frío que el aire que estaba más arriba.

Aunque tenía facilidad para las ciencias, no pude comprender lo que estaba diciendo papá. Me dibujó un diagrama en el suelo en el que mostraba cómo la luz era refractada por el aire frío, que la torcía a lo largo de la curvatura de la superficie terrestre.

El que la luz se curvara de alguna forma no parecía tener ningún sentido, hasta que papá me recordó que cuando se sostiene un vaso de agua los dedos del lado opuesto del vaso se ven como si hubieran sido cortados y desplazados. Eso es porque el agua curva la luz, y el aire frío hace lo mismo.

De pronto lo que me estaba explicando cobró sentido, y entender aquello fue para mí una auténtica iluminación.

Papá, que me estaba mirando, exclamó: «¡Eureka!». Entonces empezó a hablarme de un tipo de la antigua Grecia llamado Arquímedes que salió corriendo por las calles, desnudo, gritando «¡eureka!» tras descubrir un modo de calcular el volumen mientras estaba sentado en su bañera.

Pude entender claramente por qué Arquímedes se había emocionado tanto. No hay nada más extraordinario que el sentimiento que te atraviesa como un relámpago cuando, de repente, en un instante, comprendes algo que te había tenido desconcertado. Eso te hace creer que, después de todo, es posible encontrarle el truco a este viejo mundo.

A PAPÁ LE ENCANTABA LA IDEA de ser un gran terrateniente, pero no los dolores de cabeza que ello acarreaba. En lugar de los prados cercados con alambrada que teníamos en el oeste de Texas, ahora había nuevos campos que labrar, sembrar y desbrozar, melocotones y pacanas que recoger, estiércol que extender, sandías que transportar al mercado, jornaleros que contratar y alimentar. Debido a su pierna coja, una parte del trabajo —como podar los melocotoneros subiéndose a una escalera— quedaba fuera de sus posibilidades, y su defecto de dicción hacía difícil que quienes le ayudaban le entendieran. Así que, aunque sólo tenía once años, tuve que ocuparme de contratar personal y supervisar su trabajo.

Además, papá nunca fue el hombre más práctico del mundo, y en Nuevo México empezó a verse metido en toda clase de proyectos que nada tenían que ver con la granja. Todavía adiestrábamos caballos, y papá seguía escribiendo a los políticos y a los periódicos, protestando contra la modernización. Pero ahora se pasaba horas haciendo dos copias de cada carta que escribía, y archivaba una en su escritorio y guardaba la otra en el granero por si la casa se incendiaba.

Al mismo tiempo, papá estaba trabajando en un libro en el que presentaba argumentos en defensa de la escritura fonética. Lo tituló *Un* ghoti *fuera del agua*. Solía explicar que *ghoti* se podía pronunciar como *fish* (pez). La *gh* tiene el sonido de *f* en *enough;* la *o* suena como una *i* breve en *women*, y *ti* tiene el sonido *sh* en *nation*.

Papá también comenzó una biografía de Billy el Niño, quien se había detenido en el rancho Casey cuando él era un adolescente y había pedido que le cambiaran su agotado caballo por uno fresco.

—Un tipo correcto y educado —decía siempre—. Y sabía sentarse sobre un caballo.

Resultaba que el Niño venía huyendo, como papá averiguó una hora más tarde, cuando un grupo de hombres capitaneados por un sheriff se detuvo en el rancho pidiendo también caballos de refresco. Papá, poniéndose secretamente del lado de Billy el Niño, les dio unos viejos jamelgos. Ahora, en Nuevo México, se había obsesionado tanto con Billy que colgó un retrato de él en la pared. Mamá odiaba al Niño, a quien llamaba «basura de tres al cuarto», porque había matado a un hombre que estaba comprometido con su prima, y colgó el retrato de aquel pobre tipo al lado del de Billy el Niño.

Pero papá pensaba que seguramente el primo había merecido morir. Billy el Niño, según decía, nunca disparó a nadie a quien no hubiera tenido la necesidad de disparar. Papá pensaba que aquel forajido había sido un buen muchacho americano con sangre irlandesa caliente que había sido víctima de los magnates del ganado por ponerse del lado de los mexicanos.

—La historia la escriben los vencedores —afirmaba—, y cuando ganan los sinvergüenzas, lo que queda es una historia desvergonzada.

Su biografía iba a reivindicar la memoria de Billy el Niño. Y también sería una prueba de que papá, pese a su defecto de dicción, era mejor con las palabras que todos los que se reían de él, y además nos iba a proporcionar más dinero que el que ganaríamos cultivando melocotones, pacanas, tomates y sandías durante toda la vida. Las novelas del Oeste se vendían como churros, afirmaba continuamente, y además un escritor no tiene gastos y no se tiene que preocupar de si va a llover o no.

E SE OTOÑO, EN EL QUE YO CUMPLÍ doce años, Buster
dejó de ir a la escuela, aunque era casi dos años
menor que yo. Mamá dijo que su educación era importante para que pudiera estudiar una carrera y llegar a ser
lo que él quisiera, así que lo matricularon en un refinado
colegio jesuita cerca de Albuquerque. Pero me prometie-
ron que cuando cumpliera trece años podría ir a la escuela de Nuestra Señora de la Luz, de las Hermanas de Loreto, en Santa Fe.

Durante años, yo había querido ir a una escuela de
verdad, y finalmente llegó el día en que papá enganchó la
calesa y partimos para hacer un viaje de trescientos kilómetros. Por las noches acampábamos con un saco de dormir bajo las estrellas. Papá estaba casi tan excitado como
yo por mi ingreso en la escuela, y, sabiendo que yo no
había pasado demasiado tiempo con chicas de mi edad en
el rancho, me dio la lata con consejos sobre cómo tenía
que actuar.

Dijo que yo tenía tendencia a ser un poco mandona, y
estaba acostumbrada a dar órdenes a Helen, Buster, Lu-

pe y los jornaleros. Pero en la escuela iba a haber un montón de chicas mayores que me iban a mangonear —por no mencionar a las monjas— y, en lugar de enfrentarme a ellas, tendría que aprender a arreglármelas. Decía después que la mejor manera de hacerlo es tratar de imaginarse qué es lo que la otra persona quiere —porque todo el mundo quiere algo— y hacerle pensar que le puedes ayudar a conseguirlo. Papá reconocía que, tal como él lo expresaba, no era el mejor ejemplo de su propio credo, pero si yo podía encontrar alguna manera de aplicarlo a mi vida llegaría muy lejos.

***

Santa Fe era un hermoso y antiguo lugar —papá me explicó que los españoles habían llegado a esta ciudad incluso antes de que los primeros colonos llegaran a Virginia—, con edificios bajos de adobe y calles polvorientas flanqueadas por robles españoles. La escuela estaba justo en medio de la ciudad, y consistía en un par de edificios góticos de cuatro pisos con cruces encima y una capilla con su galería para el coro a la que se accedía a través de lo que denominaban «la escalera milagrosa».

La madre Albertina —la madre superiora— nos enseñó las dependencias. Explicó que la escalera milagrosa tenía treinta y tres escalones —la edad de Jesús al morir— y que daba dos vueltas completas en espiral sin los elementos de apoyo convencionales, como un poste central. Nadie sabía de qué clase de madera estaba hecha ni el nombre del misterioso carpintero que apareció para construirla después de que el constructor original se hubiese olvidado de incluir una escalera y las monjas rogaran la intervención divina.

—¿De modo que ustedes piensan que es un milagro? —preguntó papá.

Yo empecé a explicar lo que había dicho papá, pero por algún motivo la madre Albertina le entendió perfectamente.

—Yo sí que creo que es un milagro —aseguró.

***

Me gustó el modo en que la madre Albertina dijo eso y, desde el principio, también me gustó ella. La madre Albertina era alta. Su piel, cubierta de arrugas, tenía el color de la nuez y sus gruesas cejas negras formaban una línea continua encima de sus ojos. Siempre parecía tranquila, aunque estaba constantemente en movimiento, controlando los dormitorios por las noches, inspeccionándonos las uñas, caminando enérgica por los pasillos, con su largo hábito negro y su toca con bordes blancos hinchándose al viento. Nos trataba a todas las estudiantes —solía llamarnos «mis niñas»— por igual, fuéramos ricas o pobres, anglosajonas o mexicanas, inteligentes o carentes por completo de todo talento. Era firme sin llegar a severa, nunca levantaba la voz ni perdía los estribos, pero hubiera sido impensable para cualquiera de nosotras desobedecerla. Habría sido una magnífica jinete, pero ése no era su «propósito».

Además, realmente me gustaba aquella escuela. Muchas de las chicas andaban alicaídas, añoraban su hogar al principio, pero yo no. Nunca la vida había sido tan fácil para mí, a pesar de que nos levantábamos antes del amanecer, nos lavábamos la cara con agua fría, asistíamos a la capilla y a clase, barríamos los dormitorios, estudiábamos piano y canto y volvíamos a ir a la capilla de nuevo antes de irnos a la cama. Dado que no había un establo del que ocuparse, me daba la sensación de que la vida allí era como unas largas vacaciones.

Gané una medalla de oro por mis altas calificaciones en matemáticas y otra por la actividad escolar en general. También leía cualquier libro que cayera en mis manos, enseñaba a otras chicas que tenían problemas e incluso ayudaba a algunas de las hermanas a rellenar los papeles de las calificaciones y a planificar las clases. Casi todas las otras chicas venían de ricas familias de rancheros. Mientras que yo estaba acostumbrada a gritar como un domador de caballos, ellas tenían voces susurrantes, modales de dama y un equipaje acorde a su condición. Algunas de las chicas se quejaban del uniforme gris que teníamos que usar, pero a mí me gustaba porque no establecía diferencias entre las que se podían pagar trajes elegantes comprados en tiendas y las que, como yo, sólo teníamos vestidos teñidos de marrón con hayuco. A pesar de ello, conseguí hacerme algunas amigas siguiendo el consejo de papá de averiguar lo que querían y ayudándolas a obtenerlo. Aunque resultaba difícil, cuando veía a alguna que hacía algo mal, resistirse a la tentación de corregirla. Especialmente si actuaba de una forma engreída.

***

Más o menos a mitad del año escolar, la madre Albertina me llamó a su despacho para tener una conversación. Me dijo que estaba haciendo grandes progresos en las Hermanas de Loreto.

—Muchos padres mandan aquí a sus hijas para que acaben su educación —prosiguió—, una forma de prepararlas para el matrimonio. Pero no tienes obligación de casarte, ¿sabes?

Yo no había pensado demasiado en el tema hasta ese momento. Mis padres siempre hablaban como si fuera una cuestión obvia que Helen y yo nos casaríamos y que Buster heredaría la propiedad, aunque tenía que admitir que nunca había conocido a un chico que me gustara, por no mencionar lo que suponía para mí el matrimonio. Por otra parte, las mujeres que no se casaban acababan siendo viejas criadas, solteronas que vivían en el ático, se sentaban en un rincón a pelar patatas todo el día y eran una carga para sus familias, como Louella, la hermana de nuestro vecino, el viejo Pucket.

La madre Albertina dijo que yo no era demasiado joven para empezar a pensar en mi futuro, que ya estaba a la vuelta de la esquina y se aproximaba muy rápidamente. Algunas chicas que me llevaban sólo uno o dos años se casaban y otras empezaban a trabajar. También las mujeres que se casaban debían ser capaces de hacer algo, ya que los hombres tenían la costumbre de morir jóvenes y, de vez en cuando, de largarse.

Continuó explicando que en aquellos tiempos sólo había tres carreras posibles: una mujer podía convertirse en enfermera, en secretaria o en maestra.

—O en monja —añadí yo.

—O en monja —repitió la madre Albertina con una sonrisa—. Pero para eso tienes que sentir la llamada. ¿Crees que sientes la llamada?

Tuve que admitir que no estaba segura.

—Tienes tiempo para reflexionar sobre ello —dijo—. Pero lo mismo si llegas a ser monja que si no, creo que serías una maravillosa maestra. Tienes una personalidad fuerte. Las mujeres de personalidad fuerte que conozco, las que podrían haber llegado a generales o directoras de empresa si hubieran sido hombres, se hicieron maestras.

—Como usted —apostillé.

—Como yo. —Hizo una pausa que duró un instante—. Para enseñar también hay que sentir una llamada. Y siempre he pensado que los maestros, a su modo, tienen una misión sagrada: ángeles que guían a sus rebaños para sacarlos de la oscuridad.

***

Durante los dos meses siguientes medité lo que me había dicho la madre Albertina. Yo no quería ser enfermera. Y no era porque me asustara ver sangre, sino porque la gente enferma me irritaba. No quería ser secretaria, porque siempre tenías que estar a disposición del jefe, y ¿qué ocurre si eres más inteligente que él? Era como ser un esclavo, pero sin seguridad.

En cambio ser maestra era algo completamente diferente. Me encantaban los libros. Me encantaba aprender. Me emocionaba ese momento «¡eureka!», cuando alguien finalmente comprende algo. Y en el aula yo podía ser mi propia jefa. Tal vez enseñar fuera mi «propósito».

Empezaba a sentirme cómoda con esa idea —y de hecho la encontraba bastante atractiva—, cuando una de las monjas me anunció que la madre Albertina quería verme otra vez.

LA MADRE ALBERTINA ESTABA SENTADA detrás del escritorio de su despacho. Tenía una expresión solemne que nunca le había visto antes, y que me hizo sentirme incómoda.

—Tengo malas noticias —dijo.

Papá había pagado la mitad de mi matrícula a principios de año, pero cuando la escuela le envió la factura del resto, respondió que, debido a un cambio en las circunstancias, era incapaz de reunir la suma de dinero necesaria.

—Me temo que vas a tener que irte a casa —dijo la madre Albertina.

—Pero me gusta estar aquí —protesté yo—. No quiero ir a casa.

—Ya sé que no quieres, pero la decisión está tomada.

La madre Albertina dijo que había rezado y había discutido el asunto con los miembros del consejo. Ellos consideraban que la escuela no era una institución benéfica. Si los padres aceptaban pagar la matrícula, como habían hecho los míos, la escuela contaba con dinero para afrontar sus gastos, dar becas y mantener la misión que la orden tenía en las reservas indígenas.

—Puedo trabajar para pagarla —propuse.

—¿Cuándo?

—Encontraré tiempo para hacerlo.

—Toda tu jornada está ocupada, de la mañana a la noche. Nos aseguramos de que así sea.

La madre Albertina me dijo que había otra opción: podía vestir los hábitos. Si entraba en la orden de las Hermanas de Loreto, ésta pagaría mi matrícula. Pero eso significaría hacer el noviciado en California durante seis meses, y luego vivir en el convento en vez de en los dormitorios. Significaría casarme con el Señor y someterme totalmente a la disciplina de la orden.

—¿Has dedicado tiempo a reflexionar sobre si has sentido la llamada? —preguntó la madre Albertina.

No contesté nada en ese momento. La verdad es que la idea de ser monja no me llenaba de entusiasmo. Sabía que tenía con Dios una gran deuda por habernos salvado la vida en el tornado, pero me imaginaba que tenía que haber otra manera de retribuirle.

—¿Puedo pensármelo esta noche? —pregunté.

—¡Por favor!, ¿puedo pensármelo? —repitió la madre Albertina. Y añadió—: Siempre les digo a todas las chicas que si no están completamente seguras probablemente sea una mala idea.

***

Por mucho que quisiera quedarme en la escuela, la verdad es que no necesitaba meditar una noche para saber que no tenía vocación de monja. No se veían precisamente muchas monjas montadas a caballo. Yo sabía que no había sentido la llamada. No tenía la serenidad que tienen las monjas, o al menos se supone que tienen. Era, sencillamente, un espíritu demasiado inquieto. Y no me gustaba que nadie me diera órdenes, ni siquiera el Papa.

Mi padre me había decepcionado mucho. No sólo había eludido su compromiso de pagar la matrícula, sino que tampoco había tenido el coraje de enfrentarse a las monjas. Y en vez de venir a buscarme mandó un telegrama diciéndome que cogiera la diligencia para regresar a casa.

Estaba sentada en el salón de las estudiantes con mi vestido marrón teñido con hayuco, con la maleta a mi lado, cuando la madre Albertina vino para acompañarme a la diligencia. En el momento en que la vi, mis labios empezaron a temblar y mis ojos se llenaron de lágrimas.

—Bueno, no empieces a autocompadecerte —dijo la monja—. Tienes más suerte que la mayoría de las niñas de aquí: Dios te ha dado recursos suficientes para sobrellevar contratiempos como éste.

Mientras caminábamos por la calle polvorienta hacia la parada de diligencias, en lo único que podía pensar era en que, mientras se desvanecía mi fugaz paso por el sistema educativo, volvía al rancho KC, en donde pasaría el resto de mi vida trabajando, al tiempo que papá se ocupaba de su disparatada biografía de Billy el Niño y mamá estaría sentada en la *chaise longue* abanicándose.

La madre Albertina pareció leer mis pensamientos, y antes de que me subiera a la diligencia me agarró la mano y dijo:

—Cuando Dios cierra una ventana, abre una puerta. Pero te toca encontrarla a ti.

CUANDO LA DILIGENCIA LLEGÓ A TINNIE, papá estaba sentado en la calesa a las puertas del hotel, con cuatro enormes perros en la parte de atrás. Cuando salí, me sonrió y me saludó con la mano. El conductor de la diligencia me arrojó mi maleta desde el techo, y yo la arrastré hasta la carreta. Papá se bajó y trató de abrazarme, pero yo le rechacé.

—¿Qué te parecen estos enormes animales? —preguntó.

Los perros eran negros con el pelaje resplandeciente, y miraban a los transeúntes majestuosamente, como si fueran los amos del lugar, aunque les chorreaban gruesos hilillos de baba. Eran los perros más grandes que había visto jamás, y apenas quedaba sitio en la parte trasera para mi maleta.

—¿Qué pasó con el dinero de mi matrícula? —le pregunté a papá.

—Lo estás viendo.

Empezó a explicar que le había comprado los perros a un criador de Suecia, quien se los había enviado por barco a Nuevo México. No se trataba de unos canes cualquiera, prosiguió, eran grandes daneses, los perros de la nobleza. Históricamente, los grandes daneses habían sido los perros de los reyes, y se habían usado para cazar osos. «Prácticos y con prestigio», dijo papá. En su especialidad, invencibles. Y aunque pareciera mentira, no había nadie al oeste del Misisipi que poseyera uno. Lo había comprobado. Esos cuatro, dijo, habían costado ochocientos dólares, pero cuando empezara a vender los cachorros recuperaríamos el dinero en poco tiempo, y de ahí en adelante ya todo serían ganancias.

—¿Así que te has gastado el dinero de mi matrícula en comprar perros?

—Cuidado con ese tono —advirtió él, y al cabo de un momento añadió—: No necesitas acabar el colegio. Era un despilfarro de dinero. Yo te enseñaré todo lo que necesites saber, y tu madre puede añadir el refinamiento.

—¿También has sacado a Buster del colegio?

—No. Él es un chico y necesita ese diploma si quiere llegar a ser algo. —Papá empujó los perros hacia dentro y encontró un sitio para mi maleta—. Y de todos modos —añadió—, te necesitamos en el rancho.

EN EL CAMINO DE REGRESO AL KC, papá se pasó casi todo el tiempo comentando la gran personalidad que tenían los perros y cómo él ya estaba averiguando cosas sobre ellos. Yo me encontraba allí sentada, sin prestar atención a la cháchara sobre sus disparatados proyectos. Pensé que la compra de aquellos perros le había dado la excusa perfecta para dejar de pagar el colegio y conseguir que yo tuviera que volver a casa. También me pregunté en dónde diablos estaba esa puerta que Dios abre cuando cierra una ventana de la que había hablado la madre Albertina.

El rancho había caído en un estado de relativo abandono en los meses que había estado fuera. Las cercas había que arreglarlas en varios sitios, el gallinero estaba sin limpiar y los arreos estaban diseminados por el suelo del establo, que también necesitaba una buena barrida.

Para que le echara una mano en las labores del rancho, papá había traído a un granjero arrendatario llamado Zachary Clemens, y a su esposa e hija; estaban viviendo en un edificio anexo en una esquina de la propiedad. Mamá consideraba que eran de una categoría inferior a la nuestra porque eran extremadamente pobres, tan pobres que usaban papel en lugar de cortinas, tan pobres que al llegar papá les había dado una sandía y, después de comérsela, separaron las semillas para plantarlas y guardaron en vinagre la cáscara.

Pero a mí me gustaban los Clemens, particularmente la hija, Dorothy, que sabía lo que era remangarse y emplearse a fondo en el trabajo. Era una chica huesuda con amplias curvas y guapa, a pesar de que tenía una verruga en la barbilla. Dorothy sabía desollar una vaca y cazar conejos, y cultivaba el huerto que los Clemens habían cercado, pero se pasaba la mayor parte del tiempo en la gran marmita que colgaba sobre la hoguera frente al cobertizo cocinando guisos, haciendo jabón y lavando y tiñendo ropa para los vecinos de Tinnie.

Papá dejaba que los grandes daneses vagaran libremente, y un día, unas semanas después de mi regreso, Dorothy Clemens llamó a la puerta para informar a papá de que cuando estaba recogiendo pacanas cerca de la linde de la propiedad con el rancho del viejo Pucket se había encontrado a los cuatro perros muertos a tiros. Papá salió corriendo hacia el granero hecho una furia, enganchó un carro y fue directamente a enfrentarse al viejo Pucket.

En el rancho nos quedamos preocupados por lo que iba a ocurrir, pero lo único que se logra hablando de los propios miedos es asustarse uno mismo y a todos los demás, así que nadie hizo nada. Para mantener las manos ocupadas, Dorothy y yo nos sentamos en la cerca del corral a pelar pacanas hasta que papá volvió en el carro. Generalmente él procuraba que los caballos no hicieran excesivos esfuerzos, pero le había exigido tanto a aquel equino castrado que sus costados palpitaban y tenía el pecho cubierto de espuma.

Papá nos contó que el viejo Pucket había reconocido sin el menor arrepentimiento haber matado a los grandes daneses, pues afirmaba que estaban en su propiedad acosando a las reses, y que temía que al final fueran a matar alguna. Papá soltaba tacos y vociferaba explicando cómo iba a liquidar al viejo Pucket. Corrió al interior de la casa, luego regresó con su escopeta y saltó al carro.

Dorothy y yo corrimos hacia él. Yo aferré las riendas mientras papá, sosteniéndolas, trataba de hacer arrancar al caballo. Las riendas serpenteaban arriba y abajo por el lomo del animal, que se asustó y salió desbocado, pero Dorothy, que era una mujer decidida, se subió de un salto y tiró de la palanca del freno; entonces forcejeó con papá hasta quitarle el arma.

—No puede matar a nadie por unos perros —dijo—. Así es como empiezan los problemas.

Entonces contó que, cuando su familia vivía en Arkansas, su hermano había matado a un hombre en defensa propia en una pelea que había estallado jugando a la herradura, y luego había sido asesinado por el primo de ese hombre. El primo, que temía que el padre de Dorothy fuera a vengar la muerte de su hijo, había venido a buscarle. El resultado es que ellos habían tenido que dejarlo todo atrás y venir a Nuevo México.

—Mi hermano está muerto, y ahora estamos en la miseria —concluyó—. Y todo por una estúpida discusión sobre una condenada partida al juego de la herradura que se salió de madre.

Yo pensé en el día que Lupe había intervenido cuando papá tuvo aquella rencilla con el hojalatero. También reflexioné sobre el hecho de que nadie había conservado la cabeza fría para calmar al hombre que había matado al abuelo cuando le dispararon en una discusión por ocho dólares. Así que le recordé a papá todo eso.

Al final, se tranquilizó, pero siguió rumiando sobre el asunto, y al día siguiente fue al pueblo a poner una denuncia contra el viejo Pucket. Se preparó de una forma obsesiva para la vista: detallando sus penurias, estudiando las leyes relativas al caso, tomando el testimonio de veterinarios acerca del valor de los grandes daneses, y escribiendo a los políticos con los que mantenía correspondencia a lo largo de los años pidiéndoles que declararan a su favor. Me designó para que hablara por él en el tribunal, y me hizo ensayar mi declaración y practicar el interrogatorio a Dorothy, que iba a testificar sobre su descubrimiento de los perros muertos.

***

El día del juicio, todos nos levantamos temprano, y después del desayuno nos apretujamos en la calesa. Cuando el juez llegó al pueblo, constituyó el tribunal en la recepción del hotel, y él se sentó en un sillón detrás de un pequeño escritorio. Los demandantes y los demandados estaban apoyados contra la pared, esperando su turno.

El juez era un hombre delgado que usaba corbata de lazo y una chaqueta con cuello de terciopelo. Tenía unos ojos despiertos bajo unas pobladas cejas, y daba la impresión de que no soportaba a los tontos. El alguacil para cada caso llamaba a declarar al demandante y al demandado, y el juez escuchaba a ambas partes y luego dictaba su sentencia en el acto, sin tolerar ni la menor discusión.

El viejo Pucket estaba allí, junto a dos de sus hijos. Era un hombrecillo bajito, con la piel color ceniza y las uñas del pulgar sin cortar porque las usaba para abrir cosas. Para mostrarse atildado por consideración al tribunal, se había abrochado su raída camisa hasta el botón de arriba.

Finalmente nos llamaron para resolver nuestro caso ya avanzada la mañana. Yo estaba bastante nerviosa cuando me puse de pie para exponer la presentación que papá había preparado para mí.

—La del gran danés es una historia de orgullo con muchos capítulos —empecé, pero el juez me interrumpió.

—No necesito una condenada lección de historia —dijo—. Limítese a decirme por qué está usted aquí.

Le expliqué que papá había importado los perros de Suecia con el propósito de hacer una inversión y dedicarse a su cría, pero habían sido encontrados muertos a tiros en el bosquecillo de pacanas que estaba en las proximidades de la cerca que separaba nuestra finca de la de los Pucket.

—Quisiera llamar a mi primer testigo —dije yo, pero el juez volvió a cortarme.

—¿Les pegó un tiro a esos perros? —le preguntó al viejo Pucket.

—Por supuesto que sí.

—¿Por qué?

—Estaban en mi propiedad persiguiendo a mi ganado, y desde lejos creí que eran lobos grandes.

Papá empezó a protestar, pero el juez lo llamó al orden para que guardara silencio.

—Señor, no puedo entender lo que está diciendo. De todas maneras no importa —dijo el juez—, no tiene ningún sentido criar perros más grandes que lobos en una zona donde hay ganado. —Girándose hacia el viejo Pucket, dijo—: Pero eran animales valiosos, y él merece algún resarcimiento por su pérdida. Si está falto de dinero, lo puede compensar con caballos o ganado.

Y eso fue todo.

U NOS DÍAS DESPUÉS DEL JUICIO, el viejo Pucket apareció en el rancho con una reata de caballos. Papá, que todavía le guardaba rencor, se negó a salir de casa, así que fui al encuentro de aquel hombre, que estaba metiendo los caballos en el corral.

—Exactamente como ordenó el juez, señorita —dijo.

Ya antes de que el viejo Pucket disparara a los perros, habíamos tenido nuestras diferencias. Como casi todos los rancheros del río Hondo, hacía lo que podía para subsistir, y si eso significaba tener que invadir la tierra de otro o desviar un arroyo hacia su propiedad, estaba dispuesto a ello. Papá lo llamaba «sucio granjero», pero yo pensaba en él como en un luchador que, a veces, en lugar de pedir permiso, era capaz de hacer lo que consideraba necesario, defendiéndolo con bravura y luego pidiendo disculpas si era necesario.

—Pago recibido —dije, estrechándole la mano. A diferencia de papá, yo no encontraba ningún sentido en guardarle rencor a un vecino. Uno nunca sabía cuándo podría necesitar su ayuda.

El viejo Pucket me tendió una nota en la que había un cálculo pormenorizado del valor que él consideraba que tenían los caballos, y luego se levantó el sombrero.

—Tú serías una abogada francamente buena —dijo.

***

Después de que el viejo Pucket se hubo marchado, papá salió y observó los caballos. Cuando le tendí la nota, resopló disgustado.

—Ninguno de esos jamelgos vale ni veinte dólares —dijo.

Era verdad. Las tasaciones del viejo Pucket estaban muy infladas. Había ocho caballos en total, paticortos, un poco salvajes, de esos que los vaqueros cazaban a lazo en el desierto para luego cabalgar sobre ellos un día o dos, de modo que apenas aceptaban llevar puesta una silla de montar. Imaginé que eso era lo que los hijos del viejo Pucket habían hecho con aquellos animales. Ninguno de los machos estaba castrado. No llevaban herraduras, tenían los cascos llenos de astillas y necesitaban urgentemente que se los recortaran, y sus crines y colas estaban apelmazadas y llenas de maleza. También estaban asustados, y nos miraban nerviosos, preguntándose probablemente qué clase de espantosa tortura tenían reservada aquellos humanos para ellos.

El problema con los caballos a medio domar, como éstos, era que nadie se había molestado en adiestrarlos. Los vaqueros que podían cabalgar sobre cualquier montura los atrapaban y los dominaban a base de miedo, espoleándolos y azotándolos con fuerza, intentando conseguir que

avanzaran sin importarles lo desesperadamente que corco-
vearan o se resistieran. Al no estar adecuadamente doma-
dos, siempre estaban asustados y odiaban a los humanos.
Muchísimas veces los vaqueros los soltaban y los dejaban
en libertad una vez que la redada había terminado, pero
para entonces esos caballos habían perdido algunos de los
instintos que los mantenían con vida en el desierto. Sin
embargo, eran inteligentes y valerosos, y si uno los domaba bien, se convertían en buenos caballos.

Había uno en particular que llamó mi atención. Se
trataba de una yegua. Siempre me gustaron las yeguas.
No eran tan temperamentales como los sementales, pero
tenían más fuego que el típico caballo castrado. Ésta era
pinta, ni más grande ni más pequeña que los otros, pero
parecía menos asustada y tenía la mirada clavada en mí,
como si tratara de averiguar cómo era yo. La separé de la
manada, le puse un lazo y luego me dirigí lentamente hacia ella, siguiendo la regla de papá con los caballos desconocidos: mantener la vista fija en el suelo para que no
piensen que eres un depredador.

Se quedó quieta, y cuando llegué junto a ella, siempre moviéndome lentamente, levanté la mano hacia su cabeza y la acaricié detrás de una oreja. Luego bajé mi mano
por un lado de su cara. No se echó hacia atrás, como hacen
casi todos los caballos, y supe que aquella yegua tenía algo
especial; no se trataba de que fuera especialmente bonita
—tenía una mezcla de manchas blancas, marrones y negras,
como remiendos sobre su pelaje—, pero se podía decir que
sabía usar el cerebro en lugar de reaccionar ciegamente.
Y yo prefería mil veces a los listos que a los hermosos.

—Es tuya, consejera —dijo papá—. ¿Qué nombre
le vas a poner?

Miré a la yegua. La mayoría de las veces, a nosotros, la gente del campo, nos gusta usar nombres sencillos. Al ganado no le poníamos nombre, ya que no tenía sentido ponerle nombre a algo que te ibas a comer o enviar al matadero. En cuanto al resto de los animales, si un gato tenía la punta de las patas blanca, le poníamos *Calcetines*; si un perro era pardo, lo llamábamos *Pardo;* si un caballo tenía una mancha, le adjudicábamos el nombre de *Mancha*.

—La llamaré *Remiendos* —dije.

***

—Quiero que acabes tus estudios —me dijo mamá esa noche—. Fue tu padre quien tuvo la idea de comprar esos perros, y ahora todo lo que tenemos son unos inútiles caballos de la pradera.

Yo me esforzaba por no ver las cosas de esa manera. El dinero había desaparecido, las Hermanas de Loreto habían quedado atrás en mi vida. Tenía lo que tenía; y necesitaba sacarle todo el partido posible.

AL DÍA SIGUIENTE CASTRAMOS a los nuevos machos, porque para que tuvieran alguna utilidad había que convertirlos en caballos de labor. Era una faena repugnante: estábamos Dorothy, Zachary, su esposa —que no era tan corpulenta como la hija, pero era igual de correosa— y yo sosteniendo cada uno una soga atada a una de las patas del caballo, después de haberlo enlazado, derribado y tumbado sobre el lomo. Apache ataba las dos patas traseras del caballo a su vientre, y luego papá le envolvía la cabeza en un saco de arpillera y la sostenía hacia abajo, mientras Apache se arrodillaba detrás de la grupa, trabajando primero con un cuchillo de carnicero y luego con otro más pequeño, y la sangre se desparramaba por todas partes. El caballo relinchaba histéricamente a la vez que pateaba y retorcía el lomo.

Pero todo terminaba bastante rápido. Cuando soltamos al primer caballo, se levantó y dio unos pasos tambaleantes como si estuviera borracho. Lo saqué fuera del corral, y al cabo de un momento suspiró y hundió la cabeza en la alta hierba, como si no hubiera sucedido nada.

—Ni siquiera echa nada de menos —dijo Zachary.

—El próximo tendría que ser el viejo Pucket —dijo papá.

Eso nos hizo reír a todos a carcajadas.

***

Me propuse domar a *Remiendos* como era debido. Era una yegua lista, y al poco tiempo había aceptado totalmente el freno y se ponía en marcha nada más espolearla ligeramente. Unos meses después de eso, incluso había aprendido a cerrarle el paso al ganado. En el otoño, se había vuelto totalmente mansa y estaba lista para el rodeo. Les dije a mis padres que quería presentarme en el gran rancho de los Franklin al otro lado del valle, pero dijeron que no querían ni oír hablar de ello, y que tampoco lo harían los Franklin. Así que empecé a participar con *Remiendos* en pequeñas carreras de caballos de aficionados, y de vez en cuando incluso volvíamos a casa con el dinero del premio.

Al verano siguiente Buster volvió a casa del colegio; había terminado el octavo curso. Nuestros padres hablaban de que fuera al instituto algún día, cuando pudieran pagarlo, pero había mucha gente que opinaba que llegar al octavo curso era toda la instrucción que se necesitaba en el oeste —era más de lo que llegaba a recibir la mayoría—, y a Buster no le interesaba el instituto. Lo que sabía de matemáticas y de leer y escribir le alcanzaba para ponerse al frente de un rancho, y no le veía demasiado sentido a adquirir más conocimientos que ésos. Según su punto de vista, le saturaban la cabeza.

No mucho después de que regresara Buster, fue evidente que él y Dorothy se trataban con mucha dulzura.

De alguna manera formaban una extraña pareja, dado que ella le llevaba unos años y a él apenas le crecían unos pelillos en el mentón. Mamá se horrorizó cuando se enteró, pero yo pensaba que Buster era afortunado. Siempre había carecido de iniciativa, y si quería tener éxito cuando tomara las riendas del rancho necesitaría a su lado a alguien decidido y dispuesto a encargarse del trabajo duro, alguien como Dorothy.

***

Un día de julio cabalgué sobre *Remiendos* hasta Tinnie para comprar algunos productos y recoger el correo. Para mi sorpresa, había una carta para mí. Casi era la única carta que había recibido en mi vida. Era de la madre Albertina, y me senté a leerla allí mismo, en los escalones de la tienda de comestibles.

Ella seguía pensando en mí y seguía creyendo que sería una excelente maestra. De hecho pensaba que ya sabía lo suficiente para ser maestra, y por eso me escribía. A causa de la guerra que había comenzado en Europa, había escasez de maestros, particularmente en las zonas remotas del país, y si yo era capaz de aprobar un examen que el gobierno iba a realizar en Santa Fe —no era un examen fácil, advertía: en matemáticas era particularmente difícil—, probablemente podría conseguir un empleo, aunque no tuviera diploma y sólo contara quince años.

Me puse tan nerviosa que tuve que reprimir el impulso de hacer todo el camino de regreso al rancho al galope, pero mantuve a *Remiendos* con un trote firme y, mientras cabalgaba, pensé en la puerta abierta de la que me había hablado la madre Albertina.

A mis padres la idea no les gustó nada. Mamá empezó a decir que yo tenía más posibilidades de casarme si me quedaba allí, en el valle, en donde era conocida como la hija del propietario de una finca importante. Lejos y sola, tendría menos que ofrecer en cuanto a familia y relaciones. Papá se puso a hilvanar una razón tras otra: yo era demasiado joven para vivir sola, era muy peligroso, adiestrar caballos era más divertido que hacerles aprender el abecedario a unos niños analfabetos, ¿por qué iba a encerrarme en un aula cuando podía estar al aire libre, en las praderas?

Finalmente, tras formular todas estas objeciones, se sentó conmigo en el porche trasero.

—El hecho —dijo— es que te necesito.

Yo ya me esperaba ese argumento.

—Éste nunca va a ser mi rancho, sino el de Buster, y si se casa con Dorothy vas a tener toda la ayuda que necesites.

Papá miró a la lejanía. La pradera se extendía hacia el horizonte y estaba particularmente verde por una lluvia reciente.

—Papá, tengo que emprender mi camino sola en algún momento. Como dices siempre, tengo que hallar mi «propósito».

Él meditó unos instantes.

—Bueno, qué demonios —cedió finalmente—, supongo que al menos podrías ir y hacer ese condenado examen.

EL EXAMEN FUE MÁS FÁCIL DE LO QUE ESPERABA. Consistió principalmente en preguntas sobre definiciones de palabras, fracciones e historia de los Estados Unidos. Unas semanas más tarde, ya de vuelta en el rancho, Buster entró en casa con una carta para mí que había recogido en la oficina de correos. Papá, mamá y Helen estaban allí, observándome mientras la abría.

Había aprobado el examen. Me ofrecían un trabajo de maestra suplente itinerante en el norte de Arizona. Solté un chillido de felicidad y empecé a bailar por toda la habitación, ondeando al aire la carta y gritando de alegría.

—¡Ay, Dios! —exclamó mamá.

Buster y Helen me abrazaron, y luego me volví hacia papá.

—Parece que te ha tocado una carta de la baraja buena —dijo papá—. Supongo que lo mejor que puedes hacer es ir y jugarla.

***

La escuela que me esperaba quedaba en Red Lake, en Arizona, ochocientos kilómetros al oeste, y la única manera que tenía de llegar hasta allí era subida a *Remiendos*. Decidí viajar ligera de equipaje, y llevé sólo un cepillo de dientes, una muda de ropa interior, un vestido presentable, un peine, una cantimplora y mi saco de dormir. Tenía dinero ahorrado de los premios de las carreras de caballos que había ganado, y podía comprar provisiones a lo largo del camino, ya que casi todos los pueblos de Nuevo México y Arizona quedaban unos de otros más o menos a un día de distancia yendo a caballo.

Calculé que el viaje me llevaría unas cuatro semanas, puesto que podía hacer un promedio de cuarenta kilómetros diarios y tendría que darle a *Remiendos* un día de descanso de vez en cuando. La clave del éxito del viaje era que mi yegua se mantuviera sana y fuerte.

Mamá estaba muerta de preocupación al pensar que una niña de quince años iba a emprender sola semejante viaje a través del desierto, pero yo era alta para mi edad, y de complexión fuerte. Así que le aseguré que me metería el cabello dentro del sombrero y hablaría con voz grave. Para que fuera más protegida, papá me dio un revólver de seis balas de empuñadura nacarada, pero a decir verdad a mí me daba la impresión de que aquel viaje no iba a ser gran cosa: sólo se diferenciaba de ir a Tinnie a caballo en que ahora serían ochocientos kilómetros en vez de diez. De todas maneras, una tenía que hacer lo que debía.

* * *

Remiendos y yo partimos con las primeras luces de la mañana a principios de agosto. Dorothy se acercó a casa para prepararme tortitas de maíz para el desayuno, y me envolvió algunas que sobraron en papel encerado para que me las llevara. Mamá, papá, Buster y Helen se levantaron, y nos sentamos en la larga mesa de madera de la cocina, pasándonos de aquí para allá la bandeja de tortitas y la tetera de latón.

—¿Te volveremos a ver alguna vez? —preguntó Helen.

—Seguro que sí —dije yo.

—¿Cuándo?

Yo no había pensado en ello, y me di cuenta de que no quería hacerlo.

—No lo sé —respondí.

—Volverá —aseguró papá—. Va a echar de menos la vida en el rancho. Tiene sangre de caballo en las venas.

***

Después del desayuno, llevé a *Remiendos* al granero. Papá me siguió, y mientras yo ensillaba empezó a darme toda clase de consejos, diciéndome que esperara que sucediera lo mejor e hiciera planes para lo peor, que no prestara ni pidiera prestado, que mantuviese la frente alta y la nariz limpia y no tirara margaritas a los cerdos, y si tenía que disparar, que apuntara al blanco y me asegurara de tirar primero. No paraba de hablar.

—Estaré bien, papá —dije—. Y tú también.

—Por supuesto que estaré bien.

Salté sobre la silla y me dirigí hacia la casa. El cielo gris empezaba a ponerse azul, el aire ya se estaba caldeando. Parecía que iba a ser un día abrasador y polvoriento.

Salvo mamá, todos estaban de pie en el porche delantero, pero a ella pude verla mirándome a través de la ventana del dormitorio. Los saludé a todos con la mano e hice girar a *Remiendos* para bajar por el sendero.

PROMESAS

Parte 3

Lily Casey con *Remiendos*

EL CAMINO DE TIERRA QUE IBA HACIA el oeste desde Tinnie era un viejo sendero indio apisonado y ensanchado a lo largo de los años por las ruedas de las carretas y los cascos de los caballos. Discurría siguiendo el río Hondo a los pies de las colinas de las montañas Capitan, al norte de la reserva apache Mescalero. El territorio, en esas zonas del sur de Nuevo México, era apacible a la vista. Los cedros crecían robustos. De vez en cuando veía un antílope de pie en la orilla del río o bajando a saltos la ladera de una colina, y en ocasiones vagaban por allí algunas reses muy delgadas. Una o dos veces al día *Remiendos* y yo nos cruzábamos con un vaquero solitario sobre un caballo macilento, o con una carreta llena de mexicanos. Yo siempre saludaba con una sacudida de cabeza y decía unas palabras, pero mantenía la distancia.

Todos los días, cuando avanzaba la mañana y el sol estaba alto, buscaba un lugar sombreado cerca del río en donde mi caballo pudiera pastar. Yo también necesitaba descansar para mantenerme alerta. Montar a un caballo al paso puede ser tan peligroso como cabalgar a galope, ya que el ritmo monótono hace que uno se amodorre y se quede dormido justo cuando una serpiente de cascabel se cruza en su camino, provocando que el animal se asuste.

Cuando empezaba a refrescar, volvíamos a ponernos en movimiento hasta que oscurecía. Yo hacía una fogata con artemisas, comía un poco de cecina y galletas, y me tendía con mi saco de dormir, escuchando el aullido de los coyotes lejanos mientras *Remiendos* pastaba allí cerca.

En cada pueblo —por lo general una pequeña aglomeración de casuchas de madera y cabañas de adobe, una sola tienda y una iglesia pequeña— compraba la comida para el día siguiente y conversaba con el tendero sobre la ruta que tenía que seguir. ¿Era pedregosa? ¿Había gentuza que debía evitar? ¿Cuál era el mejor lugar para coger agua y para acampar?

Casi todos los tenderos estaban encantados de parecer expertos, dándome consejos e indicaciones, dibujando mapas sobre bolsas de papel. También estaban contentos de tener a alguien con quien hablar. Una vez, en un lugar solitario, la tienda estaba vacía, excepto el propietario. Los estantes estaban ocupados por unas cuantas latas de melocotones y botellas de linimento polvorientas. Después de pagar una bolsa de galletas, le pregunté al tendero:

—¿Cuántos clientes ha tenido hoy?

—Tú eres la primera de esta semana —dijo—. Pero aún es miércoles.

***

Cabalgué desde el Hondo hasta Lincoln y luego hasta Capitan y Carrizozo, en donde el camino serpenteaba bajando de las colinas hacia la llana y abrasada extensión de desierto conocida como el Malpaís. Allí me encaminé hacia el norte, con la gran Chupadera Mesa elevándose del suelo del desierto a mi izquierda. Alcancé el río Grande en un pueblecito llamado Los Lunas. Allí no era precisamente un gran río, y una muchacha zuni me transportó en una balsa, arrastrándonos con una soga que cruzaba de una orilla a la otra.

Al oeste del río había muchas reservas indias, y un día me encontré con una mujer medio navajo que iba en burro. Calculé que no era mucho mayor que yo. Llevaba un sombrero de vaquero, y su cabello negro y espeso se escapaba por debajo de éste como el relleno de un colchón. Iba en la misma dirección que yo, y seguimos camino juntas, en fila. Se presentó como Priscilla Loosefoot. Su madre, según dijo, la había entregado a una familia de colonos a cambio de dos mulas, pero éstos le habían pegado y la trataban como a un animal, así que se había escapado y ahora se ganaba a duras penas el sustento recogiendo y vendiendo hierbas.

Esa noche montamos campamento en un bosquecillo de enebros, al lado del camino. Yo saqué de mi alforja harina de maíz y Priscilla sacó un poco de tocino envuelto en hojas. Mezcló la harina de maíz y el tocino con agua y un poco de sal que llevaba en una bolsita de piel, formó un montoncito de tortas indias sobre una piedra plana, y las frió en otra que había puesto en el fuego.

Los navajos normalmente eran silenciosos, pero Priscilla era una buena conversadora. Cuando estábamos allí sentadas, chupándonos los dedos mientras el fuego se iba apagando, comentó que formábamos un buen equipo y que debíamos viajar juntas, y así ella me enseñaría a identificar las hierbas.

Un rato después nos fuimos a dormir, pero algo me despertó en mitad de la noche y sorprendí a Priscilla hurgando silenciosamente en mis alforjas.

Tenía el revólver de cachas nacaradas en la bota. Lo saqué y lo sostuve en alto para que Priscilla pudiera verlo a la luz de la luna.

—No tengo nada que valga la pena robar —dije.

—Me lo imaginaba —dijo Priscilla—, pero tenía que asegurarme.

—Creí que habías dicho que formábamos un buen equipo.

—Todavía es posible si no me apuntas con eso. La verdad es que no se me presentan muchas oportunidades, y cuando aparece una tengo que aprovecharla.

Yo sabía lo que quería decir, pero, aun así, no me gustaba la idea de despertar y encontrarme con que se había ido llevándose con ella a *Remiendos*. Me puse de pie y recogí mi saco de dormir.

—Tú te quedas aquí —dije.

—Claro.

Había justo la luna necesaria para distinguir el camino. Ensillé a *Remiendos* y nos pusimos en marcha, las dos solas.

***

Crucé la frontera de Arizona por los Painted Cliffs, unos riscos de arenisca roja que se alzan verticales desde el suelo del desierto. Tras otros diez días de cabalgata ininterrumpida, llegué a Flagstaff. Vi un anuncio del hotel que proclamaba que tenía bañera. Puesto que a esas alturas me sentía bastante sucia, me resultó poderosamente tentador, pero seguí adelante para llegar dos días después a Red Lake.

Había estado en el camino, al aire libre, montando bajo el sol y durmiendo a la intemperie, durante veintiocho días. Estaba cansada y cubierta de polvo. Había perdido peso, la ropa me pesaba de lo sucia que estaba y colgaba floja, y cuando me miré en un espejo mi rostro me pareció más duro. Mi piel se había oscurecido, y me habían salido unos surcos en la piel alrededor de los ojos. Pero lo había conseguido. Había logrado pasar por esa condenada puerta abierta.

R ED LAKE ERA UN PUEBLECITO RURAL en una alta meseta situado unos cincuenta kilómetros al sur del Gran Cañón. La pradera caía kilómetros en pendiente, tanto hacia el este como hacia el oeste, dándole a uno la sensación de encontrarse en uno de los puntos más altos del mundo. Allí la tierra era más verde que en las zonas de Arizona por las que había pasado, con una hierba espesa que crecía tan alto que hacía cosquillas en los vientres de las reses que pastaban. Hasta donde todos podían recordar, la pradera que rodeaba a Red Lake no se había usado para muchas más cosas que el pastoreo, pero recientemente había sido descubierta por los granjeros, que habían venido con sus arados y excavadoras de pozos y grandes esperanzas de realizar el trabajo agotador que se necesita para hacer crecer cosechas tan verdes como la hierba que allí había. Estos granjeros habían traído con ellos a sus numerosas familias, y sus hijos necesitaban un maestro que los educara.

Poco después de mi llegada, el inspector de Educación del condado, el señor Macintosh, vino cabalgando desde Flagstaff para explicar la situación. El señor Macintosh era un hombre menudo con una cabeza tan estrecha que parecía un pescado. Usaba sombrero de fieltro y un cuello rígido blanco. A causa de la guerra, según explicó, los hombres se estaban alistando en el ejército y las mujeres abandonaban el campo para ocupar los empleos bien pagados que los hombres habían dejado vacantes. Pero a pesar de la escasez de maestros en las zonas rurales, el consejo quería que éstos tuvieran por lo menos aprobado el octavo curso, requisito que yo no cumplía. Así que yo iba a enseñar en Red Lake hasta que ellos pudieran contratar a una persona más cualificada, y luego me enviarían a algún otro lado.

—No se preocupe —dijo el inspector Macintosh—, siempre encontraremos un sitio para usted.

***

Red Lake tenía una escuela de una sola aula con una estufa de petróleo en un rincón, un escritorio para el maestro, una fila de bancos para los niños y una pizarra, lo cual me hacía especialmente feliz, ya que muchas escuelas carecían de pizarra. Por otra parte, muchas escuelas parecidas tenían un anexo para que viviera el maestro, pero no era el caso de la de Red Lake, así que dormía en el suelo de la escuela, en mi saco de dormir.

Aun así, me encantaba mi trabajo. El inspector Macintosh rara vez venía por allí, y yo me puse a enseñar exactamente lo que quería y de la forma que yo quería. Tenía quince alumnos de todas las edades y capacidades, y nunca tuve necesidad de ir a buscarlos, pues sus padres deseaban fervientemente que aprendieran y los trajeron a la escuela desde el primer día y se aseguraron de que continuaran viniendo.

La mayoría de los niños habían nacido en el este, aunque algunos venían de lugares tan lejanos como Noruega. Las niñas llevaban vestidos ya desteñidos, largos hasta los pies, de algodón a cuadros, y los niños tenían el cabello cortado a tijeretazos; cuando hacía calor andaban todos descalzos. Algunos de esos niños eran absolutamente pobres. Un día pasé por la casa de uno de mis alumnos walapai, y estaban cocinando un filete con pequeñas larvas arrastrándose por encima.

—Cuidado —dije—, esa carne está llena de gusanos.

—Sí —contestó la madre—, pero los gusanos están llenos de carne.

No teníamos libros de texto, así que los niños traían cualquier cosa que tuvieran en su casa —biblias de la familia, almanaques, cartas, catálogos de semillas— y leíamos eso. Cuando llegó el invierno, uno de los padres me regaló un abrigo de piel que había hecho él mismo con coyotes que había cazado, y yo lo llevaba puesto en el aula durante el día, dado que mi escritorio estaba lejos de la estufa, alrededor de la cual se apiñaban los niños. Las madres siempre se preocupaban por traerme guisos y pasteles y me invitaban a cenar los domingos, e incluso ponían mantel como señal de respeto. Y cada fin de mes el cajero del pueblo me pagaba la nómina.

***

A mitad de año, el inspector Macintosh encontró una maestra titulada para ocupar la plaza de Red Lake, y a mí me enviaron a otro pueblecito llamado Cow Springs. Los tres años siguientes transcurrieron así, y *Remiendos* y yo estuvimos mudándonos de un pueblo a otro —Leupp, Happy Jack, Greasewood, Wide Ruin—, después de permanecer unos meses en cada uno, sin echar raíces y sin tener nunca tiempo de llegar a establecer una relación íntima con nadie. A pesar de todo, esos pequeños pilluelos a los que enseñaba aprendían a obedecerme o recibían golpes en los nudillos, y yo les enseñaba cosas que necesitaban saber, lo que me hacía creer que conseguía un cambio significativo en sus vidas. Nunca me tropecé con un niño al que no le pudiera enseñar nada. Cualquier niño era bueno en algo, y la gracia estaba en descubrir qué era y luego partir de ahí para enseñarle todo lo demás. Era un buen trabajo, y esforzado. La clase de trabajo que te permite dormir profundamente por la noche y, al despertar, tener ansias de comenzar el día.

Luego terminó la guerra. Un día, no mucho después de haber cumplido los dieciocho años, el inspector Macintosh vino a verme y me explicó que, al regresar los hombres a casa, las mujeres estaban siendo despedidas de las fábricas para dejar sus puestos a los veteranos. Muchas de esas mujeres eran maestras tituladas que pretendían recuperar sus antiguos empleos. Algunos de los soldados que volvían de la guerra también eran maestros. El inspector Macintosh dijo que había oído cosas extraordinarias sobre mi trabajo, pero que yo no había terminado ni siquiera el octavo curso, ni había obtenido un diploma de un instituto, y además el estado de Arizona tenía que contratar prioritariamente a aquellos que habían combatido por su país.

—¿Así que me están despidiendo? —pregunté.

—Desgraciadamente, ya no necesitamos sus servicios.

Me quedé con la mirada clavada en el inspector con cara de pescado. Ya me había imaginado que aquel día podría llegar más tarde o más temprano, pero aun así sentí como si el suelo desapareciese bajo mis pies. Sabía que era una buena maestra. Me gustaba el trabajo y me encantaba incluso viajar a todos esos lugares remotos adonde nadie más quería ir a enseñar. Comprendía lo que el señor Macintosh estaba diciendo sobre la necesidad de ayudar a los soldados que regresaban. Sin embargo me había esforzado mucho enseñando a todos aquellos niños salvajes y analfabetos, y no podía evitar sentirme un poco defraudada cuando Cara de Pescado me dijo que no estaba cualificada para hacer algo que había estado haciendo durante los últimos cuatro años.

El inspector Macintosh pareció darse cuenta de lo que yo estaba pensando.

—Usted es joven y fuerte, y tiene unos bonitos ojos —dijo—. Dedíquese simplemente a buscar un marido, uno de estos soldados, y estará bien.

ME DIO LA SENSACIÓN DE que la cabalgata de vuelta al KC me llevaba la mitad de tiempo que el que había invertido en aquel primer viaje a Red Lake. Pero eso es lo que siempre sucede cuando uno se dirige a casa por territorio conocido. La única aventura que me sucedió fue que una serpiente de cascabel se instaló una noche bajo mis arreos, pero se echó atrás y huyó, retorciéndose frenéticamente antes de que yo pudiera coger mi revólver. Y luego también estuvo lo del aeroplano. *Remiendos* y yo nos dirigíamos al este, cerca de las ruinas de Homolovi, unos pueblos abandonados en donde habían vivido antaño los antepasados de los hopis, cuando oímos el *put-put* de un motor en el cielo, detrás de nosotras. Miré hacia atrás, y un biplano rojo —el primero que veía en mi vida— seguía ruta hacia el este a cien o doscientos metros del suelo.

Remiendos empezó a inquietarse por aquel ruido extraño, pero yo tiré de las riendas, y cuando el avión se acercó me quité el sombrero y saludé. El piloto bajó en picado a modo de respuesta, y cuando nos rebasó, se ladeó y devolvió el saludo con la mano. Espoleé a *Remiendos* y galopamos tras el avión; yo iba agitando el sombrero y gritando, aunque estaba tan excitada que no tenía ni idea de qué estaba tratando de decir.

Jamás había visto nada como ese aeroplano. Resultaba sorprendente que no se cayera del cielo, pero por primera vez caí en la cuenta —¡eureka!— de lo que significaba la palabra «aeroplano». Eso era lo que hacía: se mantenía en alto porque estaba planeando en el aire.

Deseé tener allí algunos alumnos para explicarles todo aquello.

DURANTE TODO EL TIEMPO que estuve enseñando no había vuelto a casa, porque se empleaba demasiado tiempo en el viaje. Se suele decir que cuando regresas al lugar en el que creciste, éste siempre parece más pequeño de como lo recordabas. Y eso es lo que me sucedió a mí cuando finalmente llegué al rancho. Aunque no sabía si era porque yo lo había construido así en mis recuerdos o porque mi cuerpo había aumentado. Tal vez por las dos cosas.

Mientras estaba lejos, escribía a la familia una vez por semana y, como respuesta, recibía largas cartas de papá, que se explayaba elocuente y rimbombante sobre sus últimas convicciones políticas y me daba unos cuantos detalles de cómo les iba todo. Yo me preguntaba si la familia se las habría arreglado para mantener todo en orden. Pero el rancho parecía estar bien organizado, las cercas reparadas, las casas recién revestidas de cal; había un ala nueva de madera en la casa principal, una gran provisión de leña cortada cuidadosamente apilada bajo el techo del porche y hasta un arriate con malvarrosas y girasoles.

Lupe estaba fuera, fregando una olla, cuando aparecí cabalgando. Dio un grito y todos acudieron corriendo desde la casa y el granero. Hubo muchos abrazos y lágrimas de felicidad. Papá dijo:

—Te fuiste siendo una niña y has regresado hecha una mujer.

Él y mamá tenían canas, Buster había engordado y se había dejado bigote, y Helen se había convertido en una belleza esbelta de dieciséis años.

Buster y Dorothy se habían casado el año anterior. Vivían en el ala nueva de la casa, y pronto me quedó claro que Dorothy era la que estaba más o menos encargada del rancho. Vigilaba la cocina, dirigiendo a Lupe con decisión, y repartía las faenas diarias entre Buster, Apache e incluso mamá, papá y Helen. Mamá se quejaba de que Dorothy se había vuelto ligeramente prepotente, pero me di cuenta de que, en el fondo, estaban contentos de tener a alguien que se hiciera cargo de lo que solían hacer ellos.

La mayor preocupación de mamá era Helen. Había llegado a la edad de casarse, pero, a pesar de que era muy guapa, no tomaba la iniciativa. A mamá le preocupaba que Helen pudiera estar padeciendo de neurastenia, una imprecisa dolencia que cogían las mujeres de buena posición económica que las hacía yacer todo el día en su habitación con un paño húmedo sobre los ojos. Helen estaba contenta cuando cosía u horneaba pasteles, pero detestaba cualquier clase de tarea que la hiciera sudar o agrietara sus delicadas manos. Y la mayor parte de los rancheros del río Hondo que buscaban esposa querían una mujer que no solamente cocinara y limpiara la casa, sino que además echara una mano cuando había que marcar terneros o conducir el furgón de víveres durante un rodeo. El plan de mamá era enviar a Helen a las Hermanas de Loreto —esperaba que con un poco de refinamiento atrajera a un hombre de ciudad en Santa Fe—, pero Dorothy argumentaba que todas las ganancias del rancho debían ser invertidas en maquinaria para recoger las cosechas. La propia Helen decía que le gustaría mudarse a Los Ángeles y convertirse en actriz de cine.

***

La mañana siguiente a mi regreso estábamos desayunando en la cocina. Mamá me pasó la tetera. Me había empezado a aficionar al café en Arizona, pero papá seguía sin permitir nada más fuerte que el té en el rancho.

Después de fregar los platos, papá y yo salimos al porche.

—¿Estás lista para volver al corral? —preguntó—. Tengo un par de potros nuevos con los que sé que puedes lograr maravillas.

—No lo sé, papá.

—¿Qué quieres decir? Eres una buena jinete.

—Estando Dorothy al cargo, no estoy segura de que siga habiendo aquí un sitio para mí.

—No digas tonterías. Tú eres de nuestra sangre. Ella es sólo una pariente política. Tú perteneces a todo esto.

Pero la verdad era que yo no lo sentía así. E incluso aunque hubiese un sitio para mí, no era la vida que quería. Ese avión que había volado sobre mi cabeza en las ruinas de Homolovi me había dado que pensar. Además, había visto unos cuantos automóviles durante los años que pasé en Arizona; tenía la sensación de que las perspectivas futuras de los carruajes —y de los caballos de tiro— se estaban yendo a pique.

—¿Alguna vez has pensado en comprarte uno de esos automóviles, papá? —pregunté.

—¡Condenados aparatos! —replicó papá—. Nadie tendrá jamás un aspecto tan elegante en una de esas máquinas que sueltan humo como en un carruaje.

Eso le permitió pasar a explayarse sobre cómo el presidente Taft había llevado el país en la dirección contraria cuando había sustituido las caballerizas de la Casa Blanca por un garaje.

—Teddy Roosevelt, vaya, ése sí que era un hombre, el último presidente que realmente sabía cómo montar un caballo. Nunca volveremos a ver a nadie como él.

Mientras le escuchaba hablar, sentía cómo me iba alejando de él. Toda mi vida había estado oyéndolo rememorar el pasado y despotricar contra el futuro. Decidí no hablarle del aeroplano rojo. Eso sólo lo exaltaría más. Lo que él no entendía era que, independientemente de cuánto detestara o temiera al futuro, éste venía hacia nosotros, y había una sola manera de enfrentarse a él: montando encima.

Otra cosa de la que me había hecho darme cuenta el aeroplano era que existía todo un mundo más allá del campo y los ranchos, un mundo que yo no había visto nunca, un lugar donde finalmente podría conseguir el condenado diploma. Y en donde tal vez incluso aprendiera a pilotar un aeroplano.

Así que, tal como yo veía las cosas, tenía dos opciones: quedarme en el rancho o ponerme en marcha por mi cuenta. Quedarme en el rancho significaba o encontrar un hombre con quien casarme o convertirme en la tía solterona del montón de niños que Dorothy y Buster decían que iban a tener. Todavía no se me había declarado ningún hombre, y si me sentaba a esperar a que llegara uno bien podía terminar como la solterona que pela patatas en el rincón de la cocina. Ponerme en marcha por mi cuenta significaba irme a algún sitio en donde una joven mujer soltera pudiera encontrar trabajo. Santa Fe y Tucson no eran mucho más que ciudades ganaderas vestidas de etiqueta, y las oportunidades eran limitadas. Yo quería dirigirme a donde hubiera mayores oportunidades y el futuro se desplegara ante mis ojos. Quería ir a la ciudad más grande, más floreciente que pudiera encontrar.

Un mes más tarde estaba en el tren camino de Chicago.

L A VÍA DEL FERROCARRIL CORRÍA hacia el noreste a través de la pradera ondulada hasta Kansas City, luego cruzaba el Misisipi y se metía en las granjas de Illinois, con sus campos verdes sembrados de maíz, altos silos y bonitas casas blancas con grandes porches al frente. Era mi primer viaje en tren, y pasé buena parte de él con la ventanilla bajada asomando la cabeza soportando el embate del viento.

Viajamos también de noche, y pese a las paradas para cargar combustible y recoger y dejar pasajeros, el viaje sólo duró cuatro días, mientras que a *Remiendos*, con todo lo ágil que era, le habría llevado un mes entero recorrer menos de la mitad de esa distancia.

Cuando el tren entró en Chicago, bajé mi pequeña maleta y caminé por la estación hasta salir a la calle. Ya había estado en medio de una gran multitud antes —en ferias rurales y subastas de ganado—, pero nunca había visto semejante masa de gente, moviéndose todos juntos como un rebaño, a empujones y codazos, ni tampoco mis oídos habían sido nunca asaltados por un barullo tan feroz, con coches tocando el claxon, tranvías haciendo sonar la campanilla y martillos neumáticos retumbando.

Di una vuelta mirando embobada los rascacielos que se alzaban por todas partes y luego me dirigí hacia el lago, de un azul profundo, tranquilo y tan infinito como la pradera, sólo que era agua, fluyendo fresca, fría incluso en verano. Viniendo de un lugar en donde se medía el agua por cubos y la gente se peleaba e incluso se mataba por el preciado líquido, era difícil imaginar, pese a estar viéndola, que aquella inmensa cantidad de agua fresca —pensé que tenían que ser billones, quizá trillones de litros— podía estar depositada allí, sin que nadie la bebiera, la usara o la reclamara.

Tras mirar el lago un buen rato, contemplándolo absorta, seguí con mi plan: encontré una iglesia católica y le pedí a un cura que me recomendara una casa de huéspedes respetable para una mujer. Alquilé una cama —en una habitación de cuatro— y luego compré los periódicos y busqué los anuncios en los que se ofrecía trabajo, rodeando con un círculo aquellos para los que creía tener posibilidades.

* * *

Al día siguiente empecé a buscar trabajo. Mientras iba caminando por las calles, me descubrí clavando la mirada en los rostros de la gente, pensando: «De modo que éste es el aspecto que tienen las personas de la ciudad». No me pareció que sus rasgos fueran diferentes, pero sí sus expresiones. Sus rostros estaban apagados. Todos se preocupaban por ignorar a los demás. Yo estaba acostumbrada a saludar con una sacudida de cabeza a cualquier desconocido con el que cruzara la mirada, pero aquí en Chicago todos te atravesaban con la mirada, como si no estuvieras allí.

Encontrar trabajo fue considerablemente más difícil de lo que me había esperado. Yo había ido con esperanzas de encontrar un puesto de institutriz o profesora particular, pero cuando confesaba que ni siquiera había aprobado el octavo curso, la gente me miraba como si se preguntara por qué estaba haciéndoles perder el tiempo, incluso después de hablarles sobre mi experiencia docente.

—Eso puede estar bien para dar clases en el campo —me dijo una mujer—, pero no le va a servir en Chicago.

Todos los trabajos de vendedora en grandes almacenes exigían tener experiencia, y la mía se limitaba a mis negociaciones de un céntimo por huevo con el señor Clutterbuck. Las empresas ponían anuncios buscando administrativos, pero a pesar de que hacía una y otra vez la larga cola para cubrir el impreso, sabía que no iba a conseguir el puesto. Con todos los soldados que regresaban a casa y todas las chicas como yo que venían del campo, había demasiada competencia. Empezó a escasearme el dinero, y tuve que enfrentarme al hecho de que mis opciones estaban limitadas a trabajar en una fábrica o convertirme en asistenta.

Estar sentada doce horas al día ante una máquina de coser no me parecía una buena forma de salir adelante, mientras que si trabajaba de asistenta conocería a gente adinerada, y si mostraba suficiente iniciativa sería capaz de valerme de ese puesto para lograr algo mejor.

Encontré empleo bastante pronto en la casa de un comerciante y su esposa, Mim, en el North Side. Vivían en una gran casa moderna con calefacción de radiadores, una máquina de lavar la ropa y un cuarto de baño con una bañera rodeada de mosaicos y grifos de agua caliente, agua fría y agua helada para beber. Llegaba allí antes del amanecer para tenerles preparado el café cuando se despertaban, y me pasaba el día fregando, abrillantando y quitando el polvo. No me marchaba hasta después de haber fregado los platos de la cena.

No me importaba trabajar duro. Lo que me molestaba era el modo en que me trataba Mim —una mujer rubia de rostro alargado que solamente me llevaba unos años—, como si yo no existiera, con la mirada perdida en la distancia cuando me daba las órdenes del día. Aunque Mim parecía muy pagada de sí misma —actuaba de modo tremendamente grandilocuente y hacía sonar una campanilla de plata para llamarme para que sirviera el té cuando había visitas—, no era ninguna lumbrera.

De hecho me preguntaba cómo alguien podía ser tan obtuso. Una vez vino a comer una mujer francesa con un caniche enano, y cuando el perro se puso a ladrar, la mujer le habló en francés.

—Es un perro inteligente —dijo Mim—. No conocía ningún perro que supiera francés.

Mim también hacía crucigramas, y preguntaba constantemente a su esposo las respuestas de definiciones sencillas; un día cometí el error de responder a una, y me dirigió una mirada lacónica y severa.

Cuando llevaba dos semanas allí, me llamó a la cocina.

—Esto no funciona —dijo.

Me quedé anonadada. Nunca había llegado tarde y mantenía la casa impecable.

—¿Por qué? —pregunté.

—Tu actitud.

—¿Qué he dicho?

—Nada. Pero no me gusta el modo en que me miras. No pareces saber cuál es tu lugar. Una criada debe saber agachar la cabeza.

***

Conseguí otro trabajo de criada bastante rápido, y aunque iba contra mi forma de ser, me propuse mantener la boca cerrada y la cabeza agachada. Mientras tanto, por las noches acudía a la escuela para obtener mi diploma. No había nada de malo en trabajar duramente, pero sacar brillo a la plata de mentecatos ricos no era mi «propósito».

Pese a estar tan ocupada, y bastante agotada casi todo el tiempo, me encantaba Chicago. Era una ciudad vigorosa, atrevida y muy moderna, aunque terriblemente fría en invierno, con un espantoso viento del norte que soplaba desde el lago. Las mujeres se manifestaban por el derecho a votar, y asistí a un par de mítines con una de mis compañeras de cuarto, Minnie Hanagan, una audaz chica irlandesa de ojos verdes y una hermosa cabellera negra que trabajaba en una planta embotelladora de cerveza. No había tema del que Minnie no tuviera una opinión o comentario que oyera sin interrumpir. Después de trabajar todo el día de asistenta con la boca cosida, guardándome para mí mis ideas y con los ojos mirando al suelo, era maravilloso relajarse con Minnie discutiendo de política, religión y todo lo que hubiera bajo el sol. Salimos juntas con chicos un par de veces. Se trataba de obreros de fábricas que nos llevaban a los bares clandestinos más baratos; pero, por lo general, eran o tímidos o groseros. Me divertía más conversando con Minnie que con cualquiera de aquellos tipos, y a veces salíamos las dos y bailábamos solas. Minnie Hanagan era la persona más parecida a una verdadera amiga que había tenido jamás.

Minnie me preguntó cuándo era mi cumpleaños, y cuando éste llegó —yo cumplía veintiún años—, me regaló un lápiz de labios rojo oscuro. Sólo le alcanzaba el dinero para eso, según dijo, pero podíamos maquillarnos para parecer verdaderas damas e ir a uno de los grandes almacenes, en donde nos divertiríamos probándonos toda la ropa que algún día no muy lejano podríamos comprar. Yo nunca había tenido mucho interés en maquillarme —pocas mujeres lo hacían en los ranchos, en el campo—, pero Minnie me pintó los labios y me dio un poco también en las mejillas, y que me cuelguen si no parecía algo la esposa de un corredor de bolsa.

Minnie fue mi guía en los grandes almacenes. Éstos eran gigantescos como una catedral, con techos abovedados, ventanas con vidrieras de colores, tubos neumáticos que transportaban zumbando el dinero de los clientes de un piso a otro, y había un pasillo tras otro de guantes, pieles, zapatos y todo lo que uno quisiera imaginar que se podía comprar. Nos detuvimos en la sección de sombreros, y Minnie me hizo probar uno tras otro: sombreros pequeños, grandes, con plumas, con velo o con lazos, sombreros con flores artificiales dispuestas a lo largo de anchas alas. Cada vez que me ponía un sombrero en la cabeza, ella lo examinaba —«demasiado chapado a la antigua», «demasiadas alas», «te tapa los ojos», «éste no debería faltar en tu armario»—, y cuando los sombreros se empezaron a amontonar sobre el mostrador, se nos acercó una vendedora.

—Chicas, ¿encontráis algo que se ajuste a vuestras posibilidades? —preguntó con una fría sonrisa.

Me sentí un poco aturullada.

—La verdad es que no —admití.

—Entonces tal vez estéis en la tienda equivocada —dijo.

Minnie miró a aquella mujer fijamente a los ojos.

—El problema no es el precio —aseguró—. El problema es encontrar algo que no esté pasado de moda entre estos modelos tan carentes de estilo. Lily, probemos en Carson Pirie Scott.

Minnie giró sobre sus talones, y mientras nos alejábamos me dijo:

—Cuando se ponen prepotentes, todo lo que tienes que hacer es recordar que son sólo empleadas.

C UANDO HACÍA CASI DOS AÑOS que estaba en Chicago, una tarde de julio volví a casa del trabajo y encontré a una de mis otras compañeras de habitación exten-
diendo el único vestido bueno de Minnie sobre su cama.

Me contó que Minnie estaba trabajando en la planta embotelladora cuando su larga cabellera negra se quedó enganchada en la maquinaria. Los sólidos engranajes
la arrastraron hacia su interior. Todo sucedió antes de que
nadie de los que estaban cerca siquiera hubiera tenido
tiempo de pensar.

Se suponía que Minnie tenía que llevar el cabello
recogido con un pañuelo, pero estaba tan orgullosa de
esa abundante y reluciente cabellera irlandesa —que lograba que todos los hombres de Chicago quisieran flirtear con
ella— que no podía resistir la tentación de dejárselo suelto. Su cuerpo quedó tan destrozado que tuvieron que ve-
larla con el ataúd cerrado.

Yo quería a aquella chica, y durante el transcurso
del funeral todo lo que podía pensar era que si hubiera
estado allí tal vez habría podido rescatarla. Me pasé el

tiempo imaginándome que le cortaba el cabello de un ti-jeretazo, que tiraba de ella hacia atrás y que la abrazaba mientras llorábamos de alegría, dándonos cuenta de lo cerca que había estado de una muerte horrorosa.

Pero en el fondo sabía que, aunque hubiera estado allí, en el lugar preciso, y de alguna forma se hubiera dado la casualidad de tener un par de tijeras en la mano, no ha-bría tenido tiempo de salvarla cuando su cabello se que-dó atrapado en la máquina. Cuando sucede algo así, en un momento estás hablando con una persona, luego parpa-deas y al instante siguiente esa persona está muerta.

Minnie había dedicado mucho tiempo a planear su futuro. Había estado ahorrando dinero y esperaba con-seguir casarse con un buen hombre, comprarse una casi-ta en Oak Park y criar una bulliciosa prole de niños de ojos verdes. Pero no importa lo que planees, un minúscu-lo error de cálculo, un momento de distracción, puede acabar con todo en un instante.

Había muchos peligros en este mundo, y tenías que ser listo para sortearlos. Tenías que hacer todo lo que pu-dieras para prevenir los desastres. Esa noche, en la casa de huéspedes, cogí unas tijeras y un espejo y, aunque mamá siempre decía del pelo que era mi corona de belle-za, me lo corté justo por debajo de las orejas.

* * *

No creía que fuera a gustarme mi nuevo corte de pelo, pero me equivoqué. No tardaba casi nada en lavarlo y se-carlo, ni tenía que volverme loca con tenacillas, horqui-llas y lazos. Me paseé por toda la casa de huéspedes con las tijeras en la mano tratando de convencer a las otras chicas de que se cortaran el pelo; les explicaba que, aunque no trabajaran en una fábrica, el mundo de hoy está lleno de toda clase de maquinarias —con ruedas, piñones y turbinas— en las que podría quedar atrapado su pelo. Los largos rizos eran cosa del pasado. Para nosotras, las mujeres modernas, el cabello bien corto era nuestro estilo.

Es cierto que con mi nuevo corte de pelo sentía que mi aspecto era el de la chica moderna de Chicago. Los hombres se fijaban más en mí, y un domingo que estaba caminando a lo largo de la orilla del lago un tipo de espaldas anchas vestido con un traje de algodón rústico y sombrero de paja se puso a conversar conmigo. Se llamaba Ted Conover y había sido boxeador, pero ahora trabajaba como vendedor de aspiradoras para la Electric Suction Sweeper Company.

—Con el pie impides que cierren la puerta, echas por el hueco un poco de tierra, y no les queda más remedio que permitirte que les hagas una demostración del producto —dijo con una risita.

Yo supe desde el primer momento que Ted era un poco farsante. Aun así, me gustó su fuerte determinación. Tenía unos ojos vivaces de color gris y la nariz torcida —un recuerdo de sus días de boxeador—. También tenía vitalidad en su rostro rojizo y, como habría dicho Minnie, un pico de oro. Me compró un helado en un puesto ambulante y nos sentamos en un banco al lado de una fuente de mármol rosa con caballitos de mar de cobre retozando. Me contó que había crecido en el sur de Boston, que se colaba en la parte trasera de los tranvías, que robaba pepinillos y que había aprendido cómo soltar un puñetazo certero, de esos que derriban al rival en las peleas callejeras con italianos. Los chistes que contaba le gustaban tanto que empezaba a reírse cuando iba por la mitad, y yo también empezaba a reírme, aunque todavía no hubiera oído el final.

Tal vez fuera porque echaba de menos a Minnie y necesitaba a alguien en mi vida, pero caí rendida ante aquel tipo.

LA SEMANA SIGUIENTE, TED me llevó a cenar al hotel Palmer House, y a partir de ahí empezamos a vernos con regularidad, aunque a menudo él estaba fuera de la ciudad durante varios días, porque su zona de ventas se extendía hasta Springfield. A Ted le gustaba estar siempre en medio de la multitud, e iba a los partidos de béisbol en el Wrigley Field, a ver películas en el cine Folly y a combates de boxeo profesional en el Chicago Arena. Fumé mi primer cigarrillo, bebí mi primera copa de champán y jugué mi primera partida de dados. A Ted le encantaban los dados.

Ya avanzado el verano, apareció en la casa de huéspedes con un bañador que me había comprado en Marshall Field's, y cogimos el tren a Gary, en donde pasamos la tarde bañándonos en el lago y tomando el sol frente a las grandes dunas de arena. Yo no sabía nadar, ya que nunca había estado en nada que fuera mucho más profundo que los charcos que dejaban las inundaciones, pero Ted me enseñó.

—Tienes que confiar en mí —dijo—. Limítate a relajarte.

Me sostenía en sus brazos mientras yo flotaba de espaldas. Era verdad, podía hacerlo. Cuando relajé mi cuerpo, dejé de hundirme, subí hacia la superficie hasta que mi cara emergió y el agua realmente me sostuvo. Flotaba. Nunca había experimentado una sensación semejante.

Seis semanas después de haber conocido a Ted, volvió a llevarme a la fuente de los caballitos de mar, me compró otro helado y, cuando me lo estaba dando, le clavó encima un anillo con un diamante.

—Un pedazo de hielo que espero que te haga derretir —dijo.

***

Nos casamos en la iglesia católica a la que yo había acudido cuando llegué a Chicago. Yo llevaba un vestido azul de lino que me prestó una de las chicas de la casa de huéspedes. Ninguno de los dos disponía de tiempo para irnos de luna de miel, pero Ted me prometió que algún día iríamos al Grand Hotel, un centro turístico espectacular en la isla Mackinac, en un extremo del lago Hurón.

Esa tarde nos mudamos a una casa de huéspedes que admitía parejas casadas y lo celebramos en nuestra habitación con una botella de licor de fabricación clandestina. Al día siguiente regresé a mi trabajo de asistenta, y Ted salió de viaje.

***

No usaba el anillo que me había regalado Ted en el trabajo, sino que lo guardaba en una bolsita de seda debajo del colchón, pero me daba miedo que me lo robaran. También me preocupaba que Ted hubiera pagado por él más de lo que se podía permitir.

—Relájate y aprende a disfrutar de la vida un poco, para variar —dijo.

—Pero semejante despilfarro… —repliqué yo.

—Lo habría sido si hubiera pagado su precio de mercado —dijo—. La verdad es que tiene una historia un poco curiosa.

Ted me aseguró que no había robado el anillo; simplemente, tenía relaciones que a su vez tenían relaciones que sabían cómo conseguir cosas por los canales apropiados. En este mundo, solía decir, las relaciones eran lo único que importaba.

YO NUNCA HABÍA QUERIDO QUE NADIE se hiciera cargo de mí, pero descubrí que me gustaba estar casada. Después de tantos años de estar sola, por primera vez estaba compartiendo mi vida, y eso hacía que los momentos duros fueran más soportables y los momentos buenos fueran mejores.

Ted siempre alentaba a la gente a pensar a lo grande, a soñar a lo grande, y cuando descubrió que mi gran ambición había sido siempre no sólo terminar el instituto sino ir a la universidad, me dijo que yo incluso podría aspirar a un doctorado. Cuando le hablé de mi sueño de pilotar un avión, dijo que podía verme convertida en una piloto de acrobacias. Ted estaba lleno de planes también para sí mismo: iba a vender su propia línea de aspiradoras, instalaría antenas de radio en la pradera, fundaría una compañía telefónica.

Decidimos dejar para más adelante los niños y ahorrar un dinerillo mientras yo terminaba la escuela nocturna. Cuando el futuro se volviera más nítido, estaríamos preparados para tener hijos.

***

Ted pasaba mucho tiempo fuera, pero eso a mí me venía bien porque estaba ocupada con el trabajo y la escuela nocturna. Para ahorrar dinero, comíamos un montón de galletas saladas y pepinillos, y reutilizábamos cuatro veces las bolsitas de té. Con lo ocupados que estábamos, los años pasaron rápido. Cuando tenía veintiséis años, obtuve finalmente mi diploma de educación secundaria. Empecé a buscar un empleo mejor, pero todavía trabajaba de asistenta cuando, una mañana de verano, mientras cruzaba la calle llevando en los brazos una gran bolsa de comida para la familia en cuya casa trabajaba, un cupé descapotable blanco con ruedas de radios de alambre dobló la esquina a toda velocidad. El conductor pisó el freno cuando me vio, pero era demasiado tarde. La rejilla frontal me derribó, y rodé por encima del capó, desperdigando las manzanas, los bollos y las latas que llevaba.

Instintivamente, cuando caí del capó al suelo evité ponerme rígida. Me quedé allí tirada un momento, aturdida, mientras la gente acudía corriendo. El conductor saltó del vehículo. Era un joven con el cabello lacio negro y brillante y unos zapatos de dos colores.

Aquel hombre empezó a repetir que yo me había metido en medio del tráfico sin mirar, lo que era una condenada mentira. Luego se arrodilló y me preguntó si estaba bien. El accidente había parecido más grave de lo que realmente había sido. Aun tumbada en el suelo, me di cuenta de que no tenía ninguna herida grave, sólo algunas magulladuras y unos desagradables arañazos en los brazos y las rodillas.

—Estoy bien —afirmé.

Pero el joven era un muchacho de ciudad que no estaba acostumbrado a que una mujer sufriera un fuerte golpe y luego se levantara y se marchara andando. Me preguntó una y otra vez cuántos dedos me estaba mostrando y qué día de la semana era.

—Estoy perfectamente —dije—. Antes domaba caballos. Si hay algo que sé hacer es cómo controlar una caída.

El joven moreno insistió en llevarme al hospital y pagar la revisión médica. Le dije a la enfermera de la sala de urgencias que estaba bien, pero ella me aseguró que estaba un poco más lesionada de lo que yo parecía creer. Mientras rellenaba los impresos, la enfermera me preguntó si estaba casada, y cuando le dije que sí, el joven moreno me dijo que debería llamar a mi marido.

—Es viajante de comercio —expliqué—. Está de viaje.

—Entonces llame a su oficina. Sabrán cómo ponerse en contacto con él.

Mientras la enfermera me ponía mercromina en los arañazos y me vendaba, el joven encontró el número y me dio una moneda para pagar la llamada. Más que nada para que se quedara tranquilo, hice la llamada. Respondió un hombre.

—Ventas. Le atiende Charlie.

—Quería saber si hay algún modo de que pueda usted ayudarme a localizar a Ted Conover, que está de viaje. Soy su esposa, Lily.

—Ted no está de viaje. Acaba de salir a comer. Y su esposa se llama Margaret. ¿Se trata de una broma?

Sentí que el suelo desaparecía bajo mis pies. No supe qué decir, de modo que colgué.

EL JOVEN MORENO SE QUEDÓ DESCONCERTADO cuando salí corriendo de la cabina telefónica y pasé de largo a su lado, pero tenía que alejarme de él y del hospital para aclarar la mente y tratar de pensar. Intenté combatir el pánico mientras recorría el camino hacia el lago, en donde caminé varios kilómetros con la esperanza de que la visión de las quietas aguas azules me calmara. Era un día soleado de verano, y el agua del lago lamía el muro de piedra sobre el que se encontraba el camino. ¿Había oído mal lo que me había dicho Charlie o me había imaginado lo que había dicho? ¿Había una explicación? ¿O me habían puesto los cuernos? Sólo había una manera de averiguarlo.

La oficina de ventas de la Electric Suction estaba en un edificio de estructura de acero de cinco pisos cerca del Loop. Cuando llegué allí, cogí un periódico de una papelera y me coloqué en un vestíbulo en la acera de enfrente. Alrededor de las cinco de la tarde, la gente empezó a salir en masa llenando las aceras, y también mi marido, Ted Conover, que se incorporó a la multitud saliendo por la puerta del edificio de su oficina; llevaba puesto su sombrero preferido —el de la vistosa plumita—; lo llevaba ladeado con desenfado. Estaba claro que me había mentido y no estaba fuera de la ciudad, pero aun así necesitaba conocer la historia completa.

Seguí a Ted a una distancia prudencial mientras él recorría su camino a través de las calles abarrotadas hacia el tren elevado. Subió las escaleras, y lo mismo hice yo. Me quedé de pie en el otro extremo del andén con la nariz metida en el periódico, y subí al tren en el vagón siguiente al suyo. En cada parada, asomaba la cabeza para mirar, y le vi bajarse en Hyde Park. Lo seguí algunas calles hacia el este hasta un barrio miserable con edificios de apartamentos que tenían escaleras de madera, todas combadas, en la parte trasera.

Ted se metió en uno de ellos. Yo me quedé fuera unos minutos, pero no apareció en ninguna de las ventanas, de modo que me dirigí al portal. Ninguno de los buzones tenía puesto el nombre. Esperé hasta que salieron unos niños, y me colé por la puerta abierta hacia el vestíbulo. Estaba oscuro, era estrecho y apestaba a repollo hervido y a carne en conserva.

Había cuatro apartamentos por piso, y me detuve en cada puerta, apoyando la oreja contra ella, escuchando para oír el sonido del acento del sur de Boston de Ted. Finalmente, en el tercer piso, oí su voz retumbando por encima de otras voces.

Sin saber exactamente lo que iba a hacer, llamé a la puerta. Tras un par de segundos, abrieron, y de pie frente a mí había una mujer con un niño pequeño apoyado contra sus caderas.

—¿Es usted Margaret, la esposa de Ted Conover? —pregunté.

—Sí. ¿Quién es usted?

Miré a aquella mujer un momento. Calculé que tendría más o menos mi edad, pero parecía cansada, y sus cabellos estaban encaneciendo antes de tiempo. Aun así, tenía una sonrisa lánguida en su expresión de pesadumbre, como si la vida fuera una lucha pero ella se las arreglara para encontrar algo de lo que reírse de vez en cuando.

Detrás de ella se oían un par de niños discutiendo, y luego la voz de Ted que decía:

—¿Quién es, cariño?

Tuve la tentación casi irresistible de empujar a Margaret a un lado y arrancarle los ojos a aquel mentiroso y tramposo, pero algo me retuvo: lo que significaría para aquella mujer y sus hijos.

—Soy de la oficina del censo —dije—. Sólo queríamos confirmar que aquí vive una familia de cuatro personas.

—Cinco —me corrigió ella—, aunque a veces me da la sensación de que son quince.

—Eso es todo lo que necesitaba saber —dije, obligándome a sonreír.

E STABA VOLVIENDO EN EL TREN A LA CASA de huéspedes, tratando de pensar qué demonios podía hacer, cuando de pronto me acordé de nuestra cuenta bancaria conjunta. Me quedé levantada toda la noche, enferma de preocupación, y estaba esperando plantada delante del banco cuando abrieron las puertas. Ted y yo teníamos depositados doscientos dólares en una cuenta de ahorro que nos daba intereses, pero cuando le pregunté al cajero me dijo que sólo quedaban diez dólares.

Volví a la casa de huéspedes y me senté en la cama. Estaba sorprendida de lo tranquila que me sentía. Pero cuando metí el revólver de empuñadura nacarada en mi bolso me di cuenta de que me temblaban las manos.

Tomé un autobús hasta el Loop y subí las escaleras del edificio de acero hasta la oficina de Ted. Empujé la puerta de cristal esmerilado. En el interior había una pequeña habitación polvorienta con varias mesas de madera. En dos de ellas estaban sentados Ted y otro hombre, con los pies sobre la mesa, leyendo periódicos y fumando.

Tan pronto como vi a Ted perdí toda traza del refinamiento femenino que mi madre había intentado inculcarme. Me convertí en una mujer salvaje, con rabia encendida contra aquel ladrón traicionero. Solté tacos y grité: «¡Maldito, sucio, mentiroso, canalla, hijo de puta!». Y comencé a golpearle con el bolso, con lo cual, puesto que dentro estaba mi revólver, le estaba dando unos buenos culatazos.

Ted levantó los brazos tratando de defenderse, pero yo le di algunos golpes certeros, y cuando el otro tipo me separó de él, su rostro estaba sangrando. Entonces me volví contra el otro con mi bolso y le di un buen trompazo antes de que Ted me agarrara.

—Cálmate o te sacudo un buen puñetazo —dijo—, y sabes que puedo hacerlo.

—Adelante, pégame y te denunciaré por agresión, robo y bigamia. —Pero dejé de golpearlos.

El otro tipo cogió su sombrero.

—Veo que tenéis cosas que discutir —dijo, y se escabulló por la puerta.

Entonces todo me salió a borbotones: ¿por qué me había mentido?, ¿por qué se había casado conmigo si ya tenía una esposa y tres hijos?, ¿por qué había cogido el dinero que se suponía que estábamos ahorrando para nuestro futuro juntos?, ¿había otras mentiras que yo no había descubierto?, ¿por qué no me dejó en paz el día que me vio por primera vez, frente al lago?

Mientras Ted escuchaba, su expresión fue cambiando de desafiante a avergonzada, a absolutamente acongojada y, finalmente, sus ojos se llenaron de lágrimas. Dijo que había cogido el dinero porque tenía unas deudas de juego y los italianos iban tras él. Esperaba poder devolvérmelo antes de que me diera cuenta. Margaret, según dijo, era la madre de sus hijos, pero él me amaba a mí.

—Lily —aseguró—, mentir era la única manera de poder conseguirte.

Aquel canalla actuaba como si esperara que yo fuera a sentir lástima por él.

—Es culpa mía —dijo. Entonces alargó la mano para rozar la mía y añadió—: Amándote, te he destruido.

El muy granuja sonaba como si estuviera a punto de ponerse a llorar. Retiré la mano.

—Tienes una opinión muy elevada sobre ti mismo —le dije—. Lo cierto es que tú no me amas y no me has destruido. No tienes lo que hay que tener para eso.

Lo empujé a un lado, di un portazo al salir, y luego me di la vuelta y golpeé mi bolso contra el panel de cristal esmerilado, haciéndolo añicos, y todos los pedacitos cayeron al suelo en una lluvia de cristal.

DI OTRO LARGO PASEO POR LA ORILLA del lago. A veces he creído que podía ver el futuro, pero, como que me llamo Lily, que esto no lo había visto venir. La situación me parecía bastante sombría en ese momento, pero había sobrevivido a otras mucho peores que un breve matrimonio con un mequetrefe sinvergüenza, y sobreviviría también a todo aquello.

Se había levantado viento, y mientras lo miraba azotar el agua me puse a pensar en que, a veces, como había sucedido con Minnie, en una fracción de segundo puede ocurrir algo catastrófico que cambia la vida de una persona para siempre; otras veces, un incidente menor puede llevar a otro y éste a otro y a otro, produciendo finalmente un cambio igualmente grande en la vida de alguien. Si ese coche no me hubiera atropellado y ese conductor no hubiera insistido en llevarme al hospital, no hubiera averiguado que yo estaba casada y no hubiera insistido en que llamara a Ted, en ese momento seguiría adelante alegremente con mi vida, ajena a la realidad. Pero ahora esa vida estaba muerta.

Miré durante un largo rato al lago, y algo se volvió claro como el agua. Lo mío con Chicago había terminado. La ciudad, con toda su hermosa agua azul y sus elevados rascacielos, no me había aportado más que penurias. Había llegado el momento de regresar a la pradera.

***

Ese mismo día acudí a la iglesia católica en donde me había casado con aquel canalla y le conté al cura lo que había sucedido. Dijo que si demostraba que mi marido estaba casado previamente podría presentar una solicitud de anulación al obispo. Con la ayuda de un administrativo del ayuntamiento, desenterré una copia del certificado del otro matrimonio de Ted, y el cura dijo que pondría a girar los engranajes.

Pensé que la esposa de Ted tenía que saber lo que había sucedido, y le escribí una carta explicándoselo todo. Decidí, sin embargo, no presentar una denuncia penal contra Ted. No había sido ilegal que aquella rata cogiera el dinero, dado que era una cuenta conjunta; simplemente fue una estupidez por mi parte confiar en él. Y si lo enviaban a prisión por bígamo, su esposa y sus hijos, que ya tenían bastante con que Ted Conover estuviera a cargo de su familia, lo pasarían peor que él. También pensé que aquel imbécil ya había consumido buena parte de mi tiempo y de mi energía, y que si tenía que esperar para recibir su justo castigo de parte del mismísimo buen Dios, por mí estaba bien.

***

Tras enviar la carta, llevé el anillo que me había regalado Ted a una joyería. No me lo iba a guardar, pero tampoco iba a hacer algo melodramático, como arrojarlo al lago. Supuse que conseguiría algunos cientos de dólares, y pensaba usar el dinero para asistir a unos cursos en la universidad y tal vez incluso derrocharlo en un vestido nuevo en Marshall Field's, pero el joyero miró el diamante con su lupa y dijo:

—Es falso.

Así que, después de todo, lo arrojé al lago.

CUANDO DEJÉ DE DARME CABEZAZOS contra la pared por ser tan crédula con aquel mequetrefe sinvergüenza, me centré en el futuro. Tenía veintisiete años, no era una niña. Como, obviamente, no podía contar con que un hombre se hiciera cargo de mí, lo que necesitaba, más que nunca, era una profesión. Tenía que obtener mi título académico y convertirme en maestra. Así que presenté una solicitud en el instituto universitario estatal de formación de maestros de Arizona, en Flagstaff. Mientras esperaba la respuesta —y la anulación del matrimonio—, no hice otra cosa que trabajar y ahorrar: cogí dos trabajos durante la semana y otro los fines de semana. El tiempo pasó volando, y cuando llegaron tanto la anulación como la carta de aceptación, tenía dinero suficiente para un año de universidad.

Llegó el día de decir adiós a Chicago. Metí todas mis pertenencias en la misma maleta que había traído. Me iba de la ciudad más o menos con la misma cantidad de cosas con las que había llegado. Pero había aprendido mucho, sobre mí misma y sobre la gente. La mayor parte de esas lecciones habían sido duras. Por ejemplo, si la gente quiere robarte, primero tiene que lograr que confíes en ella. Y no sólo se llevan tu dinero, sino también tu confianza.

El tren salía de la estación Union, un edificio flamante con suelos de mármol y techos de treinta metros de alto que enmarcaban amplios tragaluces. El alcalde pensaba que la nueva estación mostraba a Chicago como la ciudad del futuro, la mismísima materialización de la modernidad tecnológica. Yo había venido a Chicago deseando una parte de aquella modernidad, y me había enamorado de la ciudad por ello, pero Chicago no había correspondido a mi amor.

El tren partió de la estación, y en poco tiempo ya estábamos fuera de la ciudad. Fui hasta el final del tren y desde el vagón de cola miré los sólidos rascacielos que se iban empequeñeciendo en la lejanía. Ni una sola alma en Chicago iba a echarme de menos. Aparte de haber obtenido mi diploma, había pasado aquellos ocho años en la monotonía más ingrata y vana, abrillantando plata que volvía a mancharse, fregando los mismos platos un día tras otro y planchando montañas de camisas. Planchar era una pérdida de tiempo particularmente mortificante. Una se pasaba veinte minutos planchando una camisa por delante y por detrás, rociándola con almidón y alisando las arrugas, pero una vez que el hombre de la casa se la ponía se arrugaba nada más doblar el codo; además, ni siquiera se veía si la condenada camisa estaba o no planchada debajo de la americana.

Mientras estuve trabajando en los pueblecitos desiertos durante los años de la guerra —enseñando a leer a aquellos golfillos analfabetos—, me había sentido necesaria. Era algo que no había percibido en Chicago. Y necesitaba volver a experimentarlo.

LA CAMISA DE SEDA ROJA

Parte 4

Helen Casey en Red Lake

AHORA SE VEÍAN BASTANTES COCHES en Santa Fe, e incluso en el campo, pero cuando regresé al KC me sorprendí de lo poco que habían cambiado las cosas, salvo que Buster y Dorothy tenían un par de niños, la tercera generación de los Casey criada en el rancho. Papá había renunciado completamente a su responsabilidad, pero todavía mantenía correspondencia con viejos vaqueros sobre las hazañas de Billy el Niño. Mamá se había puesto más delicada y se quejaba de dolor de muelas. Un par de años antes, Helen se había trasladado a Los Ángeles para perseguir su sueño de triunfar en el cine. Pero todavía no había conseguido ningún papel, como explicaba en las cartas que enviaba a casa, aunque había conocido algunos productores. Mientras tanto estaba trabajando como dependienta en una tienda de sombreros de mujer.

El día que volví fui a ver a *Remiendos*, que estaba de pie sola en el prado. Estaba un poco peluda, pero parecía haber envejecido mejor que todos los demás. La ensillé y cabalgamos hacia el valle. Estaba avanzada la tarde, y la larga sombra púrpura que proyectábamos bajaba y subía a través de la ondulada pradera. *Remiendos* tenía sus buenos diecisiete años, pero todavía estaba llena de vida, y en una cuesta la espoleé para que galopara; los cascos retumbaban sobre la tierra dura y el viento echaba hacia atrás mi cabello y silbaba en mis oídos. No me había subido a un caballo desde que me había ido a Chicago, y era una sensación estupenda.

***

Estaba un poco preocupada por Helen, ya que no era la criatura más independiente del mundo, pero mamá, para mi sorpresa, la había alentado a ir a Los Ángeles, insistiendo en que con su cara bonita y sus manos delicadas seguramente tendría éxito, y si no podría encontrar un rico marido en Hollywood. Mamá también insinuó un par de veces que era bueno que yo fuera a la universidad, dado que con un matrimonio fracasado a mis espaldas tendría problemas para pescar un buen marido y necesitaría algo de lo que echar mano.

—Un paquete que ha sido abierto una vez no tiene el mismo atractivo —decía.

A diferencia de la última vez que había ido a casa, nadie me rogó que me quedara. Incluso papá actuaba como si tuviera asumido que me marcharía, y eso me gustaba. Yo no pertenecía a Chicago, pero Chicago me había cambiado, de modo que tampoco pertenecía al KC. Incluso me sentía fuera de lugar durmiendo en mi antigua cama. Además, si me quedaba, tendría que echar una mano con las faenas del rancho y, después de todos aquellos años de trabajar de asistenta, limpiar el gallinero y quitar el estiércol de los establos no eran cosas que me atrajeran precisamente. Me marché pronto a Flagstaff.

***

Aunque era mayor que la mayoría de los otros estudiantes, me encantó la universidad. A diferencia de muchos de los chicos, cuyos intereses eran el fútbol y la bebida, y las chicas, cuyos intereses eran los chicos, yo sabía exactamente por qué estaba allí y qué quería conseguir. Me habría encantado poder matricularme en todos los cursos y leer todos y cada uno de los libros de la biblioteca. A veces, cuando terminaba un libro especialmente bueno, sentía el impulso de mirar la ficha de la biblioteca, averiguar quién más había leído el libro y seguirle la pista para hablar con él.

Mi única preocupación era cómo iba a pagar la matrícula del año siguiente. Pero cuando hacía exactamente un semestre que estaba en la universidad, Grady Gammage, el rector, me pidió que fuera a verle. Dijo que le habían llamado de Red Lake, que estaban buscando un maestro. Había seguido todos mis esfuerzos porque él también había trabajado duramente para poder ir la universidad y admiraba a los que hacían lo mismo. Los habitantes de Red Lake se acordaban de mí, de la época en que yo había enseñado allí. Estaban dispuestos a contratarme, a pesar de que acababa de empezar la universidad, y el señor Gammage también pensaba que yo reunía las condiciones necesarias.

—Es una decisión difícil —dijo—. Si empiezas a enseñar ahora, dejarás la universidad, y a mucha gente le resulta más difícil volver.

A mí no me parecía una decisión difícil en absoluto. Podía pagar para ir a clase o que me pagaran por impartir clases.

—¿Cuándo empiezo? —pregunté.

R EGRESÉ AL RANCHO PARA BUSCAR a *Remiendos*, y por
tercera vez la yegua y yo hicimos el viaje de ochocientos kilómetros entre Tinnie y Red Lake. *Remiendos* no
estaba en forma, pero yo no le metí prisa, y pronto estuvo
a pleno rendimiento. Ambas disfrutamos del aire libre.

Me crucé con más gente que la vez anterior, y de
vez en cuando pasaba disparado un automóvil botando
sobre las huellas de las carretas —con el conductor aferrado al volante para dominar sus saltos—, dejando una
estela de polvo. Pero todavía había largos trechos en los
que *Remiendos* y yo estábamos en la más absoluta sole-
dad; y cuando por las noches me sentaba junto a mi pequeña hoguera, los coyotes aullaban igual que lo habían
hecho siempre y la gigantesca luna teñía de plateado el
desierto.

***

Red Lake todavía daba la impresión de estar situado en
uno de los puntos más altos del mundo, con las tierras de

la llanura descendiendo en pronunciada pendiente a su alrededor, pero había cambiado desde que lo había visto por primera vez, hacía quince años. Arizona, con sus amplios espacios abiertos y sin nadie que te mire por encima del hombro, siempre había sido un refugio para aquellos a los que no les gustaba que la ley se entrometiera en sus asuntos. Por allí rondaban más bribones y excéntricos que en otros sitios: contrabandistas de alcohol, alucinados buscadores de petróleo, veteranos enloquecidos en las trincheras que todavía respiraban mal por el gas mostaza, un tipo con cuatro esposas que ni siquiera era mormón. Uno de los hijos de éste se llamaba Balmy Gil porque cuando nació aquel tipo abrió la Biblia al azar y, con los ojos cerrados, colocó el dedo en el pasaje sobre el bálsamo de Galaad*.

Había más granjeros que habían puesto cercas, y habían abierto más tiendas, entre las que se contaba un nuevo taller de automóviles con un surtidor de gasolina en el exterior. La hierba en los alrededores del pueblo, que solía ser lo suficientemente alta como para tocar el vientre del ganado, se había usado tanto para el pastoreo que estaba al ras del suelo, y me pregunté si no vivía allí más gente de la que la tierra podía mantener.

Ahora la escuela tenía un anexo para que viviera el maestro, que habían construido al fondo, de modo que disponía de mi propia habitación para dormir. Tenía treinta y seis alumnos de todas las edades, tamaños y ascendencias, y me aseguré, cuando entré en el aula, de que todos se pusieran de pie y dijeran: «Buenos días, señorita Casey». Todo el que hablaba sin permiso tenía que irse

---

* En inglés, *Balm of Gilead*. (*N. del T.*)

al rincón, y todo el que me faltara al respeto era enviado fuera a arrancar una rama de sauce para que yo le diera una tunda con ella. Los niños eran como caballos: las cosas resultaban mucho más fáciles si uno se ganaba su respeto desde el principio en lugar de tratar de conseguirlo después de que hubieran empezado a ver qué podían hacer sin recibir un castigo.

***

Cuando llevaba un mes en Red Lake, me dirigí al ayuntamiento a recoger el talón de mi primera paga. Al lado del edificio había un corral, y dentro un *mustang* alazán con el lomo todavía resplandeciente por el sudor de la silla de montar. Cuando me vio, me dirigió una mirada maligna; tenía las orejas aplastadas y me di cuenta de inmediato de que era un caballo con malas pulgas.

En el interior del ayuntamiento había un par de funcionarios holgazaneando detrás de un escritorio, con los sombreros echados hacia atrás y los pantalones metidos dentro de las botas. Cuando me presenté, uno de ellos —un tío flacucho con piernas de gallo y ojos muy juntos— dijo:

—He oído que usted ha venido desde Chicago para enseñarnos a los paletos una o dos cosas.

—Sólo soy una chica que trabaja duro y que está aquí en busca de su paga —repliqué.

—Antes de que se la demos tiene que aprobar un sencillo examen.

—¿Qué examen?

—Tiene que montar el caballo que está ahí fuera en el corral.

Me di cuenta, por las miradas de reojo que se intercambiaron Patas de Gallo y su amiguete, de que pensaban que iban a gastarle una broma a la maestra de escuela novata. Se imaginaban que sería una sabionda en lectura, redacción y aritmética, y que iban a poner a aquella chica de ciudad en su lugar en lo relativo a la asignatura «montar a caballo».

Decidí seguirles el juego. Ya veríamos quién reía el último. Sin mirarles a los ojos y haciéndome la tímida, dije que aquel examen era bastante poco común, pero que suponía que podría intentarlo con el caballo, dado que ya había montado otras veces y que parecía un animal pacífico.

—Inofensivo como un pedo de bebé —dijo el Gallo.

Yo llevaba un vestido suelto y unos cómodos zapatos de maestra.

—No estoy vestida con ropa de montar —señalé—, pero si el caballo es como ustedes lo pintan supongo que puedo dar un pequeño paseo con él.

—Usted podría cabalgar sobre ese caballo en pijama —aseguró el Gallo con una sonrisita cómplice.

Seguí a aquellos dos tunantes al exterior, hacia el corral, y mientras ellos ensillaban al *mustang* me encaminé hacia un seto de enebro, corté una bonita rama flexible y le arranqué las hojitas.

—¿Lista para pasar el examen, señora? —preguntó el Gallo. Apenas podía contener la risa pensando en lo cómica que sería la inminente situación.

El *mustang* estaba inmóvil, pero me miraba con el rabillo del ojo. Se trataba simplemente de otro caballo a medio domar, de los que había visto con mucha frecuencia a lo largo de mi vida. Me remangué el vestido y tiré de las riendas, girándole la cabeza hacia la derecha para que no pudiera levantar los cuartos traseros.

Tan pronto apoyé el pie en el estribo, se puso en movimiento, pero yo lo tenía agarrado de las crines y salté a la silla. Inmediatamente, dio un respingo y se puso a corcovear. En ese momento, aquellos dos tipos estallaron en carcajadas, pero no les presté atención. La manera de conseguir que un caballo deje de corcovear es obligarle a levantar la cabeza —tiene que bajarla para cocear con los cuartos traseros— y luego hacerle avanzar hacia delante. Tiré fuerte de la boca del caballo con las riendas, con lo que alzó bruscamente la cabeza, y le azoté la grupa con la rama de enebro.

Eso hizo que el animal me prestara atención, al igual que los dos truhanes. Salimos a galope tendido, pero todavía sacudía los hombros y coleaba. Yo seguía su movimiento, cabalgando con la parte superior de mi cuerpo relajada, los talones apretados y las piernas abrazando los flancos del caballo como una lapa. El Gallo y su amiguete no iban a ver pasar ni un rayo de sol entre la silla de montar y mi cuerpo.

Cada vez que sentía la pequeña vacilación que anunciaba que venía un corcoveo, tiraba del bocado del caballo y volvía a azotarle en las ancas, y pronto aprendió que no tenía más opción que hacer lo que yo quería. Casi enseguida se calmó, y entonces le di unas palmaditas en el cuello.

Llevé al *mustang* al paso de vuelta hacia los dos hombres, que ya no se reían ni articulaban palabra. Incluso estaban un poco boquiabiertos. Me di cuenta de que se sentían humillados de que yo pudiera sacarle todo el partido a un caballo que tenía que haberles dado muchos problemas, pero no se lo restregué por las narices.

—Un bonito animal —dije—. Y ahora, ¿pueden darme mi cheque?

S E CORRIÓ LA VOZ POR TODO RED LAKE de que había domado al *mustang,* y la gente empezó a mirarme como a una mujer a tener en cuenta. Tanto los hombres como las mujeres me pedían opinión sobre caballos problemáticos, y también sobre niños problemáticos. El Gallo —cuyo verdadero nombre era Orville Stubbs, aunque siempre le llamé «el Gallo»— empezó a comportarse como mi compañero fiel, como si, dado que lo había superado en una prueba inventada por él, me debiera una completa devoción.

El Gallo trabajaba como funcionario sólo a tiempo parcial. Vivía encima del establo de Red Lake y también ganaba algún dinero extra limpiando las caballerizas, herrando caballos y ayudando en los rodeos. Como la mayoría de la gente del campo, no tenía un empleo definido, y mucho menos una carrera, y se dedicaba a trabajar en todo lo que se cruzara en su camino. El Gallo resultó ser un hombrecillo simpático, a pesar de que sus modales no eran precisamente refinados. Por ejemplo, cuando mascaba tabaco se lo tragaba, no lo escupía.

—Los que lo escupen desperdician lo mejor del jugo del tabaco —afirmaba.

El Gallo me presentó ante los otros jinetes de Red Lake diciéndoles que yo era la antigua chica moderna de ciudad llegada de Chicago y que había dejado de beber champán y de bailar el charlestón para venir a enseñar a los chavales del condado de Coconino. Me animó a que inscribiera al *mustang,* que era suyo y lo había bautizado *Diablo Rojo,* en las carreras locales. Eran pruebas improvisadas los fines de semana, con cinco o diez caballos en eliminatorias de cuatrocientos metros y un premio de cinco o diez dólares. Empecé a ganar algunas de esas carreras, y eso también me hizo bastante famosa.

Además empecé a jugar al póquer los sábados por la noche con el Gallo y sus colegas. Nuestras partidas se jugaban en el café, y estaban acompañadas en buena medida de alcohol. Mucha gente, en esa parte de Arizona, no prestaba demasiada atención a la ley seca, a la que consideraban una perversa aberración del este. Lo único que supuso, en realidad, fue que los que regentaban tabernas empezaran a llamar «cafés» a sus establecimientos y tuvieran guardadas las botellas de licor bajo la barra en lugar de mostrarlas en la estantería de atrás. No había nada que se pudiera interponer entre un vaquero y su whisky.

El Gallo y sus amigos bebían gran cantidad de lo que llamaban «pis de pantera», pero yo me quedaba allí sentada con un solo vaso en la mano toda la noche. Eludía el complicado faroleo al que eran aficionados los vaqueros y siempre jugaba la mano que me había tocado, retirándome tan pronto como las apuestas subían demasiado para mis cartas y buscando pequeñas victorias antes que ganar más dinero en una sola mano. Aun así, la mayoría de las noches terminaba con ganancias y el montoncillo de monedas que había en la mesa frente a mí crecía.

Pasaron a llamarme Lily Casey, la maestra domadora de *mustangs*, jugadora de póquer, jinete de carreras de caballos del condado de Coconino, y eso no estaba nada mal en un lugar en donde nadie tenía problemas con una mujer que fuera conocida por tales títulos.

***

Poco tiempo después me di cuenta de que el Gallo se mostraba demasiado solícito conmigo, pero antes de que él expusiera claramente sus intenciones, le hice saber que había estado casada, que no había funcionado y que no tenía ningún deseo de volver a casarme. Pareció aceptarlo y seguimos siendo buenos amigos, pero un día se dejó caer por mi casa, junto a la escuela, con una expresión tímida y seria.

—Tengo que pedirte algo —anunció.

Sonaba como si fuera a declarárseme.

—Gallo, pensé que habías entendido que sólo éramos amigos.

—No se trata de eso —dijo—, así que no me lo pongas más difícil. —Dudó un momento—. Lo que quería pedirte es que me enseñes a escribir «Orville Stubbs».

Y así fue como el Gallo se convirtió en mi alumno secreto.

EL GALLO EMPEZÓ A APARECER los sábados por la tarde. Nos dedicábamos a la lectura y la escritura, y luego salíamos para pasar el resto de la velada jugando al póquer de cinco cartas. Yo seguía corriendo con *Diablo Rojo* y ganaba más veces que las que perdía. Me había gastado una parte de mis ganancias en comprarme una camisa de seda auténtica de color carmesí, y la usaba cada vez que corría. De esa forma, incluso los espectadores cortos de vista podían reconocerme. Se notaba a simple vista que aquella camisa era de las que se vendían por catálogo, no hecha ni teñida en casa, y se convirtió en mi seña de identidad.

***

Un día, a principios de la primavera, el Gallo y yo cabalgamos hasta un rancho al sur de Red Lake en donde iba a celebrarse una carrera. Era un encuentro más grande de lo habitual, con cinco rondas clasificatorias, la final y un premio de quince dólares, y tenía lugar en una pista de verdad, con una barandilla interior en donde se concentraban los espectadores.

Las patas de *Diablo Rojo* eran más bien cortas, pero aquel pequeño *mustang* tenía fuego, y cuando se ponía en movimiento corría tan rápido que el ruido de los cascos sonaba como un largo redoble de tambor. Nos pusimos en cabeza enseguida en la segunda eliminatoria. Todavía íbamos delante y tomábamos la primera curva cuando el tubo de escape de un coche que estaba cerca de la barandilla hizo un gran estruendo. *Diablo* corcoveó y giró bruscamente a la derecha, al lado contrario al sentido de la curva, y antes de que me diera cuenta de lo que estaba pasando caímos rodando sobre la pista.

Me cubrí la cabeza con las manos y me quedé quieta, con la cara aplastada contra el suelo, mientras los otros caballos pasaban atronadoramente. Me había quedado sin aliento, pero, aparte de eso, estaba bien, y cuando el ruido de los cascos se fue apagando, me levanté y me sacudí el polvo del trasero.

El Gallo había cogido a *Diablo* de las riendas y venía corriendo hacia mí con el caballo. Subí a la silla. No tenía ninguna posibilidad de alcanzar a los otros, pero *Diablo* tenía que aprender que aunque yo me hubiera bajado involuntariamente él tenía que terminar su trabajo.

Cuando crucé la meta, el juez se puso de pie y se quitó el sombrero. Corrí en una eliminatoria posterior, pero *Diablo* había perdido el ritmo y terminamos entre los últimos. Yo sabía que el premio de quince dólares había estado a mi alcance. Luego, mientras el Gallo le estaba dando de beber al caballo y yo aún continuaba maldiciendo el tubo de escape de aquel coche, se aproximó el juez. Era un hombre corpulento que caminaba pausadamente, con el rostro ajado por el tiempo pasado a la intemperie y unos ojos azul pálido de mirada fija.

—¡Vaya caída que ha tenido! —dijo. Su voz era profunda, como si saliera del interior de un contrabajo.

—No hace falta que me lo recuerde, señor.

—Todo el mundo sufre caídas, señora. Pero me impresionó profundamente que, en lugar de abandonar, volviera a montar en el acto y terminara la carrera.

Empecé a quejarme del tubo de escape del coche, pero el Gallo me cortó en seco.

—Éste es Jim Smith —dijo—. Algunos le llaman el Gran Jim. Es el dueño del nuevo taller mecánico del pueblo.

—No le gustan mucho los automóviles, ¿verdad? —me preguntó Jim.

—Lo que no me gusta es que me espanten el caballo. La verdad es que siempre he querido aprender a conducir.

—Tal vez yo pueda enseñarle.

YO NO PODÍA DEJAR PASAR UNA OPORTUNIDAD COMO ésa, así que Jim Smith me enseñó a conducir. Tenía un Ford T con el radiador, los faros y el claxon metalizados. Para empezar, el coche, al que Jim llamaba «el Armatoste», era un suplicio —y a veces un peligro—. En los días que hacía frío de verdad no había manera de ponerlo en marcha, e incluso en los días templados se necesitaban dos personas, porque si no había que arrancar con la manivela y luego saltar al asiento de delante para tirar del estárter. A veces el coche daba unos bandazos hacia delante cuando uno le estaba dando con la manivela y otras veces el motor arrancaba hacia atrás, haciendo que la manivela de pronto girara en sentido contrario. En ocasiones, cuando eso ocurría, hubo incluso quien se fracturó la muñeca.

Pero una vez que conseguías arrancar el Armatoste, conducirlo era muy divertido. Descubrí que me encantaban los coches, incluso más que los caballos. Los coches no necesitaban ser alimentados si no estaban trabajando, y no dejaban montones de boñigas por todas partes. Los coches eran más veloces que los caballos, y no salían corriendo ni derribaban cercas a patadas. Tampoco corcoveaban ni mordían ni se encabritaban, y no había que domarlos ni entrenarlos, ni tampoco cogerlos y ensillarlos cada vez que tenías que ir a alguna parte. No tenían mente propia. Los coches te obedecían.

Practiqué la conducción con Jim en la llanura, en donde no había que preocuparse por chocar contra ninguna cosa salvo algún enebro que otro, y le cogí el tranquillo rápidamente. En poco tiempo, ya estaba dando vueltas por las calles de Red Lake a la vertiginosa velocidad de cuarenta kilómetros por hora, manejando los pedales con los pies y las palancas con las manos, tocando el claxon a las gallinas que se cruzaban en mi camino, dando bruscos virajes para evitar atropellar a los pobres granjeros que iban andando, y sobresaltando a los caballos con las detonaciones ocasionales del tubo de escape.

Pero todos tuvieron que acostumbrarse a eso. El coche había llegado para quedarse.

***

Mis clases con Jim Smith empezaron a incluir viajes al Gran Cañón para llevar gasolina a una estación de servicio que había allí cerca, y luego meriendas campestres. Después de aprender a conducir, continuamos con los picnics y también dábamos paseos a caballo por lugares como la cueva de hielo, cerca de Red Lake: un hoyo tan profundo que si uno descendía por su interior podía encontrar hielo en pleno verano. Usábamos ese hielo para preparar limonada fría con la que acompañar las galletas y cecina que llevábamos.

Al cabo de poco tiempo quedó claro que, sin decir nada directamente, Jim me estaba cortejando. Ya se había casado una vez, pero su esposa —una chica rubia y guapa— había muerto en la epidemia de gripe diez años antes. Yo seguía sin estar interesada en el matrimonio, pero en Jim Smith encontraba muchas cualidades admirables. Para empezar, a diferencia de mi anterior marido, aquel mequetrefe sinvergüenza, no tenía mucha labia. Hablaba cuando tenía algo que decir, y en caso contrario no sentía ninguna necesidad de llenar el vacío con palabras vacías.

Jim Smith era un mormón no practicante, porque había nacido en esa fe y había sido educado en ella. Su padre se llamaba Lot Smith, un soldado, pionero y policía montado. Había sido uno de los lugartenientes de Brigham Young cuando los mormones entraron en guerra contra el gobierno de Estados Unidos. En un momento dado, los federales pusieron a su cabeza el precio de mil dólares, pero cuando fueron a arrestarle Lot Smith resistió el asalto de los soldados a punta de pistola. También contribuyó a fundar el asentamiento mormón en Tuba City y fue asesinado allí por un indio navajo —o por un mormón rival, eso dependía de la versión que quisieras creer—.

Lot Smith tuvo ocho esposas y cincuenta y dos niños, y esos hijos aprendieron a valerse por sí mismos. Cuando Jim cumplió once años, su padre le regaló un rifle, unas cuantas balas y un paquete de sal, y le dijo:

—Aquí tienes tu comida para esta semana.

Jim se convirtió en un excelente tirador, jinete y vaquero a los catorce años. Trabajó un tiempo en Canadá, pero tuvo problemas con la policía montada por usar sus armas con demasiada frecuencia. Regresó a Arizona y se convirtió en leñador y colono. Después de la muerte de su esposa, se alistó en la caballería y durante la Gran Guerra prestó servicio en Siberia, en donde los soldados americanos protegían el Transiberiano en medio de la lucha entre los rusos zaristas y los bolcheviques. Mientras estaba en Siberia, su granja de colono le fue confiscada por no pagar los impuestos, de modo que, después de licenciarse, se convirtió en buscador de petróleo y minerales, antes de abrir finalmente su taller mecánico en Red Lake. Aquel hombre no era precisamente un vago.

Jim Smith estaba a punto de cumplir los cincuenta, es decir, que me llevaba veinte años, y se le notaba cierto desgaste físico, lo que incluía una cicatriz de bala en forma de estrella en su hombro derecho, consecuencia de un incidente del que ni siquiera merecía la pena hablar. Además era calvo, y no tenía ni un pelo en el lado izquierdo de su cuerpo porque había sido arrastrado por el suelo por un caballo a lo largo de tres kilómetros. Sin embargo Jim Smith estaba lejos de estar acabado. Podía pasarse doce horas cabalgando, levantar del suelo un eje de coche y cortar y amontonar suficiente leña como para mantener su estufa encendida durante todo el invierno.

Con aquellos ojos azul pálido, Jim podía ver cosas que otra gente sería incapaz de atisbar: la codorniz en los espesos matorrales, el caballo y el jinete en el horizonte, el nido del águila en el margen de un barranco. Era eso lo que lo convertía en un tirador de primera. Además, se percataba de todo: del pequeño bulto debajo de la rodilla de un caballo que significaba que tenía una torcedura en un tendón, de los callos en las manos que sólo tenían los herreros. Podía descubrir a los mentirosos, los tramposos y los que se echaban un farol desde el primer momento. Pero de la misma forma que no se le escapaba nada, jamás revelaba lo que sabía.

Y no había nada que pusiera nervioso a Jim Smith. Siempre estaba tranquilo, nunca perdía los estribos y jamás tenía que ordenar sus ideas. Sabía en todo momento lo que pensaba y lo que sentía. Era alguien de quien fiarse y tenía buena reputación. Era un hombre de una pieza. Tenía su propio negocio, que funcionaba sin altibajos, y todos le respetaban. Reparaba los coches estropeados, no andaba tratando de vender aspiradoras a amas de casa crédulas manchándoles con tierra el suelo de sus casas.

Aun así, yo todavía no estaba preparada para volver a casarme, pero Jim no había mencionado el tema del matrimonio. De modo que estábamos disfrutando de nuestras meriendas campestres, de dar paseos a caballo y de ir a toda velocidad por el condado de Coconino en el Armatoste, cuando recibí una carta de Helen.

L A CARTA VENÍA CON MATASELLOS DE HOLLYWOOD. Helen me había estado escribiendo regularmente desde su marcha a California, y sus cartas siempre parecían forzadamente alegres: estaba continuamente a punto de entrar en el mundo del cine, yendo a audiciones y quedando fuera de los *castings* por un pelo, asistiendo a clases de claqué y viendo a las estrellas cuando se paseaban por la ciudad conduciendo sus descapotables.

Helen también acababa de conocer siempre al señor Maravilloso, el hombre de las relaciones y los grandes recursos que la trataba como a una princesa, que le iba a abrir las puertas de ese loco negocio del cine y con quien tal vez incluso se casaría. Pero al cabo de unas cuantas cartas dejaba de mencionar a ese señor Maravilloso concreto, y luego aparecía otro señor Maravilloso todavía más estupendo, así que yo sospechaba que lo que ocurría en realidad era que se estaba liando con una serie de canallas que la utilizaban y luego, cuando se cansaban, se deshacían de ella.

A mí me preocupaba que Helen estuviera a punto de convertirse en una fulana, y le escribía cartas advirtiéndole que no esperara que los hombres se hicieran cargo de ella y que pensara en un plan alternativo para el caso de que su carrera cinematográfica no tuviera éxito —algo que parecía bastante evidente a esas alturas—. Pero ella me respondía regañándome por ser tan negativa, y explicándome que ésa era la forma que utilizaban las chicas para triunfar en Hollywood. Tenía la esperanza de que ella tuviera razón, puesto que yo sabía poco de las costumbres del mundo del cine y tampoco había tenido demasiada suerte con los hombres.

En esta última carta Helen me confesaba que estaba embarazada del último señor Maravilloso, y que él había querido llevarla a que le practicaran un aborto clandestino. Cuando ella le confesó que tenía miedo a esas operaciones hechas de cualquier forma —había oído de mujeres que habían muerto por esa causa—, él argumentó que el niño no era suyo y la echó de su vida.

Helen no sabía qué hacer. Estaba de un par de meses. Sabía que la iban a despedir de la tienda de sombreros en cuanto se le empezara a notar. Las audiciones también quedarían totalmente descartadas. Estaba demasiado avergonzada para volver al rancho con nuestros padres. Se preguntaba si debía ser valiente y abortar, después de todo. Concluía escribiendo que ante una situación tan complicada le daban ganas de tirarse por la ventana.

Inmediatamente me quedó claro lo que tenía que hacer Helen. Le respondí diciéndole que no abortase: que muchas mujeres morían por eso. Era mejor que siguiera adelante y tuviera al niño, y luego decidiría si quería quedarse con él o darlo en adopción. Le dije que podía venir a Red Lake y vivir conmigo en el anexo de la escuela hasta que decidiera qué hacer.

***

Helen llegó a Flagstaff una semana después, y Jim me prestó el Armatoste para ir a buscarla. Cuando bajó del tren con un abrigo de piel de mapache, que seguramente le había regalado el señor Maravilloso, tuve que morderme el labio. Sus hombros delgados parecían más flacos que nunca, pero su rostro estaba hinchado y tenía los ojos rojos de tanto llorar. Además se había decolorado el pelo con agua oxigenada, y éste había adquirido ese color blanco brillante que era el preferido de un montón de jovencitas aspirantes a estrella. Cuando la abracé, me asusté de lo frágil que la noté, como si fuera el cuerpo de un pajarillo. Tan pronto como nos subimos al Armatoste, encendió un cigarrillo, y noté que le temblaban las manos.

De camino a Red Lake, hablé yo casi todo el tiempo. Había pasado la última semana pensando en las desventuras de Helen, y mientras avanzábamos con el coche a través de la pradera expuse las que creía que eran sus opciones. Yo podía escribirles a mamá y papá para explicarles la situación, para ablandarlos; estaba segura de que la perdonarían y sería bienvenida en casa. Había conseguido el nombre de un orfanato en Phoenix, si ella elegía ese camino. También había muchos hombres en el condado de Coconino que buscaban esposa, y estaba segura de que sería capaz de encontrar a alguien que estuviera dispuesto a casarse con ella aunque estuviese esperando un hijo. Dos posibilidades que se me habían ocurrido eran el Gallo y Jim Smith, pero no quise entrar en detalles.

Helen, sin embargo, parecía distraída, casi en las nubes. Fumando un cigarrillo tras otro, hablaba con frases entrecortadas, y en lugar de concentrarse en las cuestiones prácticas, su mente divagaba de un lado a otro. Volvía una y otra vez a planes completamente absurdos y veía problemas en asuntos ilógicos: se preguntaba si dejando al niño en un orfanato podría lograr que volviera el señor Maravilloso o se preocupaba por si el parto arruinaría su tipo y no podría hacer escenas en traje de baño en las películas.

—Helen, es hora de ser realista —dije.

—Soy realista —replicó—. Una chica sin un buen físico nunca triunfará.

Decidí que no era el momento de insistir sobre el tema. Cuando alguien está herido, la prioridad es detener la hemorragia. Más tarde se puede pensar en cuál es la mejor manera de ayudarle a curarse.

***

Mi cama era pequeña, pero me coloqué a un lado para que Helen y yo pudiéramos dormir juntas, como hacíamos cuando éramos niñas. Era octubre, y las noches del desierto eran cada vez más frías, así que nos acurrucábamos una al lado de la otra, y a veces, a altas horas de la noche, Helen empezaba a lloriquear, lo cual me lo tomaba como una buena señal, porque significaba que de vez en cuando parecía comprender lo aciaga que era la situación. Cuando eso ocurría, yo la abrazaba y la tranquilizaba diciéndole que superaríamos todo aquello, de la misma manera que habíamos sobrevivido a la riada en Texas cuando éramos niñas.

—Todo lo que tenemos que hacer —le decía— es encontrar el álamo al que subirnos.

***

Durante el día, mientras yo estaba dando clases, Helen no salía de nuestra pequeña habitación. Nunca hacía ruido y se pasaba la mayor parte del tiempo durmiendo. Yo esperaba que, cuando hubiera podido descansar un poco, su mente se aclararía y sería capaz de empezar a pensar en su futuro de un modo constructivo. Pero seguía desorientada y apática, y hablaba sobre Hollywood de una manera soñadora que, para ser franca, me irritaba bastante.

Concluí que Helen necesitaba aire fresco y sol. Dábamos una caminata por el pueblo todas las tardes, y yo se la presentaba a la gente como mi hermana de Los Ángeles, que había venido al desierto a curar su tristeza de ánimo. Cuando tuve programada una carrera, Jim Smith llevó a Helen en el Armatoste. Él se mostró cortés y considerado, pero tan pronto como los vi juntos me di cuenta de que no estaban hechos el uno para el otro.

El Gallo, sin embargo, le echó el ojo a Helen de inmediato.

—Es bonita de verdad —me confesó.

Pero Helen no tenía ningún interés en el Gallo.

—Se traga el tabaco de mascar —decía—. Me da asco cada vez que le veo la nuez moverse arriba y abajo.

Yo pensaba que Helen no podía permitirse el lujo de ser tan melindrosa en su situación, pero era cierto que el funcionario a media jornada que apenas acababa de aprender a escribir su nombre no iba a ser el mejor marido para ella.

A Helen le encantó mi camisa carmesí. Cuando me la vio puesta, sonrió por primera vez desde que había llegado a Red Lake. Me preguntó si podía probársela y parecía tan entusiasmada cuando se la estaba abrochando que pensé que quizá había dejado atrás su tristeza. Pero cuando se estaba metiendo la camisa por dentro de la falda, vi que se le empezaba a notar la barriga. Me di cuenta de que nuestra historia de que había venido a tomar el aire del desierto no iba a resistir mucho tiempo más y, dejando aparte su estado anímico, sus problemas no iban a desaparecer.

ELEN Y YO EMPEZAMOS A IR A MISA a la iglesia católica de Red Lake. Era una polvorienta y pequeña capilla de la misión, y yo no simpatizaba especialmente con el cura, el padre Cavanaugh, un hombre demacrado, sin sentido del humor, cuyo ceño fruncido espantaba a cualquiera. Pero iban muchos de los granjeros locales, y pensé que Helen podía conocer a alguien agradable.

Un día, unas seis semanas después de la llegada de Helen, nos encontrábamos en la iglesia. El aire estaba muy cargado. Nos pusimos de pie y luego nos arrodillamos y después nos sentamos y nos volvimos a poner de pie mientras oíamos la misa. El olor a incienso llegaba hasta el techo. Helen usaba vestidos y abrigos sueltos para ocultar su estado, pero, de pronto, se desmayó y cayó al suelo. El padre Cavanaugh bajó corriendo del altar. Le puso la mano en la frente, la miró un momento y algo lo impulsó a tocarle el vientre.

—Está esperando un niño —dijo mientras observaba sus dedos sin alianza—. Y está soltera.

***

El padre Cavanaugh le dijo a Helen que tenía que confesarse de todos sus pecados. Cuando lo hizo, él, en lugar de ofrecerle su perdón, le advirtió que su alma estaba en peligro mortal. Debido a que había cometido el pecado de lujuria, el único lugar en este mundo para ella era uno de los hogares de la iglesia para mujeres díscolas.

Helen regresó de su visita al padre Cavanaugh más angustiada de lo que la había visto jamás. No tenía ninguna intención de ir a ningún hogar —y yo no le habría permitido hacerlo—, pero ahora su secreto había sido descubierto, y los vecinos de Red Lake empezaron a mirarnos a ambas con otros ojos. Las mujeres clavaban la vista en el suelo cuando se cruzaban con nosotras en la calle y los vaqueros se tomaban la libertad de echarnos miraditas, como si se hubiera corrido la voz de que éramos mujeres de vida alegre. Una vez pasamos al lado de una abuela mexicana que estaba sentada en un banco y cuando me di la vuelta se estaba santiguando.

Un atardecer, un par de semanas después de que Helen se confesara, oí que llamaban a la puerta de la vivienda anexa a la escuela. El inspector Macintosh —el mismo que me había despedido de mi puesto de maestra cuando terminó la guerra— estaba de pie frente a mí.

Se tocó el sombrero, y luego miró por encima de mi hombro hacia el interior de la habitación, en donde Helen estaba fregando los platos de la cena en un recipiente de hojalata.

—Señorita Casey, ¿podría hablar un momento con usted en privado? —me preguntó.

—Saldré a dar un paseo —dijo Helen. Se secó las manos en el mandil y pasó al lado del señor Macintosh, quien, haciendo gala de su civismo, volvió a tocarse el sombrero.

Como no quería que el señor Macintosh viera los platos sucios ni tampoco la maleta de Helen, que yacía abierta en el suelo, lo conduje a través de la otra puerta hacia el aula.

Mirando por la ventana y toqueteando el ala de su sombrero, el señor Macintosh se aclaró la garganta nervioso. Luego empezó a soltar lo que claramente era un discurso preparado sobre el estado de Helen, los principios morales, la política escolar, los alumnos impresionables, la necesidad de dar un buen ejemplo y la reputación de la Junta de Educación de Arizona. Yo empecé a argumentar que Helen no tenía a nadie más a quien acudir y que se mantenía completamente apartada de los alumnos, pero el señor Macintosh replicó que no había nada que discutir, que estaba recibiendo presiones de los padres, que el asunto ya no estaba en sus manos y que, si bien lamentaba tener que decirlo, el hecho era que si yo quería conservar mi trabajo Helen debía marcharse. Luego se puso el sombrero y se fue.

Yo todavía me sentía herida y humillada, y me senté un momento en mi mesa. Por segunda vez en mi vida, aquel chupatintas con cara de pescado que era el señor Macintosh me estaba diciendo que no me querían. Entre los padres de los niños de mi escuela había ladrones de ganado, borrachos, propietarios que especulaban con las tierras, contrabandistas, jugadores y ex prostitutas. No les importaba que participara en las carreras de caballos, jugara al póquer o bebiera whisky de contrabando, pero que mostrara compasión por una hermana de la que se había aprovechado un sinvergüenza con labia que luego la había abandonado los llenaba de indignación moral. Me dieron ganas de estrangularlos a todos.

Volví al anexo. Helen estaba sentada en la cama fumando un cigarrillo.

—La verdad es que no quería salir a pasear —dijo—. Lo he oído todo.

ASÉ LA NOCHE ABRAZADA A HELEN, tratando de tranquilizarla, diciéndole que todo saldría bien. Escribiríamos a mamá y papá, le dije. Ellos lo entenderían. Esta clase de cosas les suceden a las jóvenes a todas horas, y ella podría ir a vivir al rancho hasta que naciera el bebé. Yo empezaría a concursar en las carreras todos los fines de semana y ahorraría mis ganancias para ella y el bebé, y, cuando naciera, Buster y Dorothy podrían criar al niño como si fuera suyo, y Helen tendría dinero para empezar una nueva vida en algún lugar divertido como Nueva Orleans o Kansas City.

—Tenemos muchas opciones —dije—. Pero ésta es la más razonable.

Sin embargo, Helen parecía inconsolable. Estaba convencida de que sobre todo mamá no la perdonaría nunca por traer la vergüenza a la familia. Mamá y papá la repudiarían, según ella, de la misma manera que los padres de nuestra criada Lupe la habían echado cuando se quedó embarazada. Ningún hombre iba a quererla ya, no tenía ningún sitio adonde ir. No era tan fuerte como yo, argumentó, y no podría superar sus problemas sola.

—¿Has sentido alguna vez que quieres darte por vencida? —preguntó Helen—. Pues eso es lo que me ocurre.

—Eso es una tontería —dije—. Eres mucho más fuerte de lo que crees. Siempre hay una salida.

Volví a hablar del álamo. También le hablé de la vez que me hicieron volver a casa cuando estaba con las Hermanas de Loreto porque papá no había pagado mi matrícula, y cómo la madre Albertina me había dicho que cuando Dios cierra una ventana, abre una puerta, y nos tocaba a nosotros buscarla.

Finalmente Helen pareció encontrar un poco de consuelo en mis palabras.

—Tal vez tengas razón —dijo—. Tal vez haya una salida.

***

Yo todavía estaba despierta, acostada en la cama con Helen, cuando la primera luz grisácea del día empezó a aparecer en la ventana. Helen se había quedado dormida, y examiné su rostro, que emergía de las sombras. Un mechón de su cabello platino se le había deslizado hacia delante, y se lo puse detrás de la oreja. Sus ojos estaban hinchados de todo lo que había llorado, pero sus rasgos todavía eran delicados, su piel pálida y suave, y cuando la habitación se llenó de luz, su rostro pareció brillar. Pensé que parecía un ángel, un ángel ligeramente abotargado, hinchado, pero un ángel al fin y al cabo.

De pronto me sentí mucho mejor. Era sábado. Me levanté de la cama, me puse mis pantalones y preparé un café fuerte. Cuando estuvo listo, le llevé una taza a Helen y le dije que era hora de levantarse y disfrutar. Estaba empezando un nuevo día y teníamos que salir al mundo y exprimirlo todo lo que pudiéramos. Lo que íbamos a hacer era pedirle prestado el Armatoste a Jim e irnos de picnic al Gran Cañón. Sus imponentes riscos nos darían una mejor perspectiva de nuestros insignificantes problemillas.

Helen sonrió y se sentó a beberse su café. Le dije que iría a coger el coche mientras ella se vestía; saldríamos temprano para aprovechar lo más posible el día.

—Vuelvo en un momento —dije desde la puerta.

—De acuerdo —dijo Helen—. Y, Lily, me alegro de que me hayas pedido que viniera aquí.

Era una mañana preciosa; el sol de noviembre brillaba con intensidad y no se movía la rama de un árbol, ni siquiera una brizna de hierba. La pradera se había puesto del color del heno. No se vislumbraba ni un atisbo de nubes por ninguna parte, y las tórtolas se arrullaban en los cedros. Caminé pasando junto a las casas de adobe y las construcciones más nuevas de madera, dejé atrás el café y la gasolinera, me crucé con las familias de granjeros que habían acudido al pueblo por ser día de mercado, y luego, súbitamente, sentí como si algo me ahogara.

Me llevé la mano a la garganta, y en ese instante me invadió un horrible sentimiento de terror. Di media vuelta y corrí hacia casa tan rápido como pude; las tiendas, los edificios y los granjeros perplejos flotaban a mi lado, borrosos, pero cuando abrí precipitadamente la puerta ya era demasiado tarde.

Mi hermanita estaba colgando de una viga, con una silla volcada debajo. Se había ahorcado.

EL PADRE CAVANAUGH NO ME PERMITIÓ enterrar a Helen en el cementerio católico. Dijo que el suicidio era un pecado mortal, el peor de todos los pecados, porque era el único del cual era imposible arrepentirse y no se podía recibir el perdón; por lo tanto, a los suicidas no se les permitía ser sepultados en tierra consagrada.

De modo que Jim, el Gallo y yo nos adentramos con el coche en la pradera, lejos del pueblo. Encontramos un lugar precioso en la cima de una colina con vistas a un valle bajo densamente arbolado —tan precioso que supe que a los ojos de Dios tenía que ser sagrado—, y enterramos a Helen allí, con mi camisa de seda roja puesta.

CORDEROS

Parte 5

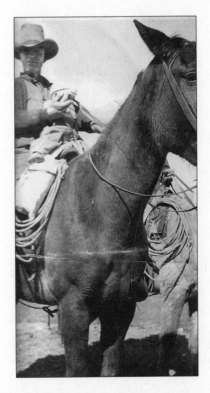

El Gran Jim con Rosemary en brazos

CUANDO UNA PERSONA SE MATA, cree que está poniendo fin a su dolor, pero todo lo que hace es pasárselo a aquellos que deja detrás.

Durante meses, tras la muerte de Helen, la pena se instaló, como un bloque de plomo, tan oscura y pesada dentro de mí que la mayor parte de los días no me levantaba de la cama si no tenía niños a los que dar clase. Montar a caballo —y mucho menos correr en las carreras—, jugar a las cartas o conducir el Armatoste para salir al campo me parecían actividades completamente carentes de sentido, incluso repulsivas. Todo me ponía nerviosa: los niños gritando o simplemente riéndose en el patio de la escuela, las campanas de la iglesia repicando, los pajarillos gorjeando. ¿Por qué demonios tenían que gorjear?

Pensé en dejar mi trabajo, pero había firmado un contrato y, de todos modos, no podía culpar a los niños de lo que habían hecho sus padres. Pero mi relación con Red Lake se había acabado, y cuando terminara el año escolar me marcharía. Ni siquiera estaba segura de que quisiera seguir siendo maestra. Sentía que se lo había dado todo a los niños de aquel pueblo y cuando había necesitado un poquito de comprensión sus familias habían sido completamente inflexibles conmigo. Tal vez debiera dejar de dedicarme a los niños de otra gente y tener mis propios hijos. Yo nunca había querido tener niños, pero cuando Helen se mató también mató al bebé que llevaba dentro de ella, y eso hizo que deseara traer otro bebé al mundo.

Con el paso del tiempo, sin darme cuenta, esa idea de tener un niño suavizó mi congoja. Un día, en la primavera, me levanté temprano, como solía, y me senté en los peldaños de la puerta de la vivienda anexa a la escuela a beberme un café mientras el sol salía por detrás de las montañas de San Francisco. Los rayos de luz que se deslizaban sobre la meseta tenían ese color dorado que adquieren en primavera, y cuando me alcanzaron me calentaron el rostro y los brazos.

Me di cuenta de que, en los meses transcurridos desde la muerte de Helen, no había prestado demasiada atención a cosas como la salida del sol. A pesar de ello, el sol había estado saliendo todas las mañanas, sin importarle realmente cómo me sentía yo. Saldría y se pondría independientemente de que yo lo disfrutara o no; eso iba a depender de mí.

* * *

Si iba a tener un niño, tenía que encontrar un marido. Empecé a mirar a Jim Smith bajo otra luz. Tenía muchas buenas cualidades, pero lo más importante era que sabía que podía confiar en él, por dentro y por fuera. Cuando acabé por decidirme, no vi la necesidad de andarme con rodeos. Estábamos casi al final de la tarde, a principios de mayo; las clases ya habían terminado ese día. Ensillé a *Remiendos* y cabalgué hasta el taller mecánico. Jim estaba tendido de espaldas debajo de un coche, y todo lo que podía verle eran las piernas y las botas asomando. Le dije que tenía que hablar con él, así que se arrastró lentamente hacia fuera, se puso de pie y comenzó a limpiarse la grasa de las manos con un trapo.

—Jim Smith, ¿te quieres casar conmigo? —pregunté.

Me miró fijamente un instante y luego exhibió una sonrisa de oreja a oreja.

—Lily Casey, he querido casarme contigo desde que te vi caer de ese *mustang* y volver a montarlo inmediatamente. Sólo esperaba el momento adecuado para pedírtelo.

—Bueno, éste es el momento —dije—. Sólo pongo dos condiciones.

—Sí, señora.

—La primera es que tenemos que ser compañeros. Hagamos lo que hagamos, lo haremos juntos, compartiendo ambos la carga.

—Eso suena bien.

—La segunda es que, aunque sé que fuiste educado como mormón, no quiero que tengas más esposas.

—Lily Casey, por lo que sé de ti, ningún hombre sería capaz de manejarse con más compañía femenina que la tuya.

C UANDO LE CONTÉ A JIM LO DEL ANILLO falso que me había regalado el mequetrefe sinvergüenza de mi esposo, trajo un catálogo de los grandes almacenes Sears Roebuck y elegimos un anillo juntos, para que estuviera segura de que iba a recibir un artículo de los buenos. Nos casamos en mi aula, cuando la escuela se cerró en las vacaciones de verano. El Gallo fue el testigo. Antes de la ceremonia, me dio un beso.

—Sabía que algún día acabaría por besarte, pero no creía que fuera a ser en la boda de un amigo —dijo—. Pero, bueno, me conformo con lo que me toca.

El Gallo tenía un amigo con un acordeón, y dado que yo todavía tenía debilidad por enseñar, en lugar de la *Marcha nupcial* de Mendelssohn le pedí que tocara el himno de la Asociación de Padres y Maestros.

Era el año 1930, y yo tenía veintinueve años. Muchas mujeres de mi edad tenían hijos que ya eran casi mayores de edad, pero tener un comienzo tardío no significaba que fuera a disfrutar menos cada etapa del viaje, e incluso tal vez la aprovecharía más. Jim comprendió por

qué quería irme de Red Lake, y estuvo de acuerdo en trasladar su taller mecánico a Ash Fork, a unos cincuenta kilómetros al oeste, justo en el límite del condado de Yavapai. Ash Fork era un pueblecito con mucho movimiento
en la Ruta 66, al pie de las montañas Williams. Era una
parada en la línea del ferrocarril de Santa Fe, con un edificio circular destinado a la reparación de locomotoras;
había días en que las calles estaban llenas de ovejas que
iban a ser vendidas en el mercado. Ash Fork tenía una
tienda de comestibles que era de un descendiente del hermano de George Washington, hasta dos iglesias y un restaurante de la cadena Harvey House para los pasajeros
del tren, en donde las camareras ataviadas con mandiles
blancos te servían un cuarto entero de pastel aunque sólo
pidieras una porción y los clientes se limpiaban la boca
con elegantes servilletas de hilo.

En el banco de Ash Fork, Jim y yo conseguimos un
préstamo y levantamos un taller construido con piedra
arenisca de Coconino, poniendo los ladrillos y extendien-
do el cemento nosotros mismos. Colgamos encima de la
puerta el cartel de «Taller mecánico» que habíamos traído de Red Lake. Con el dinero del préstamo, encargamos
un compresor para inflar neumáticos, un gato con ro-
damientos y una pila de neumáticos estriados del mismo
catálogo de Sears que habíamos usado para comprar mi
anillo.

También nos habíamos traído de Red Lake el surtidor de gasolina. Tenía un gran cilindro de cristal en la
parte superior que se llenaba de gasolina —teñida de rojo
para que se la pudiera distinguir del queroseno—, y cada
vez que un coche repostaba, en su interior borboteaban bur-
bujas de aire.

El negocio tenía mucho movimiento. Dado que éramos socios, Jim me enseñó a echar gasolina. El surtidor era una bomba que funcionaba manualmente. Yo bombeaba, bombeaba y bombeaba, y la gasolina salía haciendo *glub, glub, glub*. También cambiaba el aceite y reparaba las ruedas pinchadas. Ese invierno me quedé embarazada, pero seguía arrimando el hombro todos los días, llenando los tanques de gasolina mientras Jim reparaba coches.

Construimos una casita —también con piedra arenisca de Coconino— justo en la Ruta 66, que todavía era una carretera de tierra; en la estación seca, el polvo que levantaban las ruedas de las carretas y las llantas de los automóviles se colaba por las ventanas, depositando una gruesa capa sobre los muebles. Pero a mí me encantaba esa casa. Encargamos el material de fontanería a Sears y lo instalamos nosotros mismos. En la cocina teníamos agua corriente que salía de unos brillantes grifos niquelados, y teníamos un servicio con cisterna de cadena —exactamente igual que los de la gente rica para la que limpiaba en Chicago—, con taza de porcelana esmaltada y una tapa recubierta de caoba.

Cuando la casa quedó terminada, el Gallo vino a hacernos una visita. Al igual que mi padre, no podía creer que alguien quisiera tener un cagadero dentro de casa.

—¿No es antihigiénico? —preguntó.

—Todo se va por las tuberías —dije—. Si quieres congelarte el trasero ahí fuera, en un retrete en el exterior, por mí no hay problema.

El Gallo era una de esas personas a las que no les gustan los cambios, aunque fueran a mejorarle la vida. En cuanto a mí, estaba tan orgullosa de tener agua corriente dentro de casa que si cualquiera llamaba a la puerta por cualquier motivo, aunque no tuviera nada que ver, no podía resistir la tentación de decir: «¿Quiere un vaso de agua?» o «¿Por casualidad necesita usted usar el baño?».

CUANDO ESTABA EMBARAZADA de ocho meses y medio, me había hinchado hasta adquirir un tamaño considerable. Estaba contenta de seguir trabajando en el taller, pero Jim pensaba que en mi estado podía ser peligroso. Aseguraba que podía resbalar en un charco de aceite, o desmayarme por inhalar los vapores de la gasolina, o romper aguas al intentar desenroscar un tapón de radiador oxidado. Así que insistió en que me quedara en casa, donde estaría a salvo. Para muchas mujeres no había nada mejor que eso: holgazanear en bata sin nada que hacer. Pero al cabo de unos días empecé a sentir claustrofobia de estar encerrada sola leyendo libros y remendando ropa, y tal vez por eso me irrité tanto con el testigo de Jehová que llamó a mi puerta.

Yo normalmente era amable con los testigos de Jehová —lo que resultaba algo fuera de lo común—, pues admiraba su convicción genuina, pero aquel tipo se puso particularmente insistente, y me soltó un sermón y me dijo un montón de tonterías sobre la inminencia del Apocalipsis y que yo tenía que buscar la salvación y convertirme por el bien de mi bebé, que estaba a punto de nacer. Le pregunté que quién demonios era él para decirme en lo que tenía que creer. Todo el mundo necesita averiguar por su cuenta cuál es su propio camino al cielo. Uno de los problemas del mundo era todos los cabezas de chorlito —como esos rebeldes de Rusia— que iban por ahí convencidos de ser los únicos que tenían las respuestas, individuos que mataban a todos los que no estuvieran de acuerdo con ellos.

Me enfadé tanto con aquel tipo que comencé a pasear de un lado a otro de la habitación sin dejar de discutir y, sin pensar lo que estaba haciendo, me senté sobre mis labores de costura y se me clavó una aguja en el trasero. Solté un grito, empecé a echar sapos por la boca y traté de sacarme la aguja del culo, mientras el testigo de Jehová me hacía un gesto admonitorio con el dedo y argumentaba que aquello era una señal evidente de Jesús y que yo tenía que darme cuenta del error de mi modo de actuar y debía arreglar cuentas con el Señor.

—De lo que esto es señal, señor mío —dije—, es de que no debería estar en casa sola metiéndome en una discusión teológica con un desconocido descerebrado.

Me encaminé otra vez al taller y le conté a Jim lo que había sucedido.

—No me importa estar sólo a cargo de la caja registradora —dije—, pero voy a trabajar hasta que me ponga de parto. Quedarme en casa es igual de peligroso.

***

El bebé llegó dos semanas después, un día de julio que hacía un calor abrasador. Di a luz en casa con la ayuda de la abuela Combs, la mejor comadrona del condado de Yavapai. La abuela Combs tenía una pierna más corta que la otra, y andaba con una cojera todavía más acentuada que la de mi padre. También mascaba tabaco, aunque lo escupía y no se lo tragaba como el Gallo. Sin embargo todas las mujeres del condado ponían la mano en el fuego por ella. Si la abuela Combs no podía traer un bebé al mundo, según decían, era porque su destino era no llegar a nacer.

Cuando me puse de parto, el dolor comenzó a venirme en oleadas. La abuela Combs me dijo que no podía evitar el dolor, pero que me enseñaría cómo soportarlo lo mejor posible. Lo que tenía que hacer era separar el dolor real del miedo a que algo terrible le estuviera sucediendo a mi cuerpo.

—El dolor es tu cuerpo que se queja —dijo—. Si escuchas al dolor y le dices a tu cuerpo: «Sí, te oigo», entonces no le tendrás miedo. No digo que el dolor desaparezca, pero al menos no te va a volver loca.

El parto sólo duró un par de horas, y el consejo de la abuela Combs verdaderamente me ayudó a mantener a raya al dolor, o eso me pareció. Cuando salió el bebé, la abuela Combs dijo:

—Es una niña. —Y la sostuvo en alto. Era púrpura, y sentí una punzada de inquietud. Pero la comadrona empezó a darle palmadas y a masajearla, y el bebé soltó un grito y poco a poco se puso de color rosado. La abuela Combs cortó el cordón umbilical y frotó el ombligo del bebé con un corcho quemado para cerrar la herida.

La abuela Combs tenía un sexto sentido —del mismo modo que yo a veces también sentía que lo tenía— y podía leer la mente y decir la buenaventura. Cuando tuve el bebé en brazos y lo amamanté, la abuela Combs cortó un trozo de tabaco y echó las cartas para ver qué le tenía preparado el futuro a mi recién nacida.

—Va a tener una larga vida, y le sucederán muchísimas cosas —dijo la abuela Combs.

—¿Va a ser feliz? —pregunté.

La abuela Combs mascó su tabaco y estudió las cartas.

—Veo que será una trotamundos.

L E PUSE ROSEMARY A MI NIÑA. Las rosas (en inglés *rose*) eran mis flores preferidas, Mary es un buen nombre católico de chica y el romero (que es la traducción del inglés *rosemary*) es una hierba con numerosas aplicaciones. Confiaba en que mi hija también tuviera un lado práctico. La mayor parte de los bebés me parecían monos o Budas, pero Rosemary era una cosita preciosa. Cuando le creció el pelo, era tan pálido y fino que parecía blanco. Eso sucedió a los tres meses; tenía una amplia sonrisa que hacía juego con sus alegres ojos verdes, y enseguida me dio la impresión de que se parecía muchísimo a Helen.

La belleza de Helen, tal como yo lo veía, había sido una maldición, y por eso decidí que nunca le diría a Rosemary que era hermosa.

***

Un año y medio después llegó un niño. En el pueblo de Williams, sesenta kilómetros al este, acababa de inaugurarse un gran hospital, y decidí tener a mi bebé allí, pero cuando me llegó la hora del parto, se había desencadenado una tormenta endemoniada que venía de Canadá y que había cubierto los caminos de las montañas de nieve. Casi no logramos pasar, con el Armatoste todo el rato patinando, pero Jim sacó el gato y puso las cadenas en las ruedas, agachado para resistir el azote de la nieve mientras yo estaba allí sentada respirando hondo detrás de los cristales empañados. Llegamos justo cuando las contracciones empezaron a ser fuertes.

El método de la abuela Combs de «dominar al cuerpo con la mente» para sobrellevar el dolor funcionaba bastante bien cuando se trataba de un mamporro en un dedo del pie, y también me había ayudado a sobrellevar mi primer parto, pero no podía compararse con la maravillosa anestesia moderna que usaron esta vez en el hospital para dejarme fuera de combate.

El médico me puso una mascarilla en la cara, y sencillamente me deslicé al país de los sueños. Cuando desperté, tenía un hijo. Era un niño enorme, fornido, el primer bebé que nacía en ese hospital, y las enfermeras y los médicos estaban tan orgullosos como Jim y yo. Le pusimos el nombre de su padre y desde el primer día le llamamos el Pequeño Jim.

**

En esa época, llegaron los malos tiempos al norte de Arizona. Buena parte del problema era que demasiados granjeros y rancheros inexpertos se habían trasladado a la zona. No entendían que Arizona no era como las tierras del este, en donde los árboles caídos durante miles de años habían formado un profundo manto de tierra fértil. En cambio la tierra de Arizona tenía solamente una fina capa de suelo fértil, que si se araba volaba con el primer viento. Todos los novatos se reían de los indios navajos porque plantaban cada tallo de maíz en hoyuelos separados un metro entre sí, en vez de treinta centímetros lo máximo, pero los indios sabían perfectamente que eso era todo lo que el suelo podía soportar. Una tierra que Dios nunca había destinado a la labranza fue cultivada más allá de sus límites, y al haber hecho pastar demasiado ganado, la pradera se había convertido en un rastrojal seco y duro. Las semillas de la hierba no volvían a germinar, y cuando llovía no había hierba suficiente para retener el agua, así que ésta fluía, pasando de largo, erosionando los suelos fértiles, y las mejores tierras quedaron arruinadas para siempre. Cuando llegó una larga sequía, grandes extensiones de tierra se convirtieron en polvo que se arremolinaba y ascendía medio kilómetro en el aire.

Al mismo tiempo, el campo sintió durante algunos años los efectos de la Gran Depresión. Al principio pareció un problema que afectaba sobre todo a las grandes ciudades, pero pronto golpeó al mercado de carne vacuna, porque demasiada gente en el este ya no podía permitirse el lujo de comer filetes. A algunos de los pequeños rancheros de Arizona les empezó a ir cada vez peor, y los empleados de los ranchos se unían a la riada de gente procedente de Oklahoma que venía por la Ruta 66, pasando frente a nuestra casa, con la esperanza de encontrar trabajo en California.

Mucha gente ya no podía pagar ni la gasolina y empezó a vender los tractores y los coches que alguien les había persuadido de comprar. Muchos de ellos desearon entonces haber conservado sus caballos para poder arar. El trabajo del taller empezó a disminuir. Jim, además, era demasiado generoso, y cobraba de menos a la gente pobre, e incluso hacía reparaciones gratuitas.

Yo me sentaba en la mesa de la cocina con lápiz y papel, echando cuentas, buscando la manera de reducir gastos. Pero se mirase por donde se mirase, no se podía escapar de la línea inferior: salía más de lo que entraba, y era sólo una cuestión de tiempo que quebráramos. Con los créditos que habíamos pedido, eso significaba la bancarrota. Me llevaba a los niños al taller y ayudaba en todo lo que podía, pero pensaba que tenía que haber algo más que pudiéramos hacer para conseguir algún ingreso extra.

Un día el señor Lee, el chino de Ash Fork, llamó a la puerta. El señor Lee tenía un puesto de *chop suey* en una tienda cerca del taller y ganaba lo suficiente como para conducir un Ford modelo A, que Jim reparaba. El señor Lee era un chino feliz, radiante, pero ese día estaba atemorizado. La ley seca había terminado hacía unos años, pero el señor Lee, como otra mucha gente, se había acostumbrado al dinero fácil que se obtenía de vender licor de contrabando, así que ofrecía a sus clientes vasitos de brebajes caseros para que se los bebieran mientras se comían sus fideos. El problema era que había oído que los inspectores del gobierno iban tras él, y estaba buscando un lugar en donde esconder unos cuantos cajones de bebidas.

El señor Lee y Jim se llevaban bien, porque el señor Lee había sido soldado en Manchuria cuando Jim estaba prestando servicios en Siberia, y habían pasado por los mismos inviernos crudos, sacándose carámbanos de hielo del pelo y masticando carne congelada. El señor Lee confiaba en Jim. Aceptamos guardar la bebida y la escondimos bajo la cuna del Pequeño Jim, donde quedaba oculta por los faldones.

Esa noche no dormí pensando en los licores del señor Lee, y se me ocurrió un plan: podía obtener un dinero extra vendiendo bebida de contrabando por la puerta de atrás. Aunque mi padre había sido un defensor acérrimo de la ley seca, mi abuelo había vendido bebidas alcohólicas en la tienda del rancho KC, así que en cierto modo seguía la tradición familiar. Además, nunca vi nada de malo en que un hombre honesto bebiera una copa que se tenía bien merecida. Yo misma tomaba una de vez en cuando.

Cuando le propuse la idea a Jim mientras desayunábamos al día siguiente, no le entusiasmó demasiado. Aunque él había dejado de beber hacía años —después de que, tras una juerga, se viera envuelto en un tiroteo en no sé qué ciudad canadiense—, no tenía ningún problema con la bebida en sí. Simplemente no quería ver a la madre de sus hijos en la cárcel por traficar con ron.

Argumenté que, siendo yo madre de dos hijos y una respetable ex maestra de escuela, los inspectores del gobierno no sospecharían nunca de mí. Estaba claro que había demanda, porque todo el mundo intentaba ahorrar hasta el último céntimo. No se trataba de regentar un bar clandestino, sólo era una pequeña operación comercial al por menor sin ningún tipo de gasto indirecto. E incluso proporcionaría al vaquero cansado de sus duras faenas la posibilidad de tomar una copa sin obligarlo a aflojar una moneda de cinco céntimos al Tío Sam cada vez que lo hacía.

Me pasé el día hablando del tema con Jim, señalando que no veía otra manera de mantenernos a flote, y como no le di tregua con el asunto acabó por aceptar a regañadientes. Puesto que le habíamos hecho un favor, el señor Lee también aceptó, y me prometió proporcionarme dos cajas al mes de su proveedor si nos repartíamos las ganancias.

Fui una buena dama vendedora de licor. Hice correr la voz discretamente, y pronto los vaqueros de la zona llamaron a mi puerta trasera. Sólo vendía a la gente que conocía o que venía recomendada. Llevaba el negocio de forma amistosa, pero con espíritu comercial, invitándolos a pasar un momento pero sin permitir a nadie que se quedara un rato ni que bebiera en casa. Empecé a tener clientes fijos, incluido el sacerdote católico, que siempre bendecía a los bebés cuando se iba. Mis clientes fijos obtenían un descuento, pero nunca vendí a crédito ni proporcioné licor a nadie que creyera que se estaba bebiendo el dinero del alquiler. Una vez que el señor Lee se llevaba su tajada, yo ganaba veinticinco centavos por cada botella que vendía. Pronto alcancé un promedio de tres botellas por día, y esos casi veinte dólares al mes equilibraban la contabilidad.

UN DÍA, ESA PRIMAVERA, cuando Rosemary tenía tres años y el Pequeño Jim estaba empezando a hablar, los hermanos Camel pasaron conduciendo su enorme rebaño de ovejas por delante de nuestra casa; se dirigían al interior del pueblo, al almacén. Los hermanos Camel habían comprado un gran rancho al oeste de Ash Fork, en el condado de Yavapai, con la idea de criar ovejas para obtener lana y carne. Eran de Escocia y sabían muchísimo de ovejas, pero poco o nada sobre las características de la pradera de Arizona. Los hermanos Camel pensaban que el forraje en el condado de Yavapai estaba demasiado seco para las ovejas, especialmente con la sequía, y decidieron vender todo su rebaño, al igual que el rancho, en lugar de quedarse mirando cómo sus animales enflaquecían y se debilitaban mientras eran cazados por lobos y vagabundos hambrientos.

Era un día seco, caluroso, y las ovejas llenaron las calles de Ash Fork, levantando tanto polvo que había que cubrirse la boca con un pañuelo atado en la nuca. Las ovejas balaban y los corderos berreaban al tiempo que los peones de los hermanos Camel arreaban el rebaño de aquí para allá, dando latigazos a los que se desviaban del camino hacia la estación, donde los embarcarían para venderlos.

Los hermanos Camel no habían venido —se habían quedado en el rancho reuniendo las ovejas restantes—, y cuando el rebaño llegó al redil de embarque, algún tarugo tuvo la brillante idea de separar a los corderos de sus madres. Tan pronto como cumplieron con semejante trabajo, se armó la de San Quintín. Los corderos todavía mamaban, y tenían hambre a causa del viaje, así que empezaron a dar vueltas sin parar llamando a sus madres. Las ovejas, por su parte, balaban frenéticamente buscando a sus crías.

Los peones, dándose cuenta de su error, abrieron el portón que separaba a las ovejas de los corderos, y las ovejas se mezclaron formando un gran revuelo, las madres buscando a las crías y las crías buscando a las madres. Fue entonces cuando la situación se puso realmente complicada. Cuanto más frenéticos se ponían los corderos, más energía gastaban, con lo que tenían más hambre, pero el rebaño era tan grande y estaba tan compacto que ninguno era capaz de encontrar a su madre. Al cabo de un par de horas, los corderos se debilitaron por el hambre. Trataron de amamantarse de cualquier oveja que encontraban, pero las ovejas querían guardar la leche para sus propias crías. Ponían los hocicos sobre los corderos, y si el olor era desconocido los apartaban de una patada y seguían buscando a sus crías.

Los peones, también frenéticos, caminaban en medio del rebaño, tratando de obligar a las ovejas a amamantar a cualquier cordero, pero las ovejas no cooperaban. Pateaban, berreaban y se retorcían, armando un jaleo espantoso y llenando el aire de más polvo todavía, mientras los vaqueros maldecían y la gente del pueblo que se había reunido alrededor se quedaba allí de pie mirando, algunos ofreciendo consejos a gritos, otros riéndose con malicia, sacudiendo la cabeza y esperando a ver qué iba a resultar de todo aquello.

Yo estaba allí con el Pequeño Jim y Rosemary, que estaba fascinada por que una oveja pudiera reconocer por el olor a su propio cordero, y corría de aquí para allá metiendo la nariz en la lana de las ovejas.

—Para mí todas tienen el mismo olor —concluyó.

Finalmente aparecieron los hermanos Camel, aunque tampoco sabían muy bien cómo actuar. La situación se volvió desesperada, y los corderos empezaron a desplomarse por el calor y el hambre.

—Deberían hablar con mi marido —dije—. Él sabe de animales.

Los hermanos Camel mandaron llamar a Jim, que estaba en el taller. Cuando llegó, los peones le explicaron lo que había sucedido.

—Lo que tenemos que hacer —dijo Jim— es lograr que esas ovejas acepten, de momento, a cualquier cordero como propio. Luego podemos preocuparnos por poner orden en el rebaño.

Jim me envió a casa a buscar una sábana vieja mientras él recogía dos latas de queroseno del taller. Hizo que los peones de los Camel rasgaran la sábana en trapos y los empaparan en queroseno para restregárselos a las ovejas por los hocicos. Eso bloquearía su sentido del olfato, y dejarían que cualquier cordero se amamantase con su leche.

Una vez que los corderos fueron alimentados y el peligro inmediato había pasado, Jim hizo que los peones volvieran a separar a los corderos de las ovejas. Llevaron cada cordero, uno por uno, al corral de las ovejas, y les hicieron dar vueltas hasta que su madre los reconocía. El rebaño era tan grande que esto llevó casi dos días enteros, con pausas en las que se volvía a neutralizar el olfato de las madres cada vez que los corderos que quedaban tenían hambre.

La pequeña Rosemary estaba fascinada con la escena, y terriblemente preocupada por el hecho de que los corderos encontraran a sus madres, y se quedó allí mirando hasta el final. Cuando todo terminó, había un corderito pequeño que no había sido reclamado por ninguna oveja. Sus ojos negros estaban llenos de miedo y su lana blanca impregnada de polvo. Corría de aquí para allá con sus patas larguiruchas, balando lastimeramente.

Los hermanos Camel le dijeron a Jim que hiciera lo que mejor le pareciera con el cordero. Jim lo alzó en sus brazos y se lo llevó a Rosemary. Se arrodilló y puso el cordero ante ella.

—Todos los animales tienen alguna finalidad —dijo—. La de algunos es vivir en estado salvaje, la de otros vivir en un corral, mientras que otros terminan en el mercado. La de este corderito es ser una mascota.

R OSEMARY AMABA A AQUEL ANIMALITO. El corderito compartía con ella sus helados, y la seguía a todas partes. Así que decidimos bautizarlo *Mei-Mei*, que era como el señor Lee nos había contado que se decía «hermanita» en chino.

Un par de semanas después de que Jim pusiera orden en el rebaño, oí el ruido de un coche que daba la vuelta a la casa, y luego llamaron a la puerta del fondo. Fuera había un hombre de pie, fumando un cigarrillo. Había dejado abierta la puerta del coche, y una chica y una mujer joven estaban sentadas en el interior, mirándonos. Era un tipo bien parecido, con un mechón de cabello rubio rojizo que le caía encima de la frente, y aunque sus dientes estaban torcidos y manchados, tenía la sonrisa fácil de una persona con encanto. Antes de que dijera nada, me di cuenta, por la manera en que estaba de pie, perdiendo casi el equilibrio, de que estaba un poco bebido.

—Soy amigo del Gallo —dijo—. He oído que aquí un hombre puede conseguir una buena botella que llevarse a la nariz.

—Me parece que usted ya se ha llevado a la nariz bastantes botellas —repliqué.

—Bueno, estoy en ello.

Su sonrisa se volvió todavía más encantadora, pero miré por encima de él a la mujer y a la chica, y ellas no sonreían precisamente.

—Creo que con lo que usted ha bebido ya tiene suficiente —dije.

Su sonrisa desapareció y su rostro adquirió una expresión indignada, tal y como se ponen los borrachos cuando uno comenta que están borrachos. Empezó a decirme que su dinero era tan bueno como el de cualquier otro, y que quién era yo para decidir quién había bebido demasiado y quién no, que yo sólo era una señora de tres al cuarto que vendía alcohol de forma ilegal. Pero yo no di mi brazo a torcer, y cuando se dio cuenta de que no iba a ceder y se iba a ir con las manos vacías perdió los estribos y me gritó que me iba a arrepentir de haberme cruzado con él y que sólo era la hermana de una puta suicida.

—Espere aquí —dije. Dejando la puerta abierta, me dirigí a mi habitación, cogí el revólver de empuñadura de nácar, volví a salir y le apunté a la cara, colocando el extremo del cañón a unos quince centímetros de su nariz.

—La única razón por la que no le mato aquí mismo es por esas dos mujeres que están en el coche —dije—. Pero lárguese y no vuelva jamás.

***

Esa noche le conté a Jim lo sucedido.

Suspiró y sacudió la cabeza.

—Probablemente no hayamos visto el final de este asunto —dijo.

Y estaba en lo cierto. Dos días después, un coche dio la vuelta a la casa, y cuando abrí la puerta había dos hombres de pie con uniformes de color caqui y sombreros de vaquero. Tenían insignias en los bolsillos de sus camisas, armas en sus cartucheras y unas esposas colgadas de sus cinturones. Saludaron tocándose los sombreros.

—Buenas tardes, señora —dijo uno de ellos, tirando de sus pantalones para subírselos y metiendo los pulgares bajo el cinturón—. ¿Le molesta si pasamos?

Yo no veía que tuviera muchas opciones, así que los hice pasar al salón. El Pequeño Jim dormía en su cuna, y debajo, detrás del faldón de algodón blanco, había dos cajas de licor de contrabando.

—Señores, ¿quieren tomar un vaso de agua bien fresca del grifo? —pregunté.

—No, gracias, señora —dijo el que hablaba. Ambos estaban mirando a su alrededor, examinando el lugar.

—Hemos recibido una denuncia —prosiguió— de que aquí se vende alcohol ilegalmente.

En ese momento Rosemary entró corriendo en el salón con *Mei-Mei* detrás. Ver a los dos agentes con todo aquel metal reluciente y el cuero brillante provocó que la niña soltara un chillido que podría haber despertado a un muerto. Gritando, se arrojó a mis pies y se aferró a mis tobillos. Yo traté de alzarla, pero se había puesto verdaderamente histérica y agitaba los brazos, gritando y lloriqueando.

Mei-Mei se puso a balar, y con todo aquel barullo se despertó el Pequeño Jim, que se puso de pie en la cuna y empezó a gemir.

—¿Esto les parece un bar clandestino? —pregunté—. ¡Soy maestra! ¡Soy madre! Ya tengo suficiente trabajo con ocuparme de estos niños.

—Ya lo veo —dijo el agente. Todo aquel griterío los estaba desquiciando—. Tenemos que comprobar estas denuncias, pero seguiremos nuestro camino.

Los agentes estaban contentos de salir de allí, y tan pronto como se fueron Rosemary dejó de aullar.

—Hoy me has salvado el pellejo, pequeña mía —dije.

***

Cuando Jim volvió a casa, le hablé de la visita de los agentes de la ley y de cómo el coro de jóvenes aulladores los había puesto en fuga. A esas alturas ya me parecía una historia bastante graciosa, y a Jim también le dio la risa, pero luego se interrumpió y dijo:

—Aun así, nos han hecho una advertencia. Es hora de abandonar el negocio del licor ilegal.

—Pero Jim —dije—, necesitamos el dinero.

—Prefiero verte en un asilo para pobres que entre rejas.

Vender licor nos había mantenido a flote durante un año. Pero interrumpimos definitivamente el negocio, y seis meses después el banco nos canceló la hipoteca.

EL OTOÑO SOLÍA SER MI ÉPOCA PREFERIDA del año, cuando el aire se volvía fresco y las colinas estaban verdes por la lluvia de agosto. Pero no tuve demasiado tiempo para disfrutar de las puestas de sol de septiembre y de las noches frías y estrelladas. Jim y yo habíamos decidido subastarlo todo: los muebles, sus herramientas, los neumáticos, el compresor, el gato y el surtidor de gasolina con su bonito cilindro de cristal. Cuando hubiéramos hecho eso, ataríamos con una correa nuestras maletas sobre el techo del Armatoste y nos sumaríamos a la riada de parados que venían de Oklahoma y se dirigían a California a buscar trabajo.

Meditar sobre lo que se nos venía encima nos dejaba los ánimos por el suelo y nos enervaba. Una mañana estábamos en el taller clasificando las herramientas y discutiendo sobre cuáles debíamos llevarnos, cuando apareció Blackie Camel, el mayor de los dos hermanos Camel. Blackie era un hombre con un vientre enorme y una barba negra muy poblada. Iba a todas partes ataviado con su chaleco bordado. Era una especie de genio matemático en lo que se refería a las ovejas, y podía echar un vistazo a un rebaño y calcular no sólo cuántos animales tenía, sino también de cuántos kilos de lana estaban cubiertos.

Desde que Jim había salvado a los corderos, Blackie había adquirido la costumbre de aparecer por el taller para darle a la lengua. A medida que iba conociendo más a Jim, más crecía su estima por él. Solía contarle a la gente que Jim no sólo sabía de ovejas, sino que también sabía de vacas y caballos, y prácticamente de toda criatura que tuviera pelo o plumas. Mi marido nunca alardeaba de sí mismo, algo que a Blackie también le gustaba, y Blackie estaba particularmente impresionado con una historia que había oído a un indio hopi de la zona, según la cual, cuando Jim era joven, un águila estaba arremetiendo contra un ternero recién nacido y Jim le había echado el lazo en pleno vuelo.

Esa mañana, mientras estábamos sentados en la tambaleante mesa de linóleo que Jim utilizaba de escritorio, Blackie nos contó que él y su hermano habían vendido el rancho a un grupo de inversores de Inglaterra que querían destinarlo a la ganadería. Les habían pedido a él y a su hermano que les recomendaran a alguien para administrar el rancho, y Blackie dijo que, si a Jim le interesaba, propondrían que fuera él.

Jim estiró la mano por debajo de la mesa y apretó la mía tan fuerte que me hizo crujir los nudillos. Ambos sabíamos que los únicos trabajos que había en California eran de recolectores de uva o de naranjas, y los que iban allí desde Oklahoma se estaban peleando por el poco trabajo que había, mientras que los ricos propietarios recortaban los jornales. Pero no era cuestión de admitir ante Blackie Camel lo desesperada que era nuestra situación.

—Parece una oferta que vale la pena considerar —dijo Jim.

*B*LACKIE ENVIÓ UN TELEGRAMA A LONDRES y unos días después apareció para decirle a Jim que el puesto era suyo. Suspendimos la subasta, y Jim conservó la mayor parte de sus herramientas, pero sí que vendimos el surtidor de gasolina y los neumáticos a un mecánico de Sedona. El Gallo trajo una carreta desde Red Lake, y cargamos nuestros muebles en ella, metimos a los niños y a *Mei-Mei* en la parte trasera del Armatoste y luego, con Jim al volante, el Gallo en la carreta y yo a la retaguardia sobre *Remiendos*, partimos en nuestra pequeña caravana hacia Seligman, el pueblo más cercano al rancho.

Esa parte del viaje transcurrió suavemente, porque estaban pavimentando por primera vez la Ruta 66 con una fina capa de asfalto negro brillante. Seligman no era tan grande como Ash Fork, pero tenía todo lo que necesitaba un pueblo rural: un edificio que servía tanto de cárcel como de oficina de correos, un hotel, un bar y un café, y el centro comercial, una tienda de artículos diversos en donde los Levi's estaban apilados formando montones de más de un metro de altura sobre los anchos tablones del suelo, al lado de palas, carretes de cuerda y de alambre, cubos para agua y latas de galletas.

De Seligman nos dirigimos hacia el oeste y cruzamos veinticinco kilómetros a través de la ondulada pradera tapizada de hierba con florecillas amarillas y enebros. Las montañas Peacock se veían, en la distancia, de color verde oscuro, y encima de ellas el cielo era de un azul intenso. Después de hacer veinticinco kilómetros, nos salimos de la Ruta 66 y seguimos por un estrecho camino de tierra otros quince kilómetros. Tardamos un día entero en llegar de Seligman al rancho en carreta. Finalmente, a última hora de la tarde, nos detuvimos delante de un portón, en donde acababa el camino.

A la izquierda y a la derecha del portón había una alambrada de espino sostenida por troncos de enebro cuidadosamente cortados, que se extendía hasta perderse en la lejanía. No había ningún cartel en el portón, que estaba cerrado, pero nos esperaban, así que la cadena sólo estaba enganchada a un candado que habían dejado abierto. Pasando el portón había un largo camino. Lo seguimos, avanzando otros seis kilómetros, y finalmente llegamos a una valla en cuyo interior había varios edificios de madera sin pintar bajo la sombra de unos enormes cedros.

Los edificios estaban al pie de una colina salpicada de pinos y cedros. Al mirar hacia el este, se veían kilómetros y kilómetros de pradera ondulada que gradualmente bajaba en suave pendiente hacia una pequeña hondonada tapizada de hierba, conocida con el nombre de meseta del Colorado. Se extendía sin interrupción hasta Mogollon Rim, unos riscos de color rosáceo en donde la tierra se había desplazado por una falla que corría ininterrumpidamente hasta Nuevo México. Desde donde estábamos parados, podía verse hasta el infinito, y no había ninguna otra casa, ni una sola, ni seres humanos, ni el menor rastro de civilización, sólo el gigantesco cielo, la llanura infinita cubierta de hierba y las montañas lejanas.

Los hermanos Camel habían despedido a la mayor parte del personal, y el lugar estaba desierto salvo por un peón que seguía allí, el viejo Jake, un pobre tonto que siempre andaba mordisqueando un pitillo y que acudió cojeando al granero para saludarnos. El viejo Jake caminaba torcido porque, para evitar ser alistado durante la Gran Guerra, había metido el pie en las vías y había dejado que el tren le pasara por encima de los dedos.

—No voy a ganar ningún concurso de baile —decía—, pero no necesito los dedos de los pies para montar a caballo, y es mejor que andar escupiendo gas mostaza.

El viejo Jake nos enseñó las dependencias. Había una casa principal con un largo porche, con la madera sin pintar de un gris descolorido por el sol. El granero era enorme, y a su lado había cuatro pequeñas construcciones de troncos: el cobertizo que se usaba para almacenar el cereal, la herrería, la caseta de la carne, en donde se curtían las pieles y se curaba la carne, y la caseta del veneno, que tenía estantes llenos de botellas que contenían medicinas, pociones, esencias y disolventes, todas tapadas con corchos o trapos encajados en el cuello. El viejo Jake nos señaló algunos detalles: las bolsas de azufre y los frascos de alquitrán utilizados para tratar el ganado herido, el afilador de cuchillos en la herrería, los abrevaderos que recogían el agua de lluvia que caía de los techos.

Nos llevó por el resto de las edificaciones, entre las que había un cobertizo para herramientas, un gallinero y un barracón. Luego fuimos a un garaje en el que había treinta y seis carruajes, carretas y vehículos, de dos ruedas y de cuatro, una vieja carreta cubierta Conestoga y una camioneta Chevy oxidada. El viejo Jake los nombró uno por uno con orgullo. Nos mostró el foso del garaje, en el cual podía meterse una persona y, colocando el coche encima, trabajar en la parte inferior.

Finalmente, el viejo Jake nos volvió a llevar a través del granero hacia un corral doble: uno estaba hecho con postes de madera verde, de unos dos metros, clavados en el suelo verticalmente, y se usaba para domar caballos; el otro estaba construido con postes y alambrada normales y corrientes, y dentro de él había una pequeña manada de caballos.

Jim caminaba de aquí para allá asintiendo con la cabeza y tratando de recordarlo todo. Ambos pudimos comprobar que, aunque las construcciones estaban deterioradas, eran sólidas y resistentes. El lugar no tenía nada de elegante. Se trataba de un rancho en el que se trabajaba, pero las herramientas estaban colgadas por todas partes, las sogas estaban enrolladas cuidadosamente, los arneses estaban en buen estado, los postes de las alambradas estaban amontonados en pilas bien ordenadas y el suelo del granero estaba barrido. En un rancho tenías que ser capaz de encontrar la herramienta precisa en un momento de apuro, cuando se producía una urgencia. Los hermano Camel sabían la importancia de mantener las cosas limpias y ordenadas.

El Gallo estaba visiblemente impresionado.

—No creía que fuera a estar todo tan bien conservado —dijo—. Jim, viejo sabueso, has tenido suerte. —Me miró a mí—. Otra vez —añadió.

Le di un manotazo en el hombro al Gallo, pero Jim se limitó a sacudir la cabeza y sonreír. Luego observó la pradera.

—Creo que podemos hacer que esto funcione —dijo.

—Creo que sí —afirmé yo.

Yo me daba cuenta de que la vida en el rancho iba a significar mucho trabajo duro. Estábamos demasiado lejos del pueblo como para contar con cualquier otra persona para cualquier cosa. Jim y yo tendríamos que ser nuestro propio veterinario, herrero, mecánico, carnicero, cocinero, y también seríamos arrieros, administradores del rancho, marido y mujer, y padres de dos niños pequeños. Pero tanto Jim como yo sabíamos arrimar el hombro, y en momentos como éstos yo sabía lo afortunados que éramos, no sólo por tener trabajo, sino también por ser nuestros propios patrones y trabajar en algo que sabíamos hacer a la perfección.

Sentí que la naturaleza me reclamaba y le pregunté al viejo Jake en dónde podía encontrar el sitio apropiado. Señaló un pequeño cobertizo de madera en la esquina norte del conjunto de barracones.

—No es nada elegante, sólo un agujero —dijo—. No tiene ningún distintivo en la puerta, porque todos sabemos lo que es.

Dentro de la letrina, que no tenía ninguna ventana, entraba suficiente luz por las grietas de la madera como para que pudieras ver. De los rincones del techo colgaban telarañas, el suelo de tierra estaba lleno de barro y había una pala para echar tierra sobre el agujero, para mantener a raya a las moscas. Un olor hediondo subía desde el agujero, y por un momento eché de menos mi vistoso baño comprado por catálogo con la brillante taza de porcelana, la tapa de caoba y la bonita cadena de la cisterna. Al sentarme, sin embargo, me di cuenta de que puedes acostumbrarte tanto a ciertos lujos que empiezas a creer que son necesidades, pero cuando tienes que privarte de ellas terminas por saber que después de todo no te hacen falta. Había una gran diferencia entre necesitar cosas y quererlas —aunque a mucha gente le costaba distinguir ambos extremos—, y en el rancho podía darme cuenta de ello: teníamos prácticamente todo lo que necesitábamos, pero muy poco más.

Al lado había un montón de catálogos de Sears Roebuck, y cogí uno y lo hojeé. Llegué a una parte en la que se anunciaban sujetadores de seda y camisas de encaje. Pensé que no iba a encargar nada de esa página, y cuando terminé de hacer lo mío la arranqué y la utilicé.

A LA MAÑANA SIGUIENTE, CUANDO EL GALLO se disponía a regresar a Red Lake, me pilló sola en la cocina.

—Gracias por ayudarnos con la mudanza —dije, tendiéndole una taza de café.

Me observó un momento.

—Tú sabes que siempre he estado loco por ti —admitió.

—Lo sé.

—Es curioso. Sencillamente, no puedo evitarlo. —Hizo una pausa y luego preguntó—: ¿Crees que me casaré alguna vez?

—Sí que lo creo —contesté. Hasta ese momento lo decía por ser amable, pero de pronto lo vi claro—. Sí que lo creo —repetí—. Sólo tienes que buscar en lugares inesperados.

Cuando el Gallo se marchó, Jim dijo que nuestra prioridad era recorrer todo el rancho. Era un lugar grande, de algo más de cuarenta mil hectáreas —más de cuatrocientos kilómetros cuadrados—, y nos llevaría por lo menos una semana sólo recorrer a caballo la cerca del perímetro. Cargamos un caballo con provisiones, Jim y el viejo Jake montaron en dos caballos y yo me subí a *Remiendos* con el Pequeño Jim sobre mi regazo, mientras que Rosemary iba en el caballo de su padre.

Nos encaminamos al oeste hasta que llegamos a los pies de las colinas de piedra caliza blanca y amarillenta, y luego torcimos al sur. Soplaba un viento cálido y seco a través del valle. Pasamos junto a pinos y enebros y de vez en cuando veíamos una manada de antílopes de cola blanca pastando sobre las laderas lejanas. El viejo Jake nos mostró Tres Cruces, un grupo de rocas sobre las cuales alguien había tallado figuras de madera de caballos y jinetes transportando tres cruces; representaban —según la tradición oral del rancho— una antigua expedición española. Avanzada la tarde, llegamos a un punto alto, debajo de las montañas Coyote. Desde allí podíamos divisar hacia el sur las montañas Juniper y hacia el este el Mogollon Rim.

—Una buena extensión de tierras —dijo Jim—. Y ni una gota de agua.

—Más seca que la teta de una bruja —apostilló el viejo Jake.

Había unos cuantos estanques polvorientos: unas pequeñas y tristes construcciones excavadas para recoger la lluvia, pero el agua desaparecía durante los periodos de sequía, y ahora los estanques estaban vacíos; se habían convertido en pozos agrietados.

Al cabo de diez días dimos toda la vuelta, recorriendo la mayor parte del rancho, aunque había tres amplias partes del territorio que no habíamos tenido tiempo de ver. Y aunque pasamos por un buen número de cauces y vaguadas por las que se veía que corría el agua cuando había riadas, no vimos ni un solo arroyo, manantial o fuente natural en toda la superficie del rancho.

—No hay duda de que los hermanos Camel tiraron la toalla —dijo Jim.

Jim mandó a buscar a Flagstaff a un zahorí, y ambos salieron a realizar otro recorrido, deteniéndose en las arboledas y en los lugares en los que la hierba era verde. El zahorí caminaba de aquí para allá sosteniendo una rama en forma de Y, esperando que bajara, señal de que habría agua en el subsuelo. Pero la rama nunca descendía.

Yo me quedé pensando en todos esos cauces y vaguadas por los que habíamos pasado durante nuestro recorrido por el rancho. La única agua que veía esta tierra procedía del cielo. Durante las riadas repentinas, miles y miles de litros de agua rugirían por todos aquellos cauces y vaguadas, agua que sólo serviría para empapar a su paso el suelo de la pradera. Si pudiéramos idear una forma de retener esa agua, tendríamos una enorme cantidad para nosotros.

—Lo que realmente necesitamos es construir un dique —le dije a Jim.

—¿Y cómo vamos a hacerlo? —preguntó él—. Necesitaríamos un ejército.

Me quedé pensando en ello un instante, y entonces tuve una idea. Había leído artículos de revistas sobre la construcción de la presa Boulder —así la llamábamos todos los que odiábamos a Herbert Hoover y nos negábamos a utilizar el nombre de presa Hoover—. En esos artículos había fotografías de algunas de las modernas máquinas para remover la tierra que se habían utilizado en la construcción.

—Jim —dije—, alquilemos un *bulldozer*.

Al principio Jim pensó que me había vuelto loca, pero yo estaba convencida de que al menos teníamos que considerar aquella idea. Conduje hasta Seligman y encontré a alguien que conocía a una persona en Phoenix que tenía una empresa constructora con un *bulldozer*. Por supuesto, cuando hablé con él, dijo que si estábamos dispuestos a pagar por ello, nos enviaría su *bulldozer* y un operario hasta Seligman por ferrocarril. Tendríamos que encontrar un camión de remolque bajo para transportarlo hasta el rancho. No iba a salir barato, pero una vez que el *bulldozer* estuviera allí, nos permitiría construir un dique de tierra de buen tamaño en cuestión de días.

Jim dijo que teníamos que presentar la idea a los inversores ingleses. Un grupo de ellos llegaría al rancho en pocas semanas para reunirse con nosotros y supervisar su propiedad.

***

Los ingleses aparecieron en el rancho en una carreta, después de haber llegado desde Inglaterra en un vapor hasta Nueva York y en tren hasta Flagstaff en un viaje que duró tres semanas. Tenían un acento extraño y usaban bombín y trajes con chaleco. Ninguno se había puesto jamás un par de botas de vaquero ni había hecho restallar un látigo, pero eso no presentaba ningún problema para Jim y para mí. Eran hombres de negocios, no tipos que vinieran a jugar a los vaqueros. Y eran amables y listos. Uno podía darse cuenta, por las preguntas que hacían, de que eran conscientes de lo que no sabían.

La noche de su llegada, el viejo Jake hizo un fuego al aire libre y asó una paleta de ternera. Se estuvo riendo entre dientes de los inversores, diciendo cosas como «bastante atrevido» y «alegre y jovial» con acento inglés, y deformando su sombrero para que se pareciera a un bombín, así que tuve que darle un cachete. Yo preparé unas cuantas especialidades de la pradera, como estofado de serpiente de cascabel y ostras de la pradera, para que tuvieran algo que comentar cuando regresaran a sus clubes londinenses.

Luego nos sentamos alrededor del fuego a comer latas de melocotones en almíbar. Jim sacó su bolsita de algodón de Bull Durham, lió un cigarrillo para él, cerró la bolsita tirando de la cuerda amarilla con los dientes, como era su costumbre, y empezó a hablar.

Dijo que a un ranchero sólo le importaban dos cosas: la tierra y el agua. Teníamos tierra de sobra, pero no teníamos suficiente agua, y sin agua la tierra no valía nada. El agua marcaba la diferencia.

—El agua es aquí algo precioso —señaló—, más precioso de lo que ustedes, caballeros, que viven en esa isla lluviosa que tienen, son capaces de imaginar. Por eso durante siglos los indios, los mexicanos y los anglosajones se han pasado la vida peleando por ella, y por ella hay familias que han quedado partidas en dos y vecinos que se matan unos a otros.

Uno de los ingleses saltó diciendo que sabía de primera mano lo valiosa que era el agua, porque en el hotel en Seligman le habían cobrado cincuenta centavos por darse un baño. Todos se rieron ante el comentario, y eso me dio esperanzas de que las observaciones de Jim fueran recibidas favorablemente.

Puesto que el rancho no tenía ninguna fuente natural de agua, continuó Jim, había que crear una si pretendían dar sustento a un rebaño de tamaño considerable. Algunos rancheros hacían perforaciones buscando agua, pero uno se podía pasar la vida haciendo agujeros y no llegar nunca a encontrar agua, no había ninguna garantía de éxito. Cuando el ferrocarril de Santa Fe había necesitado agua para sus locomotoras de vapor, había efectuado una perforación de más de medio kilómetro de profundidad en esta zona, y el pozo estaba seco.

Lo más razonable, prosiguió Jim, era construir una gran presa para retener el agua de lluvia. Explicó mi plan de traer un *bulldozer* desde Phoenix. Cuando Jim mencionó el coste, los ingleses se miraron entre ellos, y algunos enarcaron las cejas, pero entonces mi marido sacó a relucir una columna de números que yo había realizado y les dijo que sin la presa solamente podrían criar unos cuantos miles de cabezas en el rancho; con ella, podrían llegar a las veinte mil, y eso significaba llevar al mercado cinco mil al año. La presa sería amortizada en muy poco tiempo.

Al día siguiente los ingleses fueron a Seligman para telegrafiar al resto de los inversores. Después de algunas idas y venidas que concernían a los detalles relativos a cuestiones de ingeniería, nos dieron luz verde. Los ingleses cubrieron un cheque antes de marcharse, y en poco tiempo un camión traía al rancho en su remolque un gran *bulldozer* amarillo. Era la primera máquina de este tipo que se veía en la zona, y la gente acudía de todos los rincones del condado de Yavapai para maravillarse y resoplar al contemplarla.

Ya que teníamos el condenado cacharro allí, decidimos construir diques por todo el rancho; el operario excavaba las orillas de los cauces y vaguadas, cubriendo el fondo con arcilla apisonada, y usaba el material extraído para construir los muros que retendrían el agua de las riadas. La presa más grande que construimos —tan grande que se requerían cinco minutos para recorrerla a pie— era la que estaba frente a la casa principal del rancho.

Cuando llegaron las lluvias ese diciembre, el agua corrió por los cauces y las vaguadas y quedó retenida en los pantanos creados por los diques. Era como llenar una bañera. Ese invierno fue inusualmente húmedo, y en primavera el agua tenía un metro de profundidad en el estanque grande, el más hermoso espejo de agua que yo había visto desde el lago Michigan.

En cierto sentido, aquel estanque no era más que un agujero en la tierra, pero Jim lo trataba como si fuese nuestra más preciada posesión, y eso es lo que era. Jim controlaba la presa todos los días, midiendo la profundidad del agua e inspeccionando los muros. En verano, venía gente de varios kilómetros a la redonda a preguntar si podían darse un chapuzón, y nosotros siempre se lo permitíamos. A veces, durante los periodos de sequía, los vecinos que no tenían tanta agua se acercaban con carretas cargadas de barriles y nos pedían —como decían ellos— que les prestáramos de nuestro estanque, aunque era imposible que nos la devolvieran, y nunca se la cobrábamos, ya que, como solía decir Jim, a nosotros nos la habían dado los cielos.

La presa y su estanque llegaron a ser conocidos con el nombre de dique del Gran Jim, y luego simplemente el Gran Jim. La gente de todo el condado medía la severidad de los periodos de sequía por la cantidad de agua en el Gran Jim. «¿Cómo va el Gran Jim?», me preguntaba la gente del pueblo, o «he oído que el Gran Jim no está bien», y yo siempre sabía que estaban hablando del nivel de agua del estanque, no del estado de salud de mi marido.

E L NOMBRE OFICIAL DEL RANCHO era Arizona Incorporated Cattle Ranch, pero nosotros siempre lo llamamos el AIC, o simplemente el rancho. Eran los presumidos y los simplones —la gente que había sacado sus ideas sobre lo que era dedicarse a la ganadería de las películas del oeste y de las novelas baratas— los que bautizaban a sus ranchos con nombres ampulosos como Acres del Edén, Rancho Espejismo o Meseta del Paraíso. Un nombre elegante, solía decir Jim, era una señal segura de que el propietario no sabía ni lo más básico de cómo dirigir un rancho.

Con la Depresión, que todavía estaba golpeando fuerte, esa clase de propietarios —al igual que aquellos que sabían poco de ganadería— se estaban hundiendo. Eso significaba que había más gente vendiendo ganado que comprándolo, y Jim viajaba por toda Arizona consiguiendo manadas enteras a precios de saldo. Contrató unos diez vaqueros, casi todos mexicanos y havasupais, para arrear el ganado al rancho y marcarlo antes de soltarlo y dejarlo pastar en la pradera. El trabajo de vaquero era duro, y así eran aquellos muchachos: inadaptados sociales, en su mayoría fugitivos, o chicos que habían recibido demasiados latigazos. Aquellos jóvenes sólo podían convertirse en peones o entrar en el circo —no había para ellos muchas más opciones—, y vivían su vida día a día. Lo que mejor sabían hacer era mantenerse sobre un caballo, y eso les hacía sentirse orgullosos.

Cuando llegaron los vaqueros, lo primero que hicieron fue dirigirse al campo abierto y arrear una manada de caballos de la pradera, que procedieron a domar —a su manera— en el corral cercado. Los animales corcoveaban y coleaban como caballos salvajes de rodeo, pero aquellos valientes muchachos preferían dejar que les reventaran todos los huesos del cuerpo antes que desistir. Ellos mismos eran casi como caballos a medio domar.

Yo me detuve a observarlos con Rosemary.

—Estoy triste por los caballos —dijo ella—. Ellos sólo quieren ser libres.

—En esta vida —le contesté yo— casi nadie consigue hacer lo que quiere.

Cuando cada uno de los vaqueros tuvo una cuadrilla de caballos, empezaron a traer al ganado para marcarlo. Vivían todos en el barracón, y yo tenía muchísimo trabajo cocinando para todos, además de ayudar con el hierro de marcar. Los vaqueros comían un filete con huevos en el desayuno y un filete con alubias en la cena, con toda la sal y el agua que quisieran. Todo el que lo deseara podía tomar una cebolla cruda o una naranja para evitar el escorbuto. Muchos de los muchachos pelaban esas cebollas y se las comían como si fueran manzanas.

Yo no tenía mucha confianza en ellos para que anduvieran alrededor de Rosemary, que no tenía permiso para acercarse al barracón —en donde se oía una incesante retahíla de maldiciones, se bebía, había peleas, timbas de cartas y se jugaba con cuchillos—. Adquirí entonces la costumbre de dormir con ella en el dormitorio de la casa del rancho, mientras que el Gran Jim y el Pequeño Jim dormían en la habitación principal.

Rosemary también era un poco como un caballo a medio domar. Era feliz cuando salía corriendo al exterior sin llevar nada encima, si yo la dejaba. Trepaba a los cedros, se salpicaba en el abrevadero de los caballos, hacía pis en el patio, se colgaba balanceándose de las vides y saltaba desde las vigas del granero sobre los fardos de heno, gritándole a *Mei-Mei* que se apartara. Le encantaba pasarse el día encima de un caballo, aferrada a la espalda de su padre. Las sillas de montar eran demasiado pesadas para ella, de modo que cabalgaba sobre su pequeña mula, *Jenny*, a pelo, montándola agarrada a sus crines.

Una vez Jim le dijo a Rosemary que era tan fuerte y dura que cualquier bicho que la picara la soltaría de un escupitajo. A ella eso le encantó. Rosemary no tenía nunca miedo a los coyotes ni a los lobos, y detestaba ver cualquier animal enjaulado, atado o encerrado. Incluso pensaba que había que dejar en libertad a los pollos del gallinero, que el riesgo de ser comido por un coyote era un precio que valía la pena pagar por la libertad, y además, decía, los coyotes también necesitaban alimentarse. Por eso siempre eché la culpa a Rosemary de lo que le sucedió a la vaca *Bossie*.

Los ingleses estaban tan entusiasmados con el trabajo de Jim en el rancho que nos enviaron una vaca Guernsey pura sangre. *Bossie* era de color pardo, grande y hermosa, y nos daba casi diez litros de leche al día, con mucha nata. Era una vaca lechera tan buena que yo quería preñarla en otoño, vender el ternero en primavera y ahorrar lo que recaudara. Casi había empezado a pensar en ahorrar para el día en que pudiéramos reunir dinero para tener un rancho propio.

Pero un día alguien dejó la cuadra de *Bossie* sin el cerrojo puesto, y la vaca se metió en el granero del cereal, en donde devoró casi un saco entero. Cuando el viejo Jake la encontró, estaba hinchada, apoyada contra la pared del granero, con el estómago inflamado, y gemía de dolor.

Jim y el viejo Jake hicieron todo lo que pudieron. Para que vomitara, prepararon una mezcla de las peores porquerías que pudieron imaginar: tabaco y leche de magnesia, whisky y agua jabonosa. Pusieron el brebaje en una botella de whisky y trataron de introducírsela en la garganta, pero *Bossie* no se la tragaba, y le caía babeando por los lados de la boca. Entonces el viejo Jake le sostuvo las mandíbulas abiertas mientras Jim le metía la botella tan dentro de su gaznate que le desapareció el brazo hasta el codo.

Vertió el preparado directamente en su estómago, y de hecho la vaca vomitó un poco, pero ya era demasiado tarde, y no sirvió de nada. Se le doblaban las rodillas, y terminó desplomándose lentamente en el suelo. En su desesperación, Jim le hizo una punción en las tripas con la navaja para que le saliera el gas. Pero eso tampoco funcionó, y una hora más tarde nuestra grande y hermosa Guernsey había muerto, y yacía tumbada con los ojos vidriosos sobre el suelo del granero.

Yo estaba furiosa y desconsolada por la muerte de *Bossie*. Y además pensaba en lo que habíamos perdido por no haber podido aparearla. Estaba segura de que había sido Rosemary, con sus insensatas ideas sobre los animales y la libertad, la que había dejado que se escapara el animal. La niña se había quedado demasiado horrorizada al ver a Jim y al viejo Jake atendiendo a la vaca enferma, y la encontré en el porche sollozando por la muerte de *Bossie*. Sentí deseos de darle una buena bofetada, pero ella insistía en que no había soltado a la vaca, que había sido el Pequeño Jim el que lo había hecho, y como no tenía ninguna prueba tuve que dejar pasar el asunto.

—Espero que recuerdes —dije— que esto es lo que puede ocurrir cuando un animal queda en libertad. Los animales actúan como si odiaran estar encerrados, pero el hecho es que no saben qué hacer con la libertad. Y muchas veces es esa libertad la que los mata.

OCO DESPUÉS DE JUNTAR EL REBAÑO, Jim se puso a reparar todas las cercas del rancho. Tardó un mes en acabar el trabajo. Se llevaba con él a Rosemary en la camioneta, y algunas veces no volvían en varios días; dormían en la caja de la camioneta, cocinaban en una hoguera y sólo regresaban a buscar más víveres y alambre. Rosemary adoraba a su padre, y a él no le perturbaba en lo más mínimo la vena salvaje que tenía ella. Eran felices pasando las horas en mutua compañía. Rosemary hablaba sin parar y Jim apenas decía alguna palabra o se limitaba a asentir con la cabeza y a sonreír —con un ocasional «ah, ¿sí?» o «qué bien»—, mientras cavaba pozos, cortaba los postes y tensaba el alambre.

—¿Esa niña no se calla nunca? —preguntó una vez el viejo Jake.

—Tiene mucho que decir —contestó Jim.

Mientras ellos estaban fuera, yo me ocupaba del rancho. En un día cualquiera siempre había más cosas que hacer de lo que se podía, y rápidamente establecí algunas reglas para mí misma. Una era prescindir de cualquier tarea de limpieza innecesaria: nada de trabajo de criada. Arizona era un lugar polvoriento, pero un poco de polvo nunca había matado a nadie. Por lo que a mí se refería, eso de considerar la limpieza algo casi digno de devoción me parecía una majadería. Para ser exactos, lo consideraba francamente insultante. Cualquiera que trabajara la tierra se ensuciaba, y en Chicago ya había visto suficiente gente devota que vivía en mansiones relucientes como los chorros del oro. Así que le daba un repaso a la casa sólo una vez cada varios meses, trabajando con frenesí en una ardiente actividad de fregado y barrido que duraba un solo día.

En cuanto a la ropa, me negaba de plano a lavarla. Me aseguraba de que todos compráramos ropa holgada que nos permitiera agacharnos y ventilar los brazos, nada de esas prendas abotonadas y ceñidas que eran las preferidas de mi madre. Usábamos las camisas hasta que se ensuciaban, después les dábamos la vuelta, y luego una vez más nos las poníamos del derecho. Llevábamos puestas nuestras camisas cuatro veces más tiempo que la gente remilgada. Cuando alcanzaban el punto en el cual Jim empezaba a bromear con que espantaban al ganado, yo cogía el montón entero, lo llevaba a Seligman y pagaba para que me las limpiaran al vapor.

Los Levi's no los lavábamos en absoluto. Encogían demasiado, y eso debilitaba las costuras. Así que los usábamos hasta que quedaban brillantes de barro, estiércol, sebo, baba de ganado, grasa de beicon, grasa para los ejes y aceite para los cascos de caballo; y luego los usábamos un tiempo más. Al final los Levi's llegaban a un punto de saturación de mugre en el cual ya no podían ensuciarse más, y al tacto parecían resbaladizos y se habían convertido no sólo en impermeables sino en antizarzas. Era entonces cuando uno sabía que los había ablandado de verdad. Cuando los Levi's alcanzaban ese grado de acondicionamiento, era como si fueran una especie de jamón ahumado o burbon añejo, y ningún vaquero iba a dejar que se los lavaran ni aunque le pagaras.

En cuanto a la cocina, también me limitaba a lo básico. No preparaba platos como hacían las elegantes amas de casa del este —soufflé, salsas, guarniciones y rellenos—. Yo hacía comida. Las alubias eran mi especialidad. Siempre tenía una cacerola de alubias sobre el fuego, y solían durar entre dos y cinco días, dependiendo de cuántos vaqueros hubiera. Mi receta era sumamente simple: hervir las alubias y echarles sal para darles sabor. Lo que más me gustaba de las alubias era que, con tal de que uno les añadiera agua de vez en cuando, era imposible que se pasaran.

Cuando no comíamos alubias, comíamos filetes. Mi receta para los filetes también era sumamente simple: freír por ambos lados y echar sal para darles sabor. Con los filetes venían las patatas: hervir sin pelar y sal para darles sabor. De postre tomábamos melocotones en almíbar, de bote. Yo solía decir que la falta de variedad de mis artes culinarias era compensada por su coherencia.

—Nada de sorpresas —les decía a los vaqueros—, pero tampoco ninguna decepción.

En una ocasión que se había echado a perder un poco de leche intenté cambiar el menú, e hice requesón tal como lo preparaba mi madre cuando yo era pequeña. Herví la leche cortada y le hice tajos a la cuajada con un cuchillo. Luego envolví todo en un saco de azúcar de arpillera y lo dejé colgando toda la noche para que se escurriera el suero. Al día siguiente volví a cortar el requesón, le puse sal y lo repartí en la cena. A la familia le gustó tanto que lo engulleron inmediatamente. Yo no podía creer que hubiera estado trabajando tanto tiempo en algo que había desaparecido tan rápido.

—Ha sido una pérdida de tiempo mayúscula —señalé—. No volveré a cometer ese error.

Rosemary me miró.

—Que esto sea una lección para ti —le dije.

**

Jim nunca tuvo que levantarle la mano a su hija, y cuando él y Rosemary volvían de reparar alambradas ella estaba más bulliciosa que nunca. A pesar de que Rosemary todavía era pequeña, yo percibía los primeros atisbos de una fundamental diferencia de opiniones entre ella y yo. Era consciente de que tenía que enseñarle muchas cosas. Quería inculcarle los rudimentos básicos de aritmética y lectura, y lo más importante, quería hacerle comprender que el mundo era un lugar peligroso, que la vida era impredecible y que había que ser listo, estar centrado y mostrarse decidido para salir adelante. Había que tener voluntad para trabajar duro y perseverancia para enfrentarse a la adversidad. Mucha gente, incluso los nacidos con cerebro y belleza, no tenían lo necesario para trabajar en serio y hacer que las cosas llegaran a buen puerto.

Desde que la niña cumplió tres años, empecé a instruirla en los números. Si pedía un vaso de leche, le decía que sólo podía tomarlo si deletreaba correctamente «leche». Traté de hacerle ver que todo en la vida —desde *Bossie* hasta el requesón— era una lección, pero descubrir qué era lo que había aprendido dependía de ella. Rosemary era una niña brillante en muchas cosas, pero las matemáticas y la lengua la confundían, y le resultaba aburrido tener que responder preguntas de inmediato, como también la aburría la rutina de las tareas cotidianas. Jim me dijo que no la presionara tanto, que la niña sólo tenía cuatro años, pero a los cuatro años yo estaba recogiendo huevos y cuidando de mi hermana pequeña. Empezó a preocuparme que Rosemary fuera un poco alocada y que, si no corregíamos eso pronto, se convirtiera en un aspecto permanente de su carácter.

—Ya se le pasará cuando crezca —decía Jim—, y si no, eso querrá decir que es así su naturaleza, y no algo que podamos cambiar.

—Depende de nosotros que adquiera disciplina —rebatía yo—. Yo he convertido a niños mexicanos analfabetos en lectores. Sé cómo hacer entrar en vereda a mi propia hija.

***

Rosemary siempre se quedaba atrapada en situaciones peligrosas. Era casi como si se viera abocada a ellas. Se caía constantemente a los arroyos y de los árboles. Siempre se fijaba en el caballo más irritable. Le encantaba cazar serpientes y escorpiones, y los guardaba en un frasco durante un tiempo, pero luego se empezaba a preocupar porque estaban solos y añoraban a sus familias, así que los soltaba.

Ese primer octubre en el rancho compramos una calabaza en Seligman y la vaciamos para darle forma de linterna-calavera para celebrar Halloween. Rosemary se había vestido para Halloween con un viejo vestido de seda hecho jirones que había encontrado en un baúl en el granero que se usaba de almacén, y lo sostenía colgando en la parte superior de la calabaza luminosa, fascinada por los dibujos que hacía la llama a través de la delgada tela. Jim y yo no estábamos prestando atención cuando puso el vestido demasiado cerca de la vela y se prendió fuego. La seda seca se incendió con rapidez.

Rosemary gritó y Jim agarró su zamarra de piel de caballo y la envolvió con ella para apagar las llamas. En un instante todo había terminado. La llevamos al dormitorio, y Jim trató de calmarla hablándole suavemente hasta que se le pasó el ataque de histeria, mientras yo cortaba los restos del vestido de seda. Rosemary tenía una gran quemadura que le cruzaba todo el vientre, aunque no era demasiado grave. El hospital más cercano estaba a más de dos días de viaje, y además a mí no me hacía gracia derrochar dinero en un médico, así que le unté la quemadura con vaselina, que lo curaba todo, desde los forúnculos hasta los sarpullidos, y la vendé. Cuando terminé, la miré a los ojos y sacudí la cabeza.

—¿Estás enfadada conmigo, mami? —preguntó Rosemary.

—No tan enfadada como debería —dije. No creía que hubiera que consentir a los niños cuando ellos mismos se hacían daño. Mimarla no la iba a ayudar a que se diera cuenta del error que había cometido—. Eres la niña más propensa a tener accidentes que conozco. Y espero que al menos hayas aprendido lo que sucede cuando se juega con fuego.

A pesar de todo, se había portado de una forma muy valiente ante aquella situación —siempre fue una niña valiente, había que reconocerlo—, y yo me ablandé.

—A mi hermano Buster le pasó lo mismo cuando era pequeño, y a mi abuelo —dije—. Así que supongo que es cosa de familia.

AQUEL PRIMER INVIERNO, JIM y yo pagamos cincuenta dólares por una maravillosa radio de largo alcance de los grandes almacenes Montgomery Ward. Tenía una gran antena de alambre que dos de los vaqueros nos ayudaron a instalar, tendiéndola entre dos de los altos cedros que había delante de la casa.

—Trae el siglo XX al condado de Yavapai —le dije a Jim.

Puesto que no teníamos electricidad, hacíamos funcionar la radio con dos enormes baterías que nos costaron otros cincuenta dólares y pesaban cinco kilos cada una. Cuando las baterías eran nuevas, podíamos sintonizar emisoras de la lejana Europa, con locutores que hablaban en francés y alemán. Adolf Hitler se había hecho con el poder en Alemania, y en España se preparaba una guerra civil. Pero nosotros no estábamos particularmente interesados en los asuntos europeos. La razón por la que habíamos gastado tanto dinero era para poder recibir el parte del tiempo, que era mucho más importante para nosotros que lo que estuvieran haciendo los alemanes.

Todas las mañanas nos levantábamos antes del amanecer, Jim ponía la radio a poco volumen, y se agachaba junto a ella para escuchar el parte del tiempo de una emisora de California. Los frentes que venían hacia nosotros generalmente empezaban allí, aunque a veces nos golpeaban tormentas invernales que bajaban del norte, desde Canadá. Dada la frecuente escasez de agua y la violencia de las fuertes tormentas —que ahogaban o helaban al ganado, derrumbaban graneros, se llevaban familias enteras y electrocutaban con sus rayos a los caballos que tenían herraduras de hierro—, esos pronósticos eran para nosotros cuestión de vida o muerte. Podría decirse que éramos auténticos aficionados a las cuestiones climáticas. Le seguíamos el rastro a una tormenta que arrancaba en Los Ángeles y se movía hacia el este. Por regla general, las nubes terminaban atrapadas en las cumbres de las Rocosas, en donde dejaban la mayor parte de su humedad, pero a veces esa tormenta torcía su rumbo hacia el sur, abriéndose paso hacia el este a través de un corredor sobre el golfo de California, y era entonces cuando llegaban a nosotros las grandes lluvias.

A Rosemary y al Pequeño Jim les encantaban las tormentas; disfrutaban de ellas más que de cualquier otra cosa. Cuando el cielo se oscurecía y el aire se volvía pesado, los llamaba para que vinieran al porche y juntos contemplábamos la tormenta —con sus nubes cargadas, los truenos sonando como cañonazos, las zarpas blancas de sus rayos y sus cortinas ondulantes de lluvia negra— que recorría la pradera.

A veces una tormenta lejana parecía pequeña en la enorme extensión de la meseta y oscurecía únicamente una porción de tierra, mientras que el resto seguía bañado por la luz del sol. En ocasiones la tormenta variaba su rumbo y se perdía por completo de vista. Pero si llegaba a tocar nuestro patio, la cosa se ponía verdaderamente excitante, con los truenos y los rayos rasgando el cielo, el agua martilleando sobre el techo de zinc y cayendo a chorros por los lados, llenando las cisternas, los arroyos y las presas.

Vivir en un lugar en donde el agua era tan escasa hacía que los pocos momentos en que el cielo arrojaba agua en cantidad y la tierra dura se ablandaba y se volvía exuberante y verde parecieran mágicos, casi milagrosos. Los niños sentían un impulso irresistible de salir y bailar bajo la lluvia, y yo siempre los dejaba ir e incluso había veces que me unía a ellos. Todos brincábamos y hacíamos cabriolas con los brazos en alto, mientras el agua caía golpeándonos las caras, impregnándonos el pelo y empapándonos la ropa.

Luego corríamos todos hasta los arroyos que fluían hacia el Gran Jim —el dique—, y una vez que había pasado la primera riada de agua, daba permiso a los niños para que se quitaran la ropa y se pusieran a nadar. Se quedaban fuera horas enteras, chapoteando, imaginado que eran cocodrilos, delfines o hipopótamos. También se lo pasaban estupendamente jugando en los charcos que dejaba la lluvia. Cuando el agua se filtraba en la tierra y todo lo que quedaba era barro, no paraban de jugar, rodando por el suelo hasta que todo, salvo el blanco de sus ojos y los dientes, quedaba embarrado. Cuando el barro se secaba, algo que no tardaba mucho en suceder, se les caía en costras, dejándolos bastante limpios, y volvían a ponerse la ropa.

A veces, después de la cena, cuando Jim volvía a casa tras una tormenta, los niños contaban sus aventuras en al agua y el barro, y Jim sacaba a relucir su amplio arsenal de relatos tradicionales sobre el agua y la historia del agua. Hubo una época en que el mundo sólo era, según explicaba, aunque parezca mentira ahora, de agua, y los seres humanos se componían en su mayor parte de agua. Lo milagroso del agua, decía, era que nunca se terminaba. Toda el agua de la tierra había estado allí desde el comienzo de los tiempos, sólo que había ido cambiando de lugar, de los ríos, lagos y océanos a las nubes, la lluvia y los charcos, y luego se hundía a través del suelo hasta las corrientes subterráneas, hasta los manantiales y los pozos, de donde la bebían la gente y los animales, y volvía a los ríos, a los lagos y a los océanos.

—El agua con la que habéis estado jugando antes probablemente haya estado en África y en el Polo Norte. Tal vez la hayan bebido Gengis Kan o san Pedro, incluso Jesús. Tal vez Cleopatra se haya bañado en ella. O Caballo Loco haya abrevado su caballo con esa agua. A veces el agua es líquida. Otras es una roca dura: el hielo. En ocasiones es blanda y toma forma de nieve. A veces es visible pero no tiene peso, como las nubes. Y otras veces es completamente invisible y se llama vapor, que flota ascendiendo hasta el cielo como las almas de las personas muertas. No hay en el mundo nada como el agua —decía Jim—. Hace que el desierto florezca, pero también convierte las ricas tierras bajas en ciénagas. Sin ella moriríamos, pero también puede matarnos, y por eso la adoramos, a veces hasta imploramos por ella, aunque también la tememos. Nunca deis por seguro nada con respecto al agua. Valoradla siempre. Protegeos de ella siempre.

L AS LLUVIAS SOLÍAN LLEGAR EN ABRIL, agosto y diciembre, pero en nuestro segundo año en el rancho abril vino y se fue sin lluvias. Y lo mismo sucedió en agosto y en diciembre, y durante el siguiente año nos vimos metidos en una seria sequía. La pradera se volvió arenosa y fue barrida por el viento. Los pantanos se secaron y agrietaron.

Todos los días Jim escuchaba con expresión sombría el parte meteorológico, con la vana esperanza de un pronóstico de lluvias, y luego bajábamos a comprobar cuál era el nivel de agua del Gran Jim. Los días eran hermosos, con infinitos cielos de un azul profundo, pero todo ese bonito tiempo sólo nos provocaba desesperación y permanecíamos allí, de pie, mirando cómo descendía el nivel del agua cada vez más, hasta que el fondo del Gran Jim resultó visible. Y luego el agua desapareció por completo y únicamente quedó barro, y más tarde el barro se secó y se resquebrajó con grietas tan grandes que se podía meter el brazo entero en ellas.

Jim presintió la llegada de la sequía cuando ésta estaba en sus inicios. Había crecido en el desierto, así que sabía que cada diez o quince años se producía una, y se había deshecho de gran parte del rebaño, vendiendo los novillos y las vaquillas y quedándose solamente con el ganado más sano para criar. Aun así, cuando la sequía alcanzó su momento más álgido, tuvimos que traer agua. Jim y yo enganchamos la carreta Conestoga a la camioneta y fuimos arrastrándola hasta Pica, un apeadero del ferrocarril de Santa Fe en donde embarcaban el agua. Cargamos viejos bidones de aceite con toda el agua que cabía en la Conestoga y volvimos con ella a cuestas —con la suspensión de la carreta gimiendo bajo su peso— al rancho para echarla en el Gran Jim.

Hacíamos ese viaje un par de veces por semana. Casi nos rompimos la espalda de tanto cargar los bidones de aceite, pero salvamos el rebaño, mientras que muchos rancheros de nuestra zona se fueron a pique.

***

El siguiente agosto regresaron las lluvias. Y cuando lo hicieron, volvieron vengativas, un diluvio terrorífico como jamás había visto. Nos sentamos en la mesa de la cocina, que era una tabla alargada de madera con un hule de dibujos clavado a ella, escuchando cómo la lluvia repiqueteaba sobre el techo. A diferencia de otras tormentas, ésta no paró al cabo de media hora. Continuó lloviendo sin parar. Y el agua golpeaba el techo de zinc de una forma tan ruidosa e incesante que empezó a ponerme de los nervios. Al cabo de un rato, Jim empezó a preocuparse por el Gran Jim. Si el embalse se llenaba con demasiada agua, según dijo, el dique podría reventar y lo perderíamos todo.

La primera vez que Jim salió a comprobar el nivel del embalse, regresó con la noticia de que estaba aguantando, pero una hora después, con la lluvia cayendo sin cesar en densas cortinas, volvió a comprobarlo y se dio cuenta de que si no se hacía nada cedería. Tenía un plan, que consistía en salir en medio de la tormenta y excavar surcos en los arroyos y las acequias que vertían su caudal a la presa para drenar el agua antes de que llegara al Gran Jim. Para excavar los surcos, iba a enganchar el arado a *Buck*, nuestro percherón de tiro.

Jim tenía puesta su zamarra de piel, que estaba empapada y goteando. Yo me puse mi abrigo de lona y salimos, sumergiéndonos en la lluvia, que caía con tanta furia que un instante después se había abierto paso por debajo del cuello levantado de mi abrigo, me bajaba por las mangas y me estaba empapando los pies a través de los zapatos. La notaba correr por todo mi cuerpo, y antes de llegar al granero ya había renunciado a intentar protegerme.

El granero estaba oscuro por la tormenta y no podíamos encontrar los arreos, que hacía años que no habían sido usados por nadie. El viejo Jake, que se había torcido el pie sano al caerse de un caballo y cojeaba más que nunca, empezó a decir que el dique iba a ceder y llevarse el ganado, pero le dije que se callara la boca. Todos sabíamos lo que estaba en juego, y si queríamos salvar el rancho teníamos que mantener la cabeza despejada.

Le dije a Jim que lo que podíamos hacer era enganchar el arado a la camioneta. Si él manejaba el arado, yo podía conducir. A Jim le gustó la idea. El viejo Jake, en su estado, no servía de nada, así que le dejamos que se quedara poniéndose nervioso en el granero, pero llevamos con nosotros a los niños. En el patio, el agua nos llegaba a los tobillos, y la lluvia caía tan intensamente que su fuerza casi tira a Rosemary al suelo. Jim la cogió en brazos. Yo le seguí con el Pequeño Jim, que todavía era un bebé; agarré un cajón de madera para tener algo en donde ponerlo y fuimos chapoteando hasta la Chevy.

En el cobertizo de la maquinaria, Jim arrojó el arado, junto con unas sogas y unas cadenas, sobre el remolque de la camioneta. Cuando llegamos a la acequia de la parte superior del dique, improvisamos un enganche del arado a la Chevy, y me puse al volante, dejando al Pequeño Jim en el cajón sobre el suelo, para que no resbalara demasiado para los lados.

Miré por el retrovisor, pero con tanta lluvia Jim era sólo una figura borrosa. Le dije a Rosemary que se pusiera sobre el asiento y asomara la cabeza por la ventanilla para que él le diera las instrucciones. Jim gesticulaba y gritaba, pero la lluvia hacía imposible distinguir sus palabras y saber lo que quería.

—Mamá, no le oigo —dijo Rosemary.

—Inténtalo lo mejor que puedas —contesté yo—. Eso es lo único que podemos hacer todos.

Yo tenía que conseguir que la camioneta se arrastrara despacio, pero la Chevy no tenía una marcha que permitiera ir tan lento, y empezó a calarse y a dar bandazos, arrancando a Jim el arado de las manos y provocando que Rosemary rodara del asiento y cayera dentro del cajón del Pequeño Jim. Para empeorar las cosas, la tierra que rodeaba la presa era arcillosa, y las ruedas patinaban sobre ella, para luego agarrarse y lanzarnos de un salto hacia delante.

Sabíamos que no teníamos mucho tiempo. Jim y yo soltábamos más tacos que un marino mientras Rosemary, con el pelo empapado, volvía a ponerse de pie sobre el asiento con gran esfuerzo cada vez que se caía, e intentaba lo mejor que podía interpretar los gestos y los gritos de Jim para transmitírmelos a mí. Finalmente descubrí que pisando el embrague y levantando el pie muy suavemente, y luego volviéndolo a pisar, podía mover la camioneta hacia delante unos pocos centímetros cada vez. Así fue como logramos hacer el trabajo, y excavamos cuatro surcos a los lados de la acequia que drenaron el agua alejándola de la presa.

Todavía llovía con furia. Jim subió con gran esfuerzo el arado al remolque de la camioneta y montó a mi lado. Estaba tan mojado como si se hubiera caído en un abrevadero de caballos. El agua hacía *glu-glu* en sus botas y goteaba de su sombrero y su zamarra de piel de caballo, que estaba hecha una sopa, y formaba charcos en el asiento.

—Hemos hecho un buen trabajo; todo lo que estaba en nuestra mano —dijo—. Si se derrumba, que se derrumbe.

N O SE DERRUMBÓ.

Aunque nuestras tierras se salvaron, hubo gente a la que no le fue tan bien. Las lluvias se llevaron algunos puentes y varios kilómetros de vías del ferrocarril. Los rancheros perdieron ganado y construcciones. Seligman se inundó, el agua se llevó varias casas, y el resto quedó con las paredes manchadas de barro hasta un metro y medio de altura, algo tan sorprendente que nadie quería volver a pintarlas. Años después, la gente que había sufrido la tormenta todavía señalaba la línea hasta donde había llegado el barro, con una mezcla de incredulidad y orgullo.

—El agua llegó limpiamente hasta aquí —decían señalando la mancha.

Pero unas horas después de que la lluvia cesara, la llanura adquirió un tono brillante y verde, y al día siguiente el rancho estaba tapizado del más espectacular despliegue de flores que yo hubiera visto jamás. Había castillejas carmesís y amapolas de California anaranjadas, amapolas mariposa blancas con centro morado, varas de oro y altramuces azules y guisantes de olor rosados y púrpuras. Era como un arco iris que se podía tocar y oler. Toda aquella agua había hecho revivir semillas que habían estado enterradas durante décadas.

Rosemary, que estaba en éxtasis ante aquel espectáculo, se pasó el día cogiendo flores.

—Si tuviéramos toda esta agua siempre —le dije—, no nos quedaría más remedio que ceder y ponerle al rancho algún nombre estúpido como Meseta del Paraíso.

La señora maestra

Parte 6

Lily Casey antes de recibir una clase de vuelo

E L AGUA QUE COMPRAMOS DURANTE la sequía había costado una fortuna, pero los ingleses sabían que la ganadería era una actividad a largo plazo, sólo para gente que tiene la cartera lo suficientemente abultada como para aguantar los malos tiempos y luego forrarse en los buenos. De hecho, consideraron la sequía, y todos los gastos ocasionados por ella, como una oportunidad para realizar adquisiciones. Al igual que Jim. Con toda la tierra que teníamos, se dio cuenta de que, para que el rancho lograse sobrevivir a la siguiente sequía, necesitábamos todavía más tierras: tierras con agua. Jim convenció a los inversores para que compraran el rancho vecino, el Hackberry. Tenía algunos terrenos en cuesta con un arroyo que llevaba agua todo el año, y sobre la zona llana había un pozo profundo con un molino de viento que bombeaba agua hasta los abrevaderos del ganado.

El plan de Jim consistía en trasladar el rebaño de un rancho al otro, dejando el ganado en Hackberry durante el invierno y trayéndolo otra vez a la meseta que rodeaba al Gran Jim en verano. Cuando los dos ranchos estuvieran unidos, conformarían un total de setenta y tres mil hectáreas. Era una gran extensión —una de las más grandes de Arizona—, y en los años buenos podríamos llevar unas diez mil cabezas de ganado al mercado. Cuando los ingleses vieron esos números, no se lo pensaron mucho y soltaron con gusto la pasta para comprar Hackberry.

La primera vez que cabalgamos a Hackberry, me quedé prendada de aquel sitio. Estaba situado en la parte baja de la meseta, entre las montañas Peacock y las Walapai, y la pradera estaba salpicada de chaparrales. El agua que bajaba de las montañas alimentaba la llanura, y además estaba ese arroyo a los pies de las colinas graníticas. La casa, enclavada en una hondonada, era un antiguo salón de baile que había sido desmontado, trasladado a aquel lugar y vuelto a montar; tenía un pretencioso suelo de linóleo y las paredes pintadas con carteles que decían «Juegue limpio», «Nada de violencia», «Llévese las peleas a otra parte».

La primera vez que vi el molino de viento, bebí un trago del agua de su pozo, que venía de una gran profundidad debajo de nosotros y había estado allí durante decenas de miles de años esperando a que yo la probase. Aquella agua tenía un sabor más dulce que el más fino licor francés. A algunos tipos, cuando se hacen ricos, les gusta decir que están forrados de dinero, y era así como me sentía yo: rica; sólo que nosotros estábamos forrados de agua. Los días de destrozar nuestras espaldas cargando bidones de aceite sobre caminos de tierra habían terminado para siempre.

***

Después de que los ingleses compraran Hackberry, una de las primeras cosas que hizo Jim fue recorrer en la Chevy el largo camino hasta Los Ángeles para volver con un camión cargado hasta arriba de tubos de plomo de poco más de un centímetro de diámetro. Del arroyo a la casa había un kilómetro y medio, y tendimos una tubería de esa longitud empalmando aquellos tubos y atándolos con alambre de enfardar. No era como una tubería interior —no era precisamente bonita—, pero traía un suministro permanente de agua a nuestra puerta trasera; cuando uno abría el grifo, un buen chorro de agua clara y fresca salía por él.

Al lado del grifo dejábamos una jarra de metal, y había pocas cosas más agradables que regresar de una cabalgada calurosa y polvorienta y llenar esa jarra para tomar un trago de agua fría y luego echarse por la cabeza el resto.

***

Trasladamos el rebaño a Hackberry en otoño y nos quedamos allí hasta la primavera. A mí siempre me encantaron los colores vívidos, y en Hackberry decidí tirar la casa por la ventana. Pinté cada habitación de un color diferente —rosa, azul y amarillo—, puse alfombras navajas en los suelos y conseguí unas cortinas de terciopelo para las ventanas usando unos vales de las tiendas S&H que había ido acumulando a lo largo de años.

A Rosemary le encantaron los colores aún más que a mí. Ya mostraba cierto talento artístico, y hacía en un santiamén sus dibujos sin levantar ni una vez el lápiz del papel. Los dos niños estaban felices en Hackberry, con sus montañas verdes, las lilas, las aves del paraíso y los alerces del Canadá que rodeaban el gallinero. Había varios cañones profundos que llegaban desde las montañas, y cuando llovía mucho me llevaba a toda prisa a los niños al borde de alguno de ellos y mirábamos y vitoreábamos las riadas que bajaban atronadoras por los lechos secos de los riachuelos, sacudiendo la tierra bajo nuestros pies.

Rosemary y el Pequeño Jim también estaban fascinados con la historia de los fantasmas de Hackberry. Años atrás se había producido un incendio en la casa, en un momento en que había dos niños en su interior. La madre entró corriendo y salvó al niño, y luego volvió para coger a su hija, pero ambas murieron abrasadas por las llamas mientras el pequeño, en el exterior de la casa, oía sus angustiados gritos. Unos meses después, el niño estaba columpiándose y empezó a darle cada vez más impulso al columpio, estirando las piernas para alcanzar una altura mayor, tratando de llegar al cielo con su madre y su hermana, pero el columpio subió tan alto que se cayó, y el pobre también murió.

Supuestamente, sus tres espíritus rondaban por el rancho, y Rosemary, en lugar de tener miedo, no paraba de buscarlos. Se pasaba el día deambulando de aquí para allá por las noches, llamándolos por su nombre a gritos, y cada vez que oía un ruido inesperado —un lince lejano, un crujido en los alerces, bidones de aceite que se dilataban con el calor— se entusiasmaba pensando que podrían ser los fantasmas. Estaba particularmente intrigada por el fantasma del niño, y quería explicarle que ya eran los tres libres de subir al cielo, puesto que ya estaban juntos.

***

Desde que nos mudamos al rancho, Jim y yo habíamos hablado de vez en cuando de comprarlo, o al menos de comprar una finca propia algún día. Pero hay que decir que estuvimos muy ocupados poniendo el rancho en marcha y haciéndolo funcionar. La compra nos pareció entonces un lejano sueño. Pero ahora que había pasado un tiempo en Hackberry —una hermosa finca con agua en abundancia—, yo la quería y estaba resuelta a convertir mi sueño en realidad.

Necesitábamos dinero. Juré que no íbamos a volver a endeudarnos otra vez, que no íbamos a perder aquel sitio de la misma forma que habíamos perdido la casa y la gasolinera en Ash Fork. Hice números y concluí que estaríamos en condiciones de lograrlo en diez años, si yo empezaba a reunir dinero y esforzarme en ahorrar.

Siempre habíamos sido austeros. Jim les había hecho ganar mucho dinero a los ingleses, pero también él ganaba un poco de aquí y un poco de allá, guardando alambre de espino viejo, construyendo cercas con troncos de enebro en lugar de con postes de aserradero. Nunca tirábamos nada. Guardábamos trozos de madera por si acaso necesitábamos una cuña. Cuando nuestras viejas camisas finalmente se hacían jirones, les quitábamos los botones y los guardábamos en una caja destinada a ello; las camisas o bien las usábamos de trapos o bien se las llevábamos a una costurera de Seligman, que las convertía en mantas de retales.

Pero ahora a mí se me ocurrieron otras maneras de ahorrar dinero. Les hacíamos sillas a los niños con cajones de naranjas. Rosemary dibujaba sobre bolsas de papel usadas —por ambos lados— y pintaba sobre tableros viejos. Para beber usábamos botes de café a los que les atábamos alambre a modo de asas. Siempre que me era posible, conducía detrás de camiones, de modo que iba a su rebufo a lo largo de la carretera y así ahorrábamos gasolina.

También se me ocurrieron toda clase de planes para hacer dinero, algunos más exitosos que otros. Vendía enciclopedias a domicilio, pero eso no funcionó tan bien, ya que en los ranchos del condado de Yavapai no había demasiados jornaleros aficionados a la lectura. Me fue mucho mejor visitando a los vecinos para hacer pedidos para Montgomery Ward, y ni siquiera tenía que recurrir a trucos como arrojar tierra en el suelo como hacía el mequetrefe sinvergüenza de mi primer marido. También me quedaba levantada hasta tarde escribiendo relatos de vaqueros y pistoleros para revistas baratas —utilizaba el seudónimo de Legs LeRoy, porque imaginaba que los editores de esas revistillas no comprarían novelas del oeste a una mujer—, pero no logré interesar a nadie. Juntaba chatarra que recogía con la Chevy y la vendía al peso. También empecé a jugar al póquer con los jornaleros, pero Jim me lo prohibió después de desplumar por completo a un par de ellos.

—Para empezar, no les pagamos lo suficiente —dijo—. Así que no podemos llevarnos lo poco que ganan.

Los fines de semana recorría la Ruta 66 con los niños y les hacía recoger las botellas que la gente había arrojado desde las ventanillas de sus coches. Rosemary se ocupaba de un lado de la carretera, el Pequeño Jim del otro; ambos arrastraban un saco de arpillera. El depósito era de dos céntimos por botella de Coca-Cola, cinco céntimos por botella de nata, diez por botella de leche y veinticinco por jarras de un galón. Un día recogimos botellas por un valor de treinta dólares.

A veces otros conductores se detenían para ver si nos había sucedido algo.

—Eh, ¿necesitan ayuda? —gritaban.

—Estamos bien —decía yo—. ¿Tienen botellas vacías?

A Rosemary le encantaban nuestras expediciones de recogida de residuos. Un día, estábamos los cuatro haciéndoles una visita a nuestros vecinos, los Hutter. Después de la cena, volvíamos hacia la Chevy, que estaba aparcada cerca de su granero, y Rosemary descubrió una botella en el bidón de aceite que usaban para echar la basura. Corrió a recogerla.

—Lily, esto se te está yendo de las manos —dijo Jim—. No estamos tan condenadamente necesitados como para que nuestra hija ande escarbando en la basura por una botella que vale dos céntimos.

Rosemary mostró la botella en alto.

—No dos céntimos, papá —dijo—. Es de diez céntimos.

—Buena chica —dije yo, y me volví hacia Jim—: Diez céntimos suman algo. Y por lo menos les estoy enseñando a tener recursos.

YA ME ESTABA ACERCANDO ENTONCES a mi treinta y nueve cumpleaños, y todavía había una cosa que no había hecho nunca y que siempre había querido hacer. Un día de verano, Jim, los niños y yo habíamos ido en el Armatoste hasta el condado de Mojave para echar un vistazo a un toro semental que Jim estaba interesado en comprar. Pasamos por un rancho con un pequeño avión aparcado cerca del portón. En el parabrisas había un cartel pintado a mano que ponía: «Clases de vuelo: Cinco dólares».

—Eso es para mí —afirmé.

Le dije a Jim que aparcara en el camino de entrada, y nos detuvimos a mirar el avión. Era un biplaza, con un asiento detrás del otro, con la cabina abierta, verde, aunque la pintura ya estaba descolorida, anillos de óxido alrededor de los remaches y un timón que crujía con el viento.

Me acordé de la primera vez que había visto un aeroplano, cuando iba cabalgando sobre *Remiendos* a través del desierto, al volver de Red Lake. Yo adoraba a *Re-*

miendos, pero aquél había sido un largo viaje, de esos que le dejan a uno el trasero entumecido. En un avión no habría sido mucho más que un pequeño salto.

De una casucha que había detrás del avión apareció un tipo y se acercó tranquilamente hasta el Armatoste. Tenía el rostro curtido por el viento, un cigarrillo colgándole de la boca y un par de gafas de aviador en la frente. Apoyó los codos en la ventanilla abierta de Jim y le preguntó:

—¿Quiere aprender a pilotarlo?

Me incliné por encima de la palanca de cambios.

—Él no —dije—. Yo.

—¡Vaya! —exclamó Gafitas—. Hasta ahora nunca he enseñado a una mujer. —Miró a Jim—. ¿Cree que la damita reúne las condiciones necesarias?

—A mí no me llame damita —dije—. Yo domo caballos y marco novillos. Dirijo un rancho en el que hay un par de docenas de vaqueros locos, y a todos ellos puedo ganarles al póquer. Que el diablo me lleve si un necio va a estar ahí de pie diciéndome que no tengo lo que hay que tener para pilotar ese montón de chatarra de mala muerte.

Gafitas me miró fijamente un instante, y luego Jim le dio una palmadita en el brazo.

—Nadie que haya apostado contra ella ha ganado —le advirtió.

—Eso no me sorprende —dijo Gafitas. Sacó un nuevo cigarrillo y lo encendió con el anterior—. Señora, me gusta su espíritu. Echemos a volar.

Me dio un traje de piloto, un casco de aviador de piel y un par de gafas. Mientras me ponía todo aquello, me acompañó a dar una vuelta alrededor del avión, y al tiempo que comprobaba las riostras iba señalando los alerones y explicándome las cosas esenciales tales como la fuerza de propulsión y el viento de cola, y enseñándome cómo funcionaba la palanca del copiloto. Pero a Gafitas no le iba mucho la teoría, y pronto subió a bordo y me hizo trepar tras él. Mientras lo hacía, me di cuenta de que el fuselaje no estaba hecho de metal, sino de tela. Aquel aeroplano era un artilugio endeble.

Enseguida estábamos corriendo por la pista, dando tumbos, cogiendo velocidad. Dejamos de pronto de dar bandazos, pero al principio yo ni siquiera me di cuenta de que estábamos en el aire —tan suave era—, y entonces vi la tierra que caía lejos debajo de nosotros y supe que estaba volando.

Dimos vueltas en círculo. Los niños corrían hacia atrás y hacia delante saludando como locos con los brazos, y hasta Jim estaba agitando su sombrero lleno de entusiasmo. Me incliné hacia fuera y saludé con la mano. El cielo era de un azul profundo, y a medida que ganábamos altitud vi la pradera de Arizona que se extendía ondulándose en todas las direcciones, el Mogollon Rim hacia el este y en el oeste lejano, más allá de un río serpenteante, las Rocosas, con algunas nubes delgadas y altas que pendían sobre ellas. La Ruta 66 se abría paso como una cinta a través del desierto, con unos cuantos coches diminutos desplazándose a lo largo de ella. Viviendo en Arizona, estaba acostumbrada a los paisajes amplios, pero aun así la vista de la tierra extendiéndose a lo lejos bajo mis pies me hizo sentirme enorme y remota, como si estuviera contemplando el mundo entero, viéndolo todo por primera vez, como me figuraba que lo hacían los ángeles.

Gafitas llevó los mandos durante la mayor parte de la clase, pero yo mantenía la mano sobre mi palanca, y así pude seguir el modo en el que él viraba, subía y se lanzaba en picado. Al final de la clase me permitió tomar el control, y tras unas sacudidas escalofriantes logré colocar el avión en un giro que nos llevó directamente hacia el sol.

Luego le di las gracias a Gafitas, le pagué y le dije que volvería a verme pronto. Cuando nos dirigíamos hacia el coche, Rosemary comentó:

—Creía que se suponía que teníamos que ahorrar dinero.

—Aún más importante que ahorrar dinero es conseguirlo —dije—, y a veces, para conseguir dinero, hay que gastarlo antes.

Le conté que si conseguía una licencia de piloto podría obtener dinero fumigando cosechas, distribuyendo el correo y llevando en avión a gente rica.

—La clase ha sido una inversión —afirmé—. En mí.

TRABAJAR COMO PILOTO AUTÓNOMO en zonas inhóspitas me parecía una manera extraordinaria de ganarse la vida, pero yo sabía que tardaría un tiempo en conseguir mi carné de piloto, y necesitábamos dinero ya. Al final decidí que la forma más sensata que tenía de lograr ese dinero era volver a poner en funcionamiento mi capacidad más vendible: la de enseñar. Le escribí a Grady Gammage, que me había ayudado a obtener el trabajo en Red Lake, para preguntarle si sabía de alguna oferta.

Me respondió que había un pueblo llamado Main Street en el que había una vacante. Quedaba en Arizona Strip y allí sería bien recibida, porque Main Street era un lugar tan remoto y, para ser sinceros, tan peculiar que ningún maestro diplomado quería el trabajo. A continuación confesaba que los hombres de aquella zona eran casi todos polígamos mormones que se habían trasladado a un lugar aislado para escapar del acoso del gobierno.

Ni la lejanía ni la peculiaridad me preocupaban, y en cuanto a los mormones yo estaba casada con uno, así que supuse que podía controlar a unos cuantos polígamos. Le respondí a Grady Gammage diciéndole que contara conmigo.

***

Lo más razonable era llevarme conmigo a Rosemary y al Pequeño Jim, así que un día, ya avanzado el verano, cargamos el Armatoste, que todavía funcionaba pero ya estaba en las últimas, y nos encaminamos a Arizona Strip. Jim nos siguió en la Chevy para ayudarnos a instalarnos.

Arizona Strip era una zona situada en la esquina noroeste del condado de Mojave, y estaba separada del resto del estado por el Gran Cañón y el río Colorado. Para llegar hasta allí tuvimos que conducir hasta Nevada, después a Utah y luego girar otra vez al sur hacia Arizona.

Yo quería que mis hijos vieran la impresionante tecnología moderna, así que nos detuvimos en la presa Boulder, en donde cuatro enormes turbinas generaban electricidad que se enviaba nada menos que hasta California. Fue idea de Jim visitar además una de las ciudades en ruinas de los hohokam, una antigua tribu extinguida que había construido sofisticadas casas de cuatro pisos y un complejo sistema de riego. Nos quedamos allí un rato mirando aquellos edificios derrumbados de piedra arenisca y los canales que habían llevado agua directamente a las casas de los hohokam.

—¿Qué les pasó a los hohokam, papá? —preguntó Rosemary.

—Pensaron que podían civilizar al desierto —dijo Jim—, y eso fue su perdición. La única manera de sobrevivir en el desierto es reconocer que es un desierto.

***

Arizona Strip era un territorio desolado pero hermoso. Había mesetas de hierba verde desde las que se veía la mica de las lejanas montañas brillar y colinas de arenisca y barrancos que habían sido esculpidos con formas sorprendentes —relojes de arena, peonzas y lágrimas— por el viento y el agua. La vista de toda esa piedra desgastada por el tiempo, formada grano a grano a lo largo de miles y miles de años, hacía que pareciera que el lugar había sido creado por un Dios muy paciente.

El pueblo de Main Street era tan pequeño que casi no aparecía en ningún mapa. De hecho, la calle mayor de Main Street* era la única calle, a lo largo de la cual había unas cuantas casas destartaladas, una tienda en la que vendían de todo y la escuela, que tenía una vivienda anexa para el maestro. No era nada bonita: una habitación diminuta con dos ventanas y una cama de una plaza que compartiríamos el Pequeño Jim, Rosemary y yo. El barril de agua, situado fuera de la cocina, estaba lleno de renacuajos nadando.

—Por lo menos sabes que no está envenenada —observó Jim—. Sólo tienes que beber con los dientes apretados.

Muchos de los habitantes de la zona tenían rebaños de ovejas, pero los pastos habían sido explotados en exceso y era asombroso lo raída que estaba la ropa que usaba la gente. Nadie tenía coche. En cambio conducían carretas, y, si eran demasiado pobres para poder comprar una silla, andaban a caballo sólo con una manta sobre el

---

* *Main street* significa en inglés «calle mayor». *(N. del T.)*

lomo. Algunos vivían en gallineros. Las mujeres usaban cofias y los niños venían a la escuela descalzos y con monos o vestidos confeccionados con sacos de comida. Su ropa interior —cuando llevaban— estaba hecha también con los mismos sacos. Algunos mormones se ponían ropa interior ceremonial durante un ritual especial de la iglesia, y, como esa ropa interior se suponía que los protegía de sufrir daños, la gente maliciosa se refería a ella como los supercalzones mormones.

Cuando llegamos, la gente de Main Street se mostró amable, aunque comedida, pero cuando se enteraron de que mi marido era el hijo del gran Lot Smith que luchó contra los federales con Brigham Young, fundó Tuba City y tuvo ocho esposas y cincuenta y dos hijos, enseguida cogieron confianza. A decir verdad, empezaron a tratarnos como a visitantes notables.

Tenía treinta alumnos de todas las edades, y eran un grupo amable que se comportaba bien. Debido a que eran polígamos, casi todos estaban emparentados de una u otra manera, y hablaban de sus «otras madres» y de «dobles primos». Las chicas adoraban a Rosemary, que ahora tenía seis años, y al Pequeño Jim, que tenía cuatro; los mimaban, les peinaban el cabello, los vestían y practicaban con ellos las habilidades maternales. Las chicas estaban todas apuntadas en el *Libro de la alegría*, lo que significaba que reunían los requisitos para el matrimonio y estaban esperando a que su «tío» decidiera con quién se casarían.

Me enteré de que las casas en las que vivían eran esencialmente fábricas de reproducción en donde hasta siete esposas esperaban tener un bebé por año. Tal y como los mormones veían las cosas, Dios había poblado la tierra con seres semejantes a Él, así que si los hombres mormones iban a seguir el camino trazado por Dios debían tener su propia prole de niños para poblar su propio mundo celestial de aquí en adelante. Las niñas eran educadas para ser dóciles y sumisas. Los primeros meses que estuve allí, dos de mis niñas de trece años desaparecieron, esfumándose en sus matrimonios concertados.

Rosemary estaba fascinada con aquellos niños y sus numerosas madres, y aquellos padres con sus grupos de esposas, y se pasaba el día pidiéndome que se lo explicara. Estaba particularmente intrigada con la ropa interior mormona y se preguntaba si realmente les confería poderes especiales.

—Eso es lo que ellos creen —le dije—, pero no significa que sea verdad.

—Entonces, ¿por qué lo creen?

—Estados Unidos es un país libre —afirmé—. Y eso significa que la gente es libre de creer cualquier disparate que quiera.

—¿Así que no tienen que creer si no quieren? —preguntó Rosemary.

—No, no tienen que hacerlo.

—Pero ¿ellos lo saben?

Una niña lista. Acabé por comprender que aquél era el meollo de la cuestión. Uno era libre de elegir la esclavización, pero la elección sólo era libre si uno sabía cuáles eran las alternativas. Empecé a pensar que mi tarea era asegurarme de que las niñas a las que enseñaba aprendieran que allí fuera había un amplio mundo y otras cosas que podían hacer, aparte de convertirse en yeguas reproductoras vestidas con sacos de comida.

En las clases, utilizaba la mayor parte del tiempo en los rudimentos de la lectura, la escritura y la aritmética, pero también aderezaba mis lecciones charlando acerca de la profesión de enfermera o de maestra, de las oportunidades que había en las grandes ciudades, la Vigesimoprimera Enmienda y las peripecias de Amelia Earhart y Eleanor Roosevelt. Les contaba que cuando yo tenía casi su edad domaba caballos. Hablaba sobre mi estancia en Chicago y de aprender a pilotar un avión. Y les decía que cualquiera de ellos podía hacer todo eso también. Sólo debían tener agallas suficientes.

Algunos —tanto niños como niñas— me miraban estupefactos, pero no eran pocos los que parecían verdaderamente intrigados.

***

No llevaba en Main Street demasiado tiempo cuando recibí una visita del tío Eli, el patriarca de los polígamos locales. Tenía una larga barba grisácea, cejas hirsutas y una nariz que parecía un pico. Su sonrisa era poco natural y sus ojos fríos. Le di un trago del agua con renacuajos y, mientras conversábamos, se pasó el tiempo dándome palmaditas en la mano y llamándome «señora maestra».

Algunas de las madres, según dijo, le habían contado que sus pequeñas volvían de la escuela hablando de sufragistas y de mujeres que pilotaban aviones. Lo que yo tenía que comprender era que él y su gente se habían trasladado a esa zona para alejarse del resto del mundo, y yo estaba trayendo ese mundo a su mismísima escuela, enseñándoles a los niños cosas que sus madres y padres consideraban peligrosas e incluso blasfemas. Mi trabajo, prosiguió, era sólo darles lo suficiente de aritmética y de lectura como para administrar una casa y comprender el *Libro del mormón*.

—Señora maestra, usted no está preparando a estas niñas para la vida —dijo—. Sólo está ofendiéndolas y confundiéndolas. No va a haber más charlas sobre asuntos mundanos.

—Mire, tío Eli —dije—, yo no trabajo para usted. Trabajo para el estado de Arizona. No necesito que me enseñe a hacer mi trabajo. Mi trabajo es darles a estos niños una educación, y parte de ello consiste en mostrarles un poco cómo es realmente el mundo.

El tío Eli no perdió ni un momento la sonrisa. Rosemary estaba sentada en la mesa dibujando, y él dio unos pasos hacia ella y le acarició el pelo.

—¿Qué estás dibujando? —preguntó.

—Ésta es mi mamá cabalgando sobre *Diablo Rojo* —explicó Rosemary. Era una de sus historias favoritas, y Rosemary siempre estaba haciendo dibujos sobre aquel episodio de mi vida. Levantó la vista y miró al tío Eli—. Mi papá era mormón.

—¿Pero ya no lo es?

—No. Es ranchero.

—Entonces está perdido.

—Papá nunca se pierde; ni siquiera necesita una brújula. Él siempre dice que mamá le hizo tirar a la basura sus supercalzones. ¿Usted usa supercalzones?

—Los llamamos prenda del templo —dijo el tío—. Tú serás una estupenda esposa para algún hombre, un día no muy lejano. Te inscribiremos en el *Libro de la alegría*.

—Déjela fuera de este asunto —dije—. Y no la incluya en ese condenado libro.

—Ya he terminado de hablar con usted —replicó él—. Si no me hace caso, la evitaremos todos como si fuera el demonio.

AL DÍA SIGUIENTE DI UNA CLASE especialmente intensa sobre la libertad política y religiosa, en la que hablé sobre los países totalitarios en donde todos estaban obligados a creer una cosa. En Estados Unidos, por el contrario, la gente era libre de pensar por sí misma y de seguir los dictados de su corazón en lo relativo a los asuntos de la fe.

—Es como uno de esos maravillosos grandes almacenes de Chicago —dije—. Uno puede recorrerlos probándose diferentes prendas hasta que encuentra la que le queda bien.

Esa noche, cuando salí a tirar el agua de fregar los platos el tío Eli estaba de pie en el patio, con los brazos cruzados y la mirada clavada en mí.

—Buenas —saludé.

No respondió. Se limitó a mirarme fijamente, como si me estuviera echando un mal de ojo.

A la noche siguiente, cuando estaba preparando la cena, levanté la vista y allí estaba él otra vez, de pie, al otro lado de la ventana, clavándome la mirada con aquellos ojos enmarcados por sus cejas hirsutas con la misma expresión maligna.

—¿Qué quiere, mamá? —preguntó Rosemary.

—Ah, sólo está esperando que entre en ese juego de mantener la mirada.

Aquella vivienda anexa a la escuela no tenía cortinas, pero al día siguiente cosí unas bolsas de comida y las clavé con tachuelas sobre la ventana. Esa noche llamaron a la puerta. Cuando la abrí, el tío Eli estaba allí de pie.

—¿Qué quiere? —pregunté.

Se limitó a clavarme la mirada, y yo cerré la puerta. Los golpecitos volvieron a empezar, lentos y persistentes. Me fui a la habitación donde dormíamos y cargué mi revólver de empuñadura nacarada. El tío Eli todavía seguía golpeando la puerta. La abrí, alcé el revólver y lo dirigí hacia delante, de forma que cuando me vio el arma le apuntaba a la cara.

La última vez que había encañonado a alguien con el revólver había sido a aquel borracho en Ash Fork que había dicho que Helen era una puta suicida cuando me negué a venderle licor. Entonces no había disparado, pero esta vez apunté a la izquierda del rostro del tío Eli y apreté el gatillo.

Cuando sonó el disparo, el tío Eli chilló asustado e instintivamente levantó las manos de golpe. La bala le había pasado zumbando junto a la oreja, pero el cañón estaba tan cerca de su rostro que se había tiznado por la explosión. Se quedó mirándome fijamente, enmudecido.

—Si viene por aquí otra vez a dar golpecitos en la puerta, será mejor que lleve puestos sus supercalzones —le advertí—, porque no erraré el tiro.

***

Dos días después, el sheriff del condado apareció por la escuela. Era un tipo campechano, y tenía bocio. Investigar a una maestra de escuela por dispararle a un anciano polígamo no era algo que hiciera todos los días, y no estaba muy seguro de cómo debía proceder.

—Hemos recibido una denuncia, señora, de que ha disparado usted al aire para intimidar a uno de los vecinos del pueblo.

—Había un intruso amenazándome, y estaba defendiendo a mis hijos y a mí misma. Estaré encantada de acudir a los tribunales a explicar exactamente lo que ha sucedido.

El sheriff suspiró.

—Por aquí nos gusta que la gente solucione sus diferencias sin llegar a los tribunales, pero si no es capaz de llevarse bien con esta gente, y hay muchos que no pueden, probablemente usted no encaje aquí.

Después de aquel incidente, comprendí que se trataba de una cuestión de tiempo. Seguí enseñando en Main Street, les contaba a aquellas niñas lo que pensaba que tenían que saber acerca del mundo, pero dejé de recibir invitaciones a cenar, y un puñado de padres sacó a sus hijos de la escuela. En primavera recibí una carta del superintendente del condado de Mojave diciéndome que no creía que fuera una buena idea que yo siguiera enseñando en Main Street el año siguiente.

$\bigvee^{O}$ OLVÍA A ESTAR EN EL PARO, ALGO que verdaderamente me enervaba, porque yo había actuado buscando el interés de mis alumnos. Afortunadamente, ese verano quedó vacante un puesto de maestro en Peach Springs, un pueblo minúsculo en la reserva Walapai, a unos cien kilómetros del rancho. Pagaban cincuenta dólares al mes, pero además el condado había presupuestado diez dólares al mes para un conserje a tiempo parcial, diez dólares para un conductor de autobús y otros diez dólares para alguien que preparara la comida a los niños. Dije que yo me encargaría de todo, lo que significaba ganar ochenta dólares por mes, y podríamos ahorrarlo casi todo.

El viejo autobús de la escuela estaba destrozado, así que el condado también había presupuestado dinero para comprar otro —o al menos algún medio de transporte—, y tras recorrer la zona encontré el vehículo perfecto en una tienda de coches usados de Kingman: un coche fúnebre terroríficamente elegante de color azul oscuro. Cómo sólo tenía asientos en la parte delantera, podías meter a toda una tribu de niños en la parte de atrás. Cogí un poco de pintura plateada y, con grandes letras mayúsculas, escribí «AUTOBÚS ESCOLAR» a ambos lados.

Pese a mi vistoso cartel plateado, la gente, incluido mi marido, siguió llamándolo el coche fúnebre.

—No es un coche fúnebre —le dije a Jim—, es un autobús escolar.

—Escribir la palabra «perro» en el lomo de un cerdo no convierte al cerdo en perro —replicó.

Y tenía razón. Al cabo de un tiempo yo también empecé a llamarlo el coche fúnebre.

***

Me levantaba a las cuatro de la madrugada y recorría unos trescientos kilómetros al día entre ir y volver a Peach Springs para recoger a los niños en las diferentes paradas que había por todo el distrito. Enseñaba a todo el grupo yo sola, los llevaba a casa, volvía a la escuela a hacer el trabajo de conserje, y luego volvía de regreso al rancho. Subcontraté por cinco dólares al mes, para que se encargase de cocinar, a nuestra vecina, la señora Hutter, que preparaba guisos que yo llevaba a la escuela. Aquellos días se me hacían muy largos, pero a mí me encantaba el trabajo, y el dinero empezó a amontonarse bastante rápido.

Rosemary había cumplido siete años y el Pequeño Jim tenía cinco, así que me los llevaba conmigo de madrugada. Se convirtieron en parte de la clase. Rosemary odiaba que su madre fuera también su maestra, sobre todo porque a veces yo la azotaba con la vara delante de los otros alumnos para dar ejemplo y poner de manifiesto que no tenía favoritismos. El Pequeño Jim también se convirtió en un revoltoso, y también se ganó su ración de azotes, aunque las zurras nunca lograban que ninguno de aquellos dos pilluelos estuviera demasiado tiempo sin hacer una de las suyas.

Tenía que hacer dos recorridos para recoger a todos los niños, y dejaba a Rosemary, al Pequeño Jim y a los niños del pueblo de Yampi en la escuela mientras daba mi segunda vuelta cotidiana para recoger a los niños de Pica. Una mañana, cuando regresé a la escuela, el Pequeño Jim estaba acostado de espaldas sobre mi escritorio, helado e inconsciente. Los otros niños me explicaron que se había caído del columpio al tratar de llegar hasta el cielo como el pequeño fantasma del rancho.

Me encontré en un verdadero apuro. Tenía que llevar al Pequeño Jim al hospital, pero el más cercano quedaba en Kingman, a sesenta y dos kilómetros, y no podía dejar a los niños sin nadie que los vigilara durante tanto tiempo. Metí a todos los que pude dentro del coche fúnebre, y al resto los coloqué sobre los estribos laterales, agarrados de las ventanillas abiertas. Con Rosemary sosteniendo al Pequeño Jim desvanecido sobre su regazo, a mi lado, me puse en marcha para llevar a todos los niños a sus casas, yendo hasta Yampi y luego hasta Pica; los niños que iban en los laterales se lo pasaron en grande y gritaban y aullaban como si fueran en una carroza de carnaval, antes de dirigirnos hacia Kingman.

Íbamos a toda velocidad por la Ruta 66 cuando de pronto el Pequeño Jim se incorporó.

—¿Dónde estoy? —preguntó.

Rosemary, creyendo que eso era gracioso, estalló en carcajadas, pero yo estaba furiosa. Quería llevar de todas formas al niño al hospital, pero él insistió en que estaba bien y hasta se puso de pie en el asiento del coche y empezó a bailar para demostrarlo, lo que me puso todavía más furiosa. Había conducido todos esos kilómetros para nada, había suspendido la clase sin una buena razón y ahora me preocupaba porque me iban a descontar la paga de un día.

—Lo que vamos a hacer ahora mismo es repetir el recorrido para recoger así a todos los niños de nuevo —dije.

—Pero ya se habrán ido a casa —replicó Rosemary—. Estarán por ahí jugando y no van a querer volver.

—Ya os lo he dicho antes: la vida no es hacer lo que te da la gana.

Rosemary empezó a hacer pucheros. Luego se quejó diciendo que no se sentía bien, que estaba mareada y que tenía que volver a casa.

—Ah, ¿así que ahora la que está enferma eres tú? —pregunté.

—Así es, mamá.

—Bueno, entonces te llevaré al hospital a ti también —dije.

—Sólo quiero ir a casa.

—Ni una palabra más —ordené—. Si estás enferma, no necesitas mimos, lo que necesitas es un médico.

Cada vez que ella protestaba, yo volvía a repetir lo mismo.

Conduje sin más dilación hasta el hospital de Kingman. Después de tener una charla con una de las enfermeras acerca de una hija que quería hacer novillos, decidí que Rosemary pasara una noche en una habitación sola, en donde podría reflexionar sobre la verdad y las consecuencias. Si me iban a descontar un día de paga, al menos alguien iba a aprender una lección.

***

—¿Te sientes mejor? —le pregunté a Rosemary cuando la recogí al día siguiente.

—¡Sí! —dijo.

Y las dos dimos por zanjado el asunto. Pero la niña nunca volvió a tratar de hacer novillos.

UN SÁBADO POR LA MAÑANA, ese mismo otoño, cuando salí al patio, miré hacia el coche fúnebre, aparcado al lado del granero. Lo vi allí parado y me pareció que era un verdadero desperdicio. A diferencia de los caballos, los coches no necesitan un día libre de vez en cuando. Si podía poner el coche fúnebre a trabajar los fines de semana, sería —descontada la gasolina— todo beneficio. Decidí inaugurar un servicio de taxi.

En un lateral del coche, debajo de «AUTOBÚS ESCOLAR», añadí con la misma pintura: Y«TAXI». A Jim se le ocurrió la idea de atarle con una correa unos asientos viejos de calesa en la parte de atrás cuando tuviéramos pasajeros de pago.

En esa parte de Arizona no había precisamente muchos clientes de pie en la carretera esperando a que apareciera un taxi para pararlo, pero había gente que no tenía coche y que de vez en cuando tenía que acudir a los tribunales de Kingman o necesitaban que los recogieran en la estación de tren de Flagstaff, y ellos me contrataban a mí. Me avisaban de antemano con Johnson, el ayudante del sheriff de Seligman, y más o menos todos los días yo pasaba por su oficina para ver si había clientes.

La mayor parte del dinero fue a parar a nuestros ahorros, pero guardé un poco para las ocasionales clases de vuelo.

**

Yo era una conductora excelente. No me gustaba en particular conducir en la ciudad, con todos los semáforos, las señales de las calles y los policías de tráfico, pero en el campo estaba en mi elemento. Conocía los atajos y las carreteras secundarias y no dudaba en conducir campo a través, avanzando a toda velocidad entre las artemisas y dejando atónitos a los correcaminos que salían de entre la maleza.

Si me quedaba atascada en una zanja cuando estaba transportando a los escolares, los hacía salir y empujar mientras todos recitábamos el avemaría.

—¡Empujad y rezad! —aullaba mientras, aferrada al volante, pisaba a fondo el acelerador, esparciendo arena y piedras detrás de las ruedas que giraban mientras el coche derrapaba abriéndose paso fuera de la zanja. También se suponía que mis pasajeros de pago tenían que ayudar a empujar si nos quedábamos atascados. No les hacía rezar el avemaría, pero siempre usaba la misma frase:

—¡Empujad y rezad!

Cuando Jim lo oyó, dijo:

—Probablemente también tendrías que pintar esa frase en el coche fúnebre.

***

Un fin de semana de diciembre, en casa de la señora Hutter, la vecina que cocinaba para la escuela, estaban hospedadas tres señoras de Brooklyn que eran primas suyas. Me contrataron para llevarlas a ver el Gran Cañón. Yo cargué el almuerzo para un picnic en el coche y le dije a Rosemary que me acompañara.

Esperaba que aquellas chicas de Brooklyn fueran valientes y listas, y tal vez incluso socialistas militantes. Pero me encontré con que eran unas tontainas que usaban demasiado maquillaje y se pasaron todo el tiempo quejándose del calor de Arizona, de los incómodos asientos del coche fúnebre y de que no hubiera ningún sitio en todo el estado en el que conseguir una buena crema de huevo. Tenían ese fuerte acento de Brooklyn, y tuve que resistir la tentación de corregir su atroz pronunciación.

Yo trataba de mantener la charla dentro de unos términos positivos, por ejemplo, señalando que el pueblo Jerome se llamaba así por la familia materna de Winston Churchill, pero ellas no decían más que cosas como: «¿Pero qué *hasen* ustedes aquí?» y «¿Cómo pueden ustedes vivir sin *electricidá*?».

También hablaban de las Navidades en Nueva York, del árbol en el Rockefeller Center, de los escaparates de Macy's, los regalos, las luces, los niños haciendo cola para hablar con los Santa Claus de traje rojo.

—¿Qué te va a traer Santa Claus este año? —le preguntó una de las señoras a Rosemary.

—¿Quién es Santa Claus? —preguntó ella.

—¿Nunca has oído hablar de Santa Claus?

La mujer parecía desconcertada.

—No le hacemos mucho caso a esa clase de cosas por aquí —intervine yo.

—Vaya, eso es una verdadera pena.

—Entonces, ¿quién es Santa Claus? —volvió a preguntar Rosemary.

—San Nicolás —dije yo—. El santo patrono de los grandes almacenes.

Cerca de Picacho Butte, me di cuenta de que había venido todo el tiempo con el freno de mano puesto y, sin decir nada, estiré la mano y lo quité discretamente. Justo entonces llegamos a una larga cuesta bajo el borde de la meseta. El coche fúnebre empezó a coger velocidad, y cuando apreté el pedal del freno se fue hasta el fondo sin ofrecer la menor resistencia. Nos habíamos quedado sin frenos.

Empecé a dar volantazos saliéndome y entrando de nuevo en la carretera, con la esperanza de que la arena y la grava suelta en el arcén nos hicieran aminorar la velocidad. Las mujeres de Brooklyn se pusieron nerviosas, y no paraban de decir que fuera más despacio, luego me preguntaron que qué sucedía y por fin me ordenaron que las dejara bajar.

—¡Pare el coche!

—Ahora a ver si nos calmamos, queridas —dije yo—. Sólo tenemos un pequeño taxi a toda velocidad, pero todo está bajo control. Las sacaré de ésta.

Le eché una mirada a Rosemary, que tenía clavados en mí los ojos abiertos de par en par, y le hice un guiño para demostrarle cuánto nos estábamos divirtiendo. La pequeña se rió. Decididamente no tenía miedo, a diferencia de aquellas gallinas de medias con liga que iban sentadas en el asiento trasero.

Pero los volantazos no lograron que el coche disminuyera de velocidad, y me di cuenta de que la situación exigía medidas más drásticas. Llegamos a un tramo de la carretera que estaba excavado en la ladera de la montaña. A un lado de la carretera descendía la ladera y al otro, se elevaba el monte.

—¿Listas para un poco de juerga? —grité.

—Yo lo estoy —dijo Rosemary, pero las señoras de Brooklyn seguían gimoteando.

—¡Agárrense fuerte! —grité.

Crucé la carretera con el coche y lo dirigí ladera arriba, rebotando sobre los baches y las piedras, pero la cuesta era muy empinada, y cuando empezamos a perder impulso, también nos inclinamos hacia un lado. Luego el coche dio una vuelta de campana, y se quedó patas arriba, exactamente como yo había planeado.

Nos dimos algún que otro golpe, pero nadie resultó seriamente herido, y todas salimos como pudimos por las ventanillas abiertas. Las señoras de Brooklyn estaban con los nervios de punta, y soltaban maldiciones sobre mi manera de conducir y amenazando con demandarme o hacerme arrestar para que me quitaran el permiso de conducir.

—¡*Usté* casi nos mata!

—Lo único que les ha ocurrido es que se les ha bajado la liga de las medias —dije yo—. En lugar de armar tanto escándalo, deberían agradecérmelo, porque mi habilidad como conductora les acaba de salvar el pellejo. Si uno cabalga, hay que saber cómo caer, y si uno conduce, hay que saber cómo chocar.

AQUELLAS SEÑORAS DE BROOKLYN no eran más que unas pusilánimes, pero me hicieron pensar en la Navidad. La mayor parte de los pioneros y los rancheros no tenían ni tiempo ni dinero para hacer regalos y cortar árboles, y consideraban la Navidad algo parecido a la prohibición: otra aberración del este que no les preocupaba demasiado. Un par de años antes, unos misioneros que trataban de deslumbrar a los indios navajos para que se convirtieran hicieron saltar de un avión a un Santa Claus cargado de regalos, pero su paracaídas no se abrió y aterrizó haciendo un ruido sordo delante de los indios, convenciéndolos —a ellos y a casi todos los demás que vivíamos por allí— de que cuanto menos tuviéramos que ver con el alegre y viejo san Nicolás mejor estaríamos.

Aun así, empecé a cuestionarme si no estaría privando a mis hijos de una experiencia especial, y esa semana compré unas vistosas luces eléctricas navideñas en Kingman y un par de juguetitos en el centro comercial, los grandes almacenes de Seligman.

La mañana de Navidad hice que Jim trepara a escondidas al techo y empezara a sacudir una ristra de viejas campanillas de carruaje mientras yo les explicaba a los niños que eran san Nicolás y su reno volador, que iban visitando a todos los niños del mundo, llevándoles regalos que él y sus duendecillos del Polo Norte se habían pasado fabricando todo el año. La expresión de Rosemary pasó del desconcierto a la duda, y luego empezó a sacudir la cabeza y a reírse.

—¿Qué estás diciendo, mamá? —preguntó—. Cualquier bobo sabe que los renos no vuelan.

—Por el amor de Dios, estos renos son mágicos —dije. Les expliqué que el propio Santa Claus era mágico, que tenía la capacidad de visitar a todos los niños del mundo, y que les dejaba regalos en los calcetines en el transcurso de una sola noche. Luego levanté las manos sosteniendo dos calcetines y se los tendí a Rosemary y al Pequeño Jim.

Rosemary sacó de su interior una naranja, unas avellanas y un paquetito que contenía un pequeño juguete.

—Esto no es del Polo Norte —dijo mientras examinaba el juego—, esto es del centro comercial. Lo vi allí.

Fui hacia la ventana y asomé la cabeza.

—Baja, Jim —grité—. No se lo tragan.

***

Aunque no pude engatusar a los niños con Santa Claus, estaban encantados con las luces navideñas. Fuimos todos en el coche a una colina y talamos un pino no muy grande que eligieron los pequeños. Jim cavó un agujero en el patio delantero y lo plantamos allí. Después apisonamos la tierra a su alrededor y colgamos las luces en las ramas. Toda la tarde Rosemary y el Pequeño Jim estuvieron bailando alrededor del árbol y gritándole al sol que se diera prisa y se pusiera por el horizonte.

Cuando oscureció, llamamos a los vaqueros para que salieran del barracón, y Jim arrimó el coche fúnebre al árbol. Abrió el capó, conectó un cable a la batería y, mientras todos nos disponíamos en círculo alrededor del árbol, levantó por encima de su cabeza el cable de las luces y el de la batería, y haciendo un gran aspaviento, los enchufó. El árbol se inundó de colores y todos nos quedamos sin aliento ante las luces rojas, amarillas, verdes, blancas y azules que destellaban vivamente en la fría noche, las únicas luces en kilómetros a la redonda en la inmensa oscuridad de la pradera.

—¡Es mágico! —chilló Rosemary.

Entre los jornaleros del rancho había muchos que no habían visto nunca luces eléctricas, y algunos se sacaron el sombrero y se lo pusieron sobre el corazón.

¡Y aquellas tontas de Brooklyn pensaban que no sabíamos celebrar la Navidad con estilo!

E L SEGUNDO AÑO QUE ESTUVE EN Peach Springs tenía veinticinco alumnos en mi escuela de una sola
aula. De ellos, seis —casi la cuarta parte de la clase— eran
los hijos de Johnson, el ayudante del sheriff, un hombre
huesudo que fumaba un cigarrillo tras otro, usaba sombrero de fieltro y tenía un bigote a lo Pancho Villa. A mí,
el ayudante Johnson me caía bien en casi todo. Hacía la
vista gorda ante las infracciones menores y tendía a con-
ceder a la gente el beneficio de la duda con tal de que re-
conocieran que él era la ley y que decidía lo que estaba
bien y lo que estaba mal. Pero si uno discrepaba con él,
le aplicaba mano dura de verdad. En total tenía trece hijos, y, como su padre era uno de los agentes del orden del
condado, hacían lo que se les antojaba, desinflándoles las
ruedas a los coches, arrojando petardos en los agujeros
de los excusados exteriores de las casas y dejando toda la
noche atada a un árbol a la niñera.

Uno de los hijos del ayudante del sheriff era Johnny Johnson, que era un par de años mayor que Rosemary.
Ya me di cuenta desde el principio de que era un pillue-

lo. Tal vez fuese porque tenía hermanos mayores que se sentaban a contar historias guarras sobre chicas, pero el caso es que Johnny no podía quitarles las manos de encima: era un auténtico semental en potencia. Había besado a Rosemary en la boca, algo de lo que me enteré unos días después por otro alumno. Rosemary dijo que sólo había sido algo asqueroso que había sucedido, y no quería que nadie se metiera en problemas por eso. Por su parte, Johnny acusó a Rosemary y al otro alumno de chivatos mentirosos y dijo que yo no podía probar nada.

No valía la pena abrir una investigación en regla, pero el asunto todavía me escocía por dentro un par de semanas después, cuando un día, durante la clase, el muy gamberro estiró la mano y la metió por dentro del vestido de una dulce niña mexicana llamada Rosita. A aquel niño había que enseñarle a mantener sus roñosas manos alejadas de los demás. Así que dejé mi libro, me encaminé hacia él y le di un fuerte bofetón en la cara. Me miró con los ojos como platos por el aturdimiento y luego se levantó y me devolvió la bofetada.

Durante un segundo me quedé sin habla. En el rostro de Johnny empezó a dibujarse una sonrisa cada vez más grande. El pequeño mequetrefe pensó que me había vencido. Entonces lo levanté en el aire y lo arrojé contra la pared, y le volví a cruzar la cara una y otra vez, y cuando se encogió haciéndose un ovillo en el suelo agarré mi regla y empecé a azotarle el trasero.

—¡Lo va a lamentar! —se puso a gritar—. ¡Lo va a lamentar!

A mí no me importaba. Johnny Johnson tenía que aprender una lección que nunca olvidaría, y yo no podía escribirla con letras en la pizarra, sino inculcársela a golpes. Además, corría el peligro de convertirse en un vago sinvergüenza y canalla como mi primer marido y como el semental que sedujo a Helen, y tenía que enterarse de que maltratar a las niñas era algo que tenía consecuencias. Así que seguí azotándole, tal vez más allá de la llamada del deber, y, la verdad sea dicha, conseguí con ello algo más que una pequeña satisfacción.

TAL COMO ESPERABA, EL AYUDANTE Johnson apareció por la escuela a la mañana siguiente.

—No he venido para mantener una conversación —dijo—. He venido a a decirle que no le vuelva a poner las manos encima a mi chico. ¿Lo ha entendido?

—Ustedes, los agentes de policía, se creen que dirigen el condado de Yavapai, pero yo mantengo el orden en mi clase —repliqué—, y voy a disciplinar a los niños díscolos de la manera que crea apropiada. ¿Lo ha entendido?

***

El ayudante Johnson no podía hacer que me despidieran en el acto, porque sería difícil reemplazarme justo en mitad del año escolar, pero unos meses después recibí otra de esas malditas cartas que decían que mi contrato no iba a ser renovado. A esas alturas, había perdido la cuenta de cuántas veces me habían despedido, y empezaba a estar completamente harta.

Cuando Jim llegó a casa esa noche, le conté lo que había sucedido.

—Esto se está volviendo casi predecible —dijo.

—¿De qué estás hablando? —pregunté.

—Esos enfrentamientos. Se están convirtiendo en la pauta habitual.

—Lo que se está volviendo habitual es que o me mantengo de pie por mí misma o acepto que me manejen.

***

El día que llegó la carta me senté en la mesa de la cocina pensando en mi situación. Si me encontrara de nuevo en la misma circunstancia, habría hecho lo mismo. Yo no estaba haciendo nada incorrecto. Eran las reglas. Yo era una maestra condenadamente buena y había hecho lo más adecuado, no sólo por Rosita, sino también por Johnny Johnson, a quien había que meter en vereda antes de que tuviera serios problemas. Aun así, me habían puesto una vez más de patitas en la calle, y no había nada que pudiera hacer al respecto.

Mientras estaba allí sentada rumiando todo esto, Rosemary entró en la cocina. Cuando me vio, una gran inquietud le cubrió el rostro. Empezó a acariciarme el brazo.

—No llores, mamá —dijo—. Para. Por favor, deja de llorar.

Entonces me di cuenta de que las lágrimas estaban deslizándose por mis mejillas. Recordé cuánto me había perturbado, cuando era pequeña, ver a mi madre llorando. Ahora, al permitir que mi propia hija me viera tan débil y en un estado tan lamentable, sentía que le había fallado enormemente, y me enfurecí conmigo misma.

—No estoy llorando —dije—. Es sólo que me ha entrado arena en los ojos. —Le aparté la mano—. Porque no soy débil. Nunca tendrás que preocuparte por eso. Tu madre no es una mujer débil.

Y tras pronunciar aquellas palabras, me dirigí hacia el montón de leña y empecé a cortar troncos colocándolos sobre el tajo y usando cada gramo de mis fuerzas para hacer caer el hacha sobre ellos, con lo que los pedazos cortados de leña blanca salían volando. Rosemary se quedó allí de pie, mirando. Resultó casi tan satisfactorio como azotar a Johnny Johnson.

E L AYUDANTE JOHNSON SE ASEGURÓ de que todos supieran que me habían despedido, y además no ocultó quién estaba detrás de tal decisión. Cuando me cruzaba con conocidos en el centro comercial, ellos creían que no debían preguntarme cómo iban las cosas en la escuela, como solían hacer antes, y se producían incómodos silencios que todos aquellos a los que han despedido conocen demasiado bien.

Pero yo estaba firmemente decidida a mostrar a todo el mundo que el ayudante Johnson no había doblegado mi espíritu, y buscaba una forma de hacerlo cuando anunciaron que en Kingman iba a tener lugar un estreno especial de *Lo que el viento se llevó*. Decidí acudir con el vestido más llamativo que se hubiera visto jamás en este condado.

Lo que el viento se llevó era mi libro preferido —después de la Biblia—, y pensaba que en él se podían aprender casi las mismas lecciones. Lo había leído tan pronto como había salido, y luego lo releí muchas veces más. También se lo había leído casi entero en voz alta a Rosemary. Escarlata O'Hara era una muchacha de mi clase. Correosa y descarada, sabía lo que quería, y nunca permitía que nada ni nadie se interpusiera en su camino.

Al igual que la mayoría de la gente en todo el país, había estado esperando ansiosamente la película durante años. Era la película más cara que se hubiera hecho jamás —filmada enteramente en tecnicolor—, y los periódicos y revistas habían seguido todos los detalles del *casting* y la producción. Ahora que estaba terminada, el estudio estaba organizando estrenos por todo el país, incluido el de Kingman, y cobraban cinco dólares por entrada, una cifra astronómica comparada con los cinco céntimos que costaba normalmente el cine.

Se esperaba que las mujeres que fueran al estreno llevaran vestidos de gala y los hombres esmoquin, o por lo menos sus mejores ropas de domingo. Como yo nunca había tenido un vestido de gala y no iba a dilapidar dinero en uno —la entrada ya era suficiente dispendio—, decidí que me inspiraría en la misma Escarlata: cosería mi propio vestido utilizando las cortinas del salón. Y la verdad es que en el salón no eran realmente necesarias. Aquellas cortinas de terciopelo rojo que había comprado con los vales de S&H estaban colgadas en el salón en Hackberry acumulando polvo y empezando a desteñirse por el sol de Arizona. Y el rojo era mi color preferido.

Mi vestido no iba a ser ceñido, de esos con cintura de avispa, como el que Escarlata tenía que ajustarse con cintas. Sería un traje largo hasta los pies, pero sencillo y holgado, más de estilo griego que de la época anterior a la Guerra Civil de Estados Unidos. Le pedí prestada una máquina de coser a la señora Hutter, que era una hábil costurera. Me ayudó a diseñar los patrones y los accesorios, pero en realidad la labor de costura fue enteramente obra mía. Para el cinturón utilicé un cordón de las cortinas.

No tenía un espejo de cuerpo entero, pero fui capaz de darme cuenta, cuando quedó terminado y me lo puse por primera vez, de que el vestido era, siendo bastante sincera, una obra maestra.

—Pareces una estrella de cine —dijo Rosemary.

—Ése es mucho vestido —dijo Jim—. Sin duda no pasarás desapercibida cuando llegues.

***

Jim se negó a ir al estreno conmigo. No soportaba las películas. Habíamos ido a ver algunas del oeste, y se había salido de un par de ellas completamente disgustado por lo que consideraba una descripción falaz de la vida del vaquero: el modo en que los vaqueros de las películas se sentaban alrededor de una hoguera y se ponían a cantar tras un día supuestamente fatigoso siguiéndole el rastro a alguien, la forma en que andaban holgazaneando por los corrales mientras hacían virguerías con el lazo en lugar de estar reparando las cercas, la forma de llevar sombreros blancos impecables y chalecos con flecos y los zahones de piel de oveja, y sobre todo las escenas en las que saltaban de los tejados sobre sus caballos.

—No tiene nada que ver con la realidad —decía Jim.

—Por supuesto que no —replicaba yo—. ¿Quién pagaría una pasta para ver a un vaquero maloliente por muy verdadero que sea? Uno va a ver películas para evadirse de cómo son las cosas en la realidad.

—Supongo que los gánsteres tampoco se verán reflejados en las películas de gánsteres —decía él.

***

A pesar de todo, Jim aceptó ser mi chófer para ir a ver *Lo que el viento se llevó,* y la noche del estreno me llevó en el coche fúnebre —un poco abollado tras el accidente con las señoras de Brooklyn— a Kingman. Cuando llegamos al cine, los espectadores deambulaban por la acera, mirando cómo todo el mundo llegaba con sus mejores galas. El ayudante Johnson estaba de pie frente a todos, con su uniforme, dirigiendo el tráfico. Jim se bajó y me abrió la puerta del coche fúnebre, y yo pisé la alfombra roja saludando con la mano de forma presuntuosa a la multitud —y al ayudante Johnson— mientras el *flash* del fotógrafo me cegaba.

El Jardín del Edén

Parte 7

Rosemary y el Pequeño Jim
sobre el viejo *Buck*

LES DIJE A ROSEMARY Y AL PEQUEÑO JIM que no quería que se hicieran amigos de los otros chicos de la escuela, porque, si lo hacían, esos niños esperarían que yo les diera un trato de favor. Y aunque no fuera así, los otros alumnos podrían sospechar eso si sacaban buenas notas.

—Tengo que ser como la esposa del césar —les dije a Rosemary y el Pequeño Jim—, y quedar por encima de toda sospecha.

Por otro lado, estábamos bastante aislados en el rancho, no había otros niños a una distancia que se pudiera recorrer a pie, pero Rosemary y el Pequeño Jim se las arreglaban bien los dos solos y andaban todo el rato juntos. Después de las tareas matutinas, si no había escuela, eran libres de hacer lo que quisieran. Les encantaba andar hurgando por todos los edificios anexos. Una vez encontraron un par de viejos corsés de ballenas en un baúl en el garaje y estuvieron con ellos puestos durante semanas. También se iban de paseo al cementerio indio, recogían puntas de flechas, nadaban en la presa y en los abrevaderos de los caballos, lanzaban sus navajas contra un blanco y trabajaban en la forja del herrero calentando trozos de metal. En una ocasión fabricaron un artefacto que bautizaron como *El expreso de ruedas de carro:* dos ruedas de carro con un eje y una chapa de metal en medio que fijaron al eje y se arrastraba tras las ruedas. Acarreaban *El expreso de ruedas de carro* a la cima de una colina y luego se sentaban en la chapa de aquel artefacto y le dejaban bajar la cuesta rodando a toda velocidad.

Lo que les encantaba por encima de todo era cabalgar. Ambos ya se habían sentado sobre el lomo de un caballo antes de aprender a andar y cabalgaban con tanta naturalidad como cualquier niño indio. Los ingleses, en un gesto de gratitud hacia Jim por su éxito con el rancho, habían enviado un poni de las Shetland a Rosemary y al Pequeño Jim. Era la criatura más brusca de todo el rancho. Trataba siempre de derribar a cualquiera que lo montase, pero Rosemary se lo pasaba estupendamente intentando mantenerse aferrada a él mientras el poni soltaba coces o giraba para pasar bajo una rama que colgaba a baja altura con la esperanza de tirarla de un golpe.

Casi todos los días, ella y el Pequeño Jim ensillaban a *Calcetines* y a *Mancha*, dos caballos de la raza cuarto de milla, y partían hacia la pradera. Uno de sus pasatiempos preferidos era correr paralelos al tren. Una vía del ferrocarril de Santa Fe atravesaba el rancho, y todas las tardes esperaban hasta las dos y cuarto. Cuando el tren aparecía resoplando, ellos galopaban a su lado, y los pasajeros se asomaban y saludaban con las manos mientras el maquinista hacía sonar el silbato hasta que el tren, inevitablemente, los dejaba atrás.

Era una carrera que no les importaba perder, y siempre volvían acalorados y sudorosos, con los caballos empapados.

***

Los niños recibían su ración de golpes. Se caían con frecuencia de los árboles, de los tejados y de los caballos, arañándose y magullándose, pero Jim y yo nunca soportamos las lágrimas. «Aguantaos», les decíamos siempre. Se tiraban grandes piedras rodando por una cuesta. Se desafiaban a tragar comida para caballos u hormigas. Se disparaban con tirachinas y con escopetas de perdigones. El ganado embestía contra ellos y los caballos les pisaban los dedos de los pies. Una vez que Rosemary y el Pequeño Jim estaban jugando en el estanque, él metió el pie en un sumidero y fue succionado hacia abajo. El Gran Jim, que estaba trabajando en la presa, se zambulló sin ni siquiera quitarse las botas. Se puso a bucear por el fondo del estanque, tanteando para encontrar al Pequeño Jim, y finalmente dio con uno de sus brazos, que se alzaba entre el cieno. Tiró del cuerpo exánime del niño hasta el borde y, con Rosemary de rodillas a su lado, se puso a apretar su pecho hasta que empezó a vomitar a borbotones el agua embarrada y comenzó a respirar entrecortadamente.

***

Un día, en mitad del verano, cuando Rosemary cumplió ocho años, ella y yo íbamos en la camioneta cruzando campo a través la meseta del Colorado para llevarles provisiones a Jim y a algunos de los peones que estaban recorriendo a caballo la cerca que daba al norte para revisar si había partes rotas. Como unos días antes había llovido, una de las marismas que teníamos que cruzar estaba más anegada de lo que yo esperaba, y nos quedamos atascadas. Tratamos de empujar la camioneta, pero fue imposible moverla. No me hacía ni pizca de gracia la caminata de cinco horas bajo el sol que nos esperaba para regresar al rancho, y, mientras me agachaba sobre el capó, tratando de calcular qué alternativas tenía, noté la presencia de un grupo de caballos salvajes que pastaba en un bosquecillo de álamos a unos cuatrocientos metros.

—Rosemary, vamos a cazar un caballo.

—¿Cómo, mamá? Ni siquiera tenemos una cuerda.

—Tú limítate a mirar.

En la parte de atrás de la camioneta había un saco de comida para los caballos de los peones del rancho y un cubo que contenía unos clavos oxidados para reparar las cercas. Volqué los clavos sobre el remolque de la camioneta y puse un poco de comida en el cubo. Luego, con la navaja, corté el saco de comida vacío en tiras, las até unas con otras e hice un pequeño lazo en un extremo. Me había construido un ronzal.

Le di el cubo a Rosemary y nos dirigimos hacia los caballos. Eran seis, y cuando nos acercamos todos levantaron la cabeza y nos miraron con recelo, preparados para salir al galope al menor movimiento sospechoso. Tenían muy mal aspecto, con los cascos astillados, largas crines enmarañadas y marcas de mordiscos en las grupas, pero muchísimos de los caballos de la pradera habían sido montados en algún momento de su vida y, con la maña necesaria, podían volver a pasar por el aro.

Le dije a Rosemary que moviera el cubo lleno de cereal para que hiciera ruido, y cuando uno de los caballos, una yegua rojiza con patas negras, levantó las orejas y las dirigió hacia nosotras, supe que tenía una candidata. Le recordé a Rosemary la vieja regla de mi padre de mantener la mirada baja para que el caballo no crea que eres un depredador. En lugar de acercarnos directamente a la yegua, dimos un rodeo, mientras Rosemary sacudía constantemente el cubo. Cuando estuvimos bastante cerca, los otros caballos se apartaron, pero la yegua se quedó donde estaba, mirando. Le dimos la espalda. No había forma de atraparla persiguiéndola, pero yo sabía que si lográbamos que ella se nos acercara ganaríamos la partida.

El animal dio un paso hacia nosotras y nos alejamos unos pasos, lo que la animó a avanzar un poco más. Tras varios minutos repitiendo la misma operación, se acercó lo suficiente como para que pudiéramos tocarla. Le dije a Rosemary que estirara el brazo con el cubo para permitir a la yegua que comiera un poco, y entonces deslicé el ronzal alrededor de su cuello. Levantó la vista, sobresaltada, y echó la cabeza hacia atrás, pero en ese momento comprendió que la teníamos atrapada y, en lugar de luchar, volvió a concentrarse en la comida.

Dejé que comiera todo el contenido del cubo, luego le dije a Rosemary que me ayudara a apoyar la pierna y por último subí a la niña a la grupa de la yegua detrás de mí.

—Mamá, no puedo creer que hayamos atrapado un caballo salvaje sin ni siquiera una cuerda —dijo.

Pero yo sabía que cuando un caballo prueba el cereal ya no lo olvida jamás.

***

A Rosemary le encantó que aquel animal salvaje se hubiera acercado a ella de tan buen grado. Cuando volvimos al rancho, le dije que dejara marchar a la yegua y ella abrió el portón, pero la yegua se limitó a quedarse allí parada. Ella y Rosemary se miraron la una a la otra.

—Quiero quedármela —dijo Rosemary.

—Pensaba que querías que todos los animales vagaran libremente.

—Quiero que hagan lo que quieran —replicó—. Ésta quiere quedarse conmigo.

—Lo último que necesitamos aquí es otro caballo a medio domar —dije—. Dale un manotazo en la grupa y haz que se marche. Pertenece a la pradera.

C ON TODA LA DIVERSIÓN QUE PARA los niños signi- ficaba la vida en el rancho, yo pensaba que nece- sitaban mayor educación de la que yo podía ofrecerles. Jim y yo decidimos enviarlos a un internado. Mientras ellos estaban fuera de casa, yo podría conseguir el con- denado diploma, obtener un empleo permanente como maestra y afiliarme al sindicato, de modo que los imbé- ciles como el tío Eli y el ayudante Johnson no pudieran despedirme simplemente porque no les gustara mi forma de ser.

Puesto que el coche fúnebre había quedado bastan- te estropeado después de haber volcado —y porque el Pequeño Jim había marcado los asientos con el encende- dor del salpicadero—, el condado nos permitió comprár- selo por una bicoca. Hicimos las maletas y llevé a los ni- ños hacia el sur. Primero dejé al Pequeño Jim, que tenía ocho años, en una escuela para niños de Flagstaff, y lue- go a Rosemary, que tenía nueve, en una escuela católica para niñas en Prescott. Me quedé sentada en el coche mi- rando cómo una monja la llevaba de la mano hacia la residencia. En la puerta, Rosemary se dio la vuelta y me miró con las mejillas humedecidas por las lágrimas.

—Ahora debes ser fuerte —le grité. Yo había disfrutado mucho el tiempo que había pasado con las Hermanas de Loreto cuando era niña, y estaba segura de que tan pronto como Rosemary superara su nostalgia se adaptaría perfectamente.

—¡Algunos niños matarían por tener esta oportunidad! —aullé—. ¡Considérate afortunada!

Cuando llegué a Phoenix, encontré una pensión de mala muerte y me matriculé en más cursos de lo habitual. Creía que si pasaba dieciocho horas al día yendo a clase y estudiando podría conseguir mi diploma en dos años. Me encantó la época que pasé en la universidad y me sentía más feliz de lo que creía que me correspondía. Algunos de los estudiantes se quedaban atónitos por mi sobrecarga de trabajo, pero a mí me daba la sensación de ser una dama ociosa. En lugar de hacer las tareas del rancho, ocupándome de los animales enfermos, llevando a los escolares de aquí para allá, fregando los suelos de la escuela y enfrentándome a padres beligerantes, estaba aprendiendo acerca del mundo y haciendo que mi mente trabajara. No tenía obligaciones hacia nadie más que yo misma, y en mi vida todo estaba bajo mi control.

***

Rosemary y el Pequeño Jim no compartían mi entusiasmo por la vida académica. A decir verdad, la odiaban. El Pequeño Jim se pasaba el tiempo escapándose, saltando vallas, trepando por las ventanas, arrancando los clavos cuando las ventanas estaban clavadas y atando varias sábanas para descolgarse de los pisos superiores. Era un artista de la fuga con tantos recursos que los jesuitas empezaron a llamarle el Pequeño Houdini.

Pero los jesuitas estaban acostumbrados a tratar con otros muchachos de ranchos que también estaban sin domar, y consideraban al Pequeño Jim sólo un pillastre un poco más travieso que los demás. Las maestras de Rosemary, sin embargo, la veían como una inadaptada social. La mayoría de las niñas de su colegio eran muy recatadas y delicadas, pero Rosemary jugaba con su navaja, cantaba a lo tirolés en el coro, hacía pis en el patio y cazaba escorpiones y los metía en un frasco que guardaba bajo su cama. Le encantaba bajar por la escalera principal de la escuela a brincos, y una vez, entre salto y salto, se llevó por delante a la madre superiora. Se comportaba más o menos como en el rancho, pero lo que parece normal en una situación puede resultar tremendamente inadecuado en otra, y las monjas pensaban que a Rosemary era una niña salvaje.

Rosemary se pasaba la mayor parte del tiempo escribiéndome cartas tristes en las que contaba sus actividades. Le gustaba aprender a bailar y a tocar el piano, pero bordar y aprender las normas de etiqueta le resultaba un suplicio, y las monjas siempre le estaban diciendo que todo lo que hacía estaba mal: cantaba demasiado fuerte, bailaba con demasiado entusiasmo, hablaba cuando no le correspondía, hacía dibujos fantasiosos en los márgenes de sus libros…

Las monjas también se quejaban de que hacía comentarios fuera de lugar, aunque a veces sólo se limitaba a repetir cosas que yo le había dicho. Una vez que estaba pensando en el niño que había muerto tratando de subir con el columpio hasta el cielo, le comenté que posiblemente fuese lo mejor que le pudo pasar, porque podía haber crecido y haberse convertido en un asesino en serie. Cuando ella le dijo lo mismo a una compañera cuyo hermano había muerto, las monjas la mandaron a la cama sin cenar. Otras compañeras se metían con ella. La llamaban «palurda», «paleta» e «hija de granjero», y, cuando Jim donó veinticinco kilos de cecina de ternera a la escuela, la rechazaron porque era «un alimento de vaqueros» y se negaron a comerla, de modo que finalmente las monjas la tiraron a la basura.

Rosemary se defendía bien sola. En una carta me contó que una noche, cuando estaba fregando los platos, una compañera de clase empezó a tomarle el pelo metiéndose con su padre:

—Tu padre se cree que es John Wayne.

—Al lado de mi padre, John Wayne parece un gatito —respondió Rosemary, y sumergió la cabeza de la otra niña en el agua de fregar los platos.

«Me alegro por ella —pensé cuando leí la carta—. Tal vez haya salido un poco a su madre, después de todo».

En sus cartas, Rosemary decía que echaba de menos el rancho. Añoraba los caballos y el ganado, las lagunas y la pradera, añoraba a su hermano, a su madre y a su padre, añoraba las estrellas, el aire fresco y el sonido de los coyotes por las noches. Los japoneses habían bombardeado Pearl Harbor en diciembre, y todas en la escuela —tanto las estudiantes como las monjas— vivían atemorizadas. Una niña de la clase de Rosemary tenía un hermano en el buque de guerra *Arizona*, y cuando oyó que lo habían hundido cayó al suelo sollozando. Las monjas tenían puestas mantas en las ventanas por la noche para que no se viera ninguna luz —la gente temía que los bombarderos japoneses aparecieran en los cielos de Arizona—, y Rosemary decía que eso le daba la sensación de que no podía respirar.

«Sé fuerte», fue todo lo que se me ocurrió escribir cuando respondí a su carta. «Sé fuerte».

También corregía la ortografía de sus cartas y se las devolvía. No le hacía ningún favor si dejaba pasar sin corregir esa clase de errores.

***

Cuando acababa el primer curso de Rosemary en el colegio, recibí una carta de la madre superiora en la que me decía que pensaba que lo mejor sería que la niña no hiciese allí su segundo curso. Sus calificaciones eran malas y su comportamiento era perjudicial para la buena marcha de las clases. Ese verano obligué a Rosemary a hacer un examen y, tal como había sospechado, el resultado fue brillante. A decir verdad, excepto en matemáticas, su nota fue un cinco por ciento más alta que la media. Todo lo que tenía que hacer era centrarse. Escribí a la madre superiora para convencerla de la inteligencia de Rosemary y supliqué que le diera otra oportunidad. La madre superiora accedió a regañadientes, pero las calificaciones y la conducta de Rosemary empeoraron todavía más durante su segundo año, y cuando éste terminó la decisión de la madre superiora fue irrevocable: Rosemary no encajaba en la escuela.

El Pequeño Jim no lo había hecho mucho mejor. En aquel entonces yo ya había conseguido mi diploma universitario, y me llevé a Rosemary y al Pequeño Jim de vuelta al rancho conmigo. Los niños estaban tan contentos de estar en casa que corrieron por todas partes dando abrazos a todo lo que se cruzara en su camino —los vaqueros, los caballos, los árboles—, y luego ensillaron a *Calcetines* y a *Mancha* y cabalgaron a campo abierto, azotando a sus caballos para hacerlos galopar y chillando como locos.

COMO YA TENÍA MI DIPLOMA UNIVERSITARIO, empecé a ser solicitada como maestra. Conseguí un puesto en Big Sandy, otro pueblecito con una escuela de una única habitación, en donde matriculé tanto a Rosemary como al Pequeño Jim. Rosemary estaba encantada de no tener que regresar con las monjas.

—Cuando sea mayor —me dijo—, lo único que quiero hacer es vivir en el rancho y ser pintora. Ése es mi sueño.

Ya hacía algún tiempo que había empezado la guerra, tanto en el Pacífico como en Europa, pero aparte de la escasez de gasolina, tenía poco impacto sobre nuestra vida en la meseta del Colorado. El sol todavía salía por detrás de Mogollon Rim y el ganado pastaba vagando por la pradera. Mientras, yo rezaba por las familias que habían puesto estrellas doradas en sus ventanas porque habían perdido a su hijo en la contienda. Aunque, a decir verdad, nosotros nos preocupábamos más por las lluvias que por los japoneses y los nazis.

Lo que sí hice fue cultivar un huerto para ayudar en la defensa, más que nada por patriotismo, dado que teníamos más carne y huevos de los que éramos capaces de comer. Pero ser hortelana no figuraba en mis talentos naturales, y entre la enseñanza y el trabajo en el rancho, nunca me ocupaba de regar el huerto. Hacia la mitad del verano, los tomates y los melones se habían secado.

—No te preocupes por eso, cariño —me animó Jim—: somos rancheros, no agricultores.

***

Mi madre había muerto hacía tiempo, cuando yo estaba estudiando en Phoenix. Parece que se le envenenó la sangre a causa del mal estado de su dentadura, y sucedió todo tan rápido que no tuve posibilidad de ir al KC antes de que ella falleciera.

El verano después de mi primer año en Big Sandy, recibí un telegrama de mi padre. Después de la muerte de mi madre, Buster y Dorothy le habían metido en una residencia de ancianos en Tucson, ya que necesitaba cuidados y yo estaba demasiado ocupada estudiando como para poder ayudar a atenderlo. Pero en el telegrama mi padre decía que ahora se estaba deteriorando muy rápidamente y quería estar con su familia. «Siempre has sido mi mano derecha —escribió—. Por favor, ven a recogerme».

Sería un largo viaje. El gobierno estaba racionando la gasolina y no teníamos suficientes cupones para recorrer esa distancia. Pero yo no iba a permitir de ninguna manera que mi padre muriera solo en una ciudad extraña.

—¿Qué vas a hacer para conseguir combustible? —me preguntó Jim.

—Mendigarlo, pedirlo prestado o robarlo —contesté.

***

Cambié trozos de carne de ternera por cupones a algunas de las personas que conocía en Kingman, y sumé éstos a los que nos había asignado el gobierno. No eran todavía suficientes, pero, de todas formas, me puse en camino en el coche fúnebre. Llevé conmigo una lata de gasolina, un trozo de manguera y a Rosemary, pensando que todo ello me resultaría una ayuda.

Era pleno verano. Era el típico día abrasador de Arizona, lo que provocaba que el techo del coche fúnebre estuviera demasiado caliente para poder tocarlo. Nos dirigimos al sur, con la carretera reverberando en la distancia. Rosemary iba tranquila, algo poco habitual en ella, mirando por la ventanilla.

—¿Qué te sucede? —pregunté.

—Estoy triste por el abuelo.

—Si te deprimes, todo lo que debes hacer es comportarte como si te sintieras bien, y luego te darás cuenta de que así es como te sientes —le dije, y me puse a cantar mi canción favorita, *Doodle-dee-doo-rah, doodle-dee-doo-ray*.

Rosemary tenía sus prontos, pero nunca le duraban demasiado, y poco después las dos estábamos cantando a grito pelado las melodías de *Deep in the Heart of Texas*, *Drifting Texas Sands*, *San Antonio Rose* y *Beautiful, Beautiful Texas*.

Recogimos a todos los soldados que estaban haciendo autoestop —y les hacíamos cantar con nosotras—, pero ninguno de ellos tenía cupones de gasolina, y cuando estábamos llegando a Tempe, el indicador de combustible empezó a acercarse a cero. Me metí en un sitio en el que paraban camiones y aparqué al lado de un par de ellos de esos que hacían recorridos de larga distancia. Luego cogí a Rosemary con una mano y la lata de gasolina en la otra y entré en la cafetería.

Los clientes eran casi todos hombres que llevaban sombreros de vaquero manchados de sudor. Estaban sentados en la barra tomando café y fumando cigarrillos. Unos cuantos alzaron la vista cuando entré.

Respiré hondo.

—Por favor, ¿podrían todos ustedes prestarme atención? —dije en voz bien alta—. Mi hija y yo estamos tratando de llegar a Tucson para recoger a mi padre, que se está muriendo, pero nos estamos quedando sin gasolina. Si algunos de ustedes fueran tan amables de echarnos una mano con cuatro litros —o sólo dos—, podríamos completar la siguiente etapa de nuestro viaje.

Hubo un momento de silencio y los hombres se miraron unos a otros, esperando a ver cómo reaccionaba el resto. Entonces uno asintió con la cabeza, y luego otros dos más hicieron lo mismo, y de pronto a todos les pareció que era lo que había que hacer.

—Por supuesto, señora —dijo uno.

—Me alegro de hacerle un favor a una dama en apuros —aseguró otro.

—Y si se queda sin gasolina, aquí el viejo Slim empujará el coche.

Todos empezaron a reír alegremente. De hecho, parecían encantados de tener la oportunidad de realizar una buena acción. En el aparcamiento, todos los hombres extrajeron, succionando con la goma, más o menos unos cuatro litros de sus propios vehículos; conseguimos llenar casi dos tercios del depósito. Les di un abrazo y un beso a todos aquellos hombres, y cuando estábamos arrancando miré a Rosemary.

—Lo conseguimos, hija —dije. Yo estaba sonriente, me sentía como el gato cuando acaba de beberse la leche—. ¿Quién dijo que no sé actuar como una dama?

TUVIMOS QUE VOLVER A DETENERNOS una vez más para pedir gasolina. Se nos presentó un problemilla cuando un imbécil dijo con una sonrisita maliciosa que por supuesto que sacaría de su depósito los cuatro litros de la lata si yo le chupaba a él la manguera, pero le di una bofetada con el revés de la mano y seguimos viaje hasta la siguiente parada de camiones, confiando en que la mayor parte de los hombres a los que les pidiéramos ayuda demostraran ser unos caballeros, y lo fueron.

Logramos llegar a Tucson al día siguiente. La residencia de ancianos en donde estaba alojado mi padre era en realidad una pensión en estado ruinoso regentada por una mujer que tenía alguna que otra habitación disponible.

—No he podido arrancar a su padre ni una sola palabra desde que llegó aquí —dijo, y nos acompañó por el salón hacia su habitación.

Mi padre yacía de espaldas en medio de la cama, con la sábana tapándole hasta la barbilla. Le habíamos visitado a él y a mi madre en Nuevo México un par de veces, pero hacía ya varios años que no le veía y no tenía muy buen aspecto. Estaba delgado, con la piel amarillenta y los ojos profundamente hundidos. Hablaba con un graznido, pero yo podía entenderle tan bien como siempre.

—He venido para llevarte a casa —dije.

—No lo conseguiremos —contestó—. Estoy demasiado enfermo para moverme.

Me senté a su lado en la cama y Rosemary también, junto a mí, y le agarró la mano. Yo estaba orgullosa al ver que no mostraba ninguna aversión ante el estado del anciano. Se había entristecido por su abuelo en el camino, pero ahora que estaba allí se ponía a la altura de las circunstancias. Más allá de lo que pensaran las monjas, la niña tenía cerebro, columna vertebral y corazón.

—Parece que me voy a morir aquí —dijo mi padre—, pero no quiero que me entierren aquí. Prométeme que llevarás mi cuerpo de regreso al KC.

—Te lo prometo.

Él sonrió.

—Siempre he sabido que podía contar contigo.

Murió esa noche. Parecía como si hubiera estado aguantando hasta que yo llegara y, cuando supo que sería enterrado en el rancho, dejó de preocuparse y simplemente se dejó ir.

***

A la mañana siguiente, algunos de los hombres de la pensión nos ayudaron a trasladar el cuerpo hasta el coche fúnebre y ponerlo en la parte de atrás. Bajé todas las ventanillas antes de partir. Necesitaríamos muchísimo aire fresco. En medio de Tucson, nos detuvimos en un semáforo y dos niños que estaban de pie en una esquina de la calle empezaron a gritar:

—¡Eh, esa señora lleva un muerto en la parte de atrás!

No pude enfurecerme porque lo que decían era cierto, así que me limité a saludarlos con la mano y a pisar el acelerador tan pronto como se encendió la luz verde. Sin embargo Rosemary se hundió en su asiento.

—La vida es muy corta, cariño —dije—, para preocuparse de lo que otras personas piensen de ti.

Salimos de Tucson en un abrir y cerrar de ojos y empezamos a atravesar el desierto a toda velocidad, encaminándonos al este, hacia el sol de la mañana. Yo conducía más rápido que nunca —los coches que avanzaban en dirección contraria pasaban como un relámpago—, ya que quería asegurarme de llegar al rancho antes de que el cuerpo empezara a descomponerse. Supuse que si me paraba la policía me perdonarían cuando vieran la carga que llevaba.

Tuve que detenerme un par de veces para pedir gasolina. Como me di cuenta de que los conductores podrían descubrir el cadáver cuando vinieran a echarla, cambié el discurso.

—Caballeros —decía—, tengo el cadáver de mi padre en la parte trasera de mi coche, y estoy tratando de llevarlo a casa para enterrarlo tan rápido como sea posible con este calor.

Eso ciertamente los sobresaltaba —un tipo casi se atraganta con el café—, pero se mostraban todavía más solícitos y dispuestos a ayudar que los del viaje de ida, y logramos llegar al rancho antes de que el hedor se volviera insoportable.

D IMOS SEPULTURA A MI PADRE en el pequeño cementerio rodeado por una valla de piedra en donde estaban enterrados todos los que habían muerto en el rancho. A petición suya, lo enterramos con su sombrero Stetson de cien dólares puesto, el que tenía la banda bordada con cuentas y los cascabeles de dos serpientes de cascabel que él mismo había matado. Él habría querido que utilizáramos la escritura fonética en su lápida, pero en eso no le obedecimos, pues supusimos que la gente pensaría que no sabía deletrear las palabras.

Su muerte no me hundió tanto como la de Helen. Al fin y al cabo, todos lo habían dado prácticamente por muerto cuando, en su infancia, un caballo le había dado una coz en la cabeza. En cambio había burlado a la muerte y, pese a su cojera y a su defecto de dicción, había vivido una larga vida haciendo en buena medida lo que había querido. No le habían tocado las mejores cartas posibles, pero las había jugado condenadamente bien, así que no había ninguna razón para afligirse.

***

Mi padre le dejó el rancho KC a Buster y la granja del arroyo de Salt a mí, pero al revisar sus papeles, algo que no resultó nada fácil, descubrí que debía miles de dólares en impuestos de la propiedad de Texas. Cuando Rosemary y yo partimos para realizar el largo viaje de regreso a Seligman, me planteé cuáles eran mis alternativas. ¿Vendíamos las tierras para pagar los impuestos? ¿O nos las quedábamos y pagábamos los impuestos echando mano del dinero que habíamos ahorrado para comprar Hackberry?

Seguíamos deteniéndonos en el camino para mendigar gasolina, y un par de veces pedí a Rosemary que soltara ella el discurso. Al principio se sentía tan avergonzada que apenas lograba articular palabra, pero yo pensaba que tenía que aprender el arte de la persuasión, y al final se concentraba en su papel con entusiasmo, encantada de tener doce años y poder hablar a personas mayores desconocidas para conseguir que hicieran algo por ella.

Como premio, decidí desviarnos hasta Albuquerque a ver la llamada Virgen del Sendero. La estatua había sido colocada varios años antes, y yo siempre había querido ir a echarle un vistazo por mí misma. Estaba situada en un pequeño parque y tenía casi siete metros de altura. Se trataba de la figura de una pionera con gorro y botas de piel sosteniendo un bebé en una mano y un rifle en la otra, y con otro niño agarrado a su falda. Yo me consideraba una persona sensata, poco propensa a lloriqueos sentimentales —y la mayor parte de las estatuas y cuadros me resultaban fruslerías inútiles—, pero había algo en aquella imagen que casi me llena los ojos de lágrimas.

—Es bastante fea —señaló Rosemary—. Y la mujer da un poco de miedo.

—¿Estás bromeando? —dije yo—. Esto es arte.

***

Cuando regresé al rancho, Jim y yo nos sentamos para decidir qué debíamos hacer con nuestras tierras del oeste de Texas. Jim dudaba, pero, por alguna razón, ver la escultura de la pionera me había convencido de aferrarme a las tierras que mi padre había colonizado.

Para empezar, la tierra era la mejor inversión. A largo plazo, siempre que uno la tratara con respeto, aumentaba su valor. Y aunque las tierras del oeste de Texas eran de una sequedad extrema, estaban haciendo perforaciones de petróleo en todo el estado —los papeles de mi padre contenían alguna correspondencia con la Standard Oil—, y bien podríamos estar en posesión de un gran campo de oro negro.

Pero en realidad las tierras del oeste de Texas que tenía mi padre me llamaban por una razón más profunda. Tal vez fuese mi parte irlandesa, pero todos los miembros de mi familia, si retrocedo hasta mi abuelo —él había venido a los Estados Unidos desde el condado de Cork, en donde toda la tierra era propiedad de unos ingleses que se quedaban con casi todo lo que uno producía—, siempre habían estado obsesionados con la tierra. Ahora, por primera vez en mi vida, tenía la oportunidad de ser propietaria de una pequeña parte. No había nada que se comparase con estar de pie sobre un trozo de tierra de tu propiedad libre de deudas. Nadie podía echarte de ella, nadie podía quitártela, nadie podía decirte qué hacer con ella. El suelo te pertenecía, al igual que cada roca, cada brizna de hierba, cada árbol y toda el agua y los minerales que hubiera bajo el suelo, sin parar hasta el centro de la Tierra. Y si el mundo se iba derechito al infierno —como parecía estar sucediendo—, les podías decir adiós a todos y retirarte a tus tierras, viviendo de ellas. La tierra le pertenecía a uno y a los suyos para siempre.

—¡Pero es un pedazo de tierra totalmente improductiva! —dijo Jim.

Argumentó que no podía criarse un rebaño demasiado grande en sesenta y cinco hectáreas y que pagar los impuestos pendientes significaría una sangría importante en nuestro fondo destinado a comprar Hackberry.

—Podría suceder que no juntáramos lo suficiente para comprar Hackberry —dije yo—. Y una cosa está clara, que soy una jugadora lista, y el jugador listo siempre va a lo seguro.

Pagamos los impuestos y nos convertimos en unos auténticos terratenientes de Texas. Estaba segura de que la Virgen del Sendero lo habría aprobado.

SOLÍAMOS LLEVAR GANADO AL MERCADO en primavera y otoño, pero ese año el rodeo de otoño se retrasó hasta Navidad porque, a causa de la guerra, los militares estaban usando los ferrocarriles para trasladar tropas y aprovisionamientos por toda la zona, y Navidad fue el único momento en que los trenes quedaron disponibles. Pero eso también supuso que Rosemary, el Pequeño Jim y yo pudiéramos echar una mano, algo que fue estupendo, porque por culpa de la guerra también había escasez de vaqueros. Generalmente teníamos más de treinta vaqueros en un rodeo, pero ese año nos quedamos con la mitad.

Tanto Rosemary como el Pequeño Jim habían ido a los rodeos desde que empezaron a andar, primero cabalgando a la grupa de mi caballo y del de Jim, y luego en sus propios ponis. Aun así, el Gran Jim no quiso que estuvieran en medio de la manada, en donde hasta los mejores vaqueros podían ser tirados de sus caballos y pisoteados por el ganado cuando se ponía nervioso. Así que puso a Rosemary y al Pequeño Jim a trabajar de escoltas, persiguiendo a los animales descarriados y a los rezagados que se escondían en los arroyos. Yo seguí a la manada en la camioneta, transportando los sacos de dormir y la comida.

Ese diciembre fue frío, y podía verse el vapor que ascendía desde los caballos cuando iban y venían para mantener junta la manada en su desplazamiento por la pradera. Rosemary cabalgaba sobre el viejo *Buck*, un percherón color gamuza que era tan listo que Rosemary podía soltar las riendas y él arrinconaba a los animales descarriados por sí mismo, mordiéndoles el trasero para reconducirlos otra vez hacia el rebaño.

A Rosemary le encantaban los rodeos, salvo por una cosa: en secreto hacía campaña en favor del ganado. Pensaba que eran animales amables y sabios, que en el fondo de su corazón sabían que los estábamos conduciendo hacia la muerte y por eso sus mugidos tenían un tono tan lastimero. Yo sospechaba que de vez en cuando ayudaba a escaparse a algún novillo perdido. Una vez, cuando llevábamos varios días de arreo, Jim vio un animal descarriado moviéndose furtivamente por un arroyo y mandó a Rosemary a buscarlo. Oímos relinchar al viejo *Buck*, pero poco después Rosemary volvió y, con ojos inocentes, declaró que no había podido encontrar al animal.

—Simplemente se esfumó —dijo alzando las manos y encogiéndose de hombros—. Es un misterio.

Jim sacudió la cabeza y mandó a Fidel Hanna, un joven havasupai, al mismo el arroyo. Al poco rato, éste regresó al trote trayendo al animal perdido delante de él.

Jim le dirigió una mirada severa.

—¿Qué demonios estás haciendo? —preguntó.

—No fue culpa suya, jefe —dijo Fidel Hanna—. El animal estaba escondido en un barranco.

Jim no parecía que se hubiera creído por completo la historia, pero al menos sirvió para sacar a Rosemary del apuro. Fidel le dirigió una mirada a la niña, y vi que le hacía un leve guiño.

Ese año Rosemary había cumplido trece años, lo que la colocaba al borde de convertirse en una mujer —las niñas de mi generación a veces se casaban a esa edad—, y a partir de ese momento se quedó prendada de Fidel Hanna. Él, por su parte, tendría dieciséis o diecisiete años, y era un muchacho alto, bien parecido, con un rostro anguloso, y aunque parecía malhumorado y distante también era amable. Tenía una manera lánguida de moverse, usaba un sombrero negro con una concha plateada brillante y cabalgaba como si su cuerpo formara parte del caballo.

Rosemary era por entonces bastante atractiva, con el cabello rubio oscuro, una boca ancha y unos insolentes ojos verdes, pero parecía no ser consciente de ello y seguía comportándose como una perfecta marimacho. Su flechazo con Fidel Hanna la confundió, y empezó a actuar tontamente. Muchas veces él la pillaba mirándole. Le desafiaba a peleas de lucha india, pero también hacía dibujos de él montado sobre su caballo y se los dejaba por la noche bajo su silla de montar.

Los otros vaqueros se dieron cuenta y empezaron a burlarse de Fidel Hanna. Llegué a la conclusión de que había que mantener vigilada la situación.

—Ten cuidado cuando estés entre los vaqueros —le dije a Rosemary.

—¿Qué quieres decir? —preguntó ella poniendo la misma expresión de inocencia que había mostrado ante Jim cuando dijo que no había encontrado el animal descarriado.

—Ya sabes a qué me refiero.

***

Como había poca demanda de carne de vacuno debido a la guerra, llevamos solamente dos mil cabezas de ganado, no las cinco mil habituales, y cuando reunimos a toda la manada la condujimos al este a través de la meseta hasta los corrales de carga en Williams. Cuando llegamos allí, yo ensillé a *Diamante*, uno de nuestros caballos de raza cuarto de milla, para ayudar en el encierro en el corral y el embarque. Cuando estábamos casi acabando, dos novillos se escabulleron de la rampa y se dirigieron por un portón abierto hacia la pradera.

—¡Vamos, bonitos, vamos! —gritó Rosemary.

Yo le dirigí una mirada hostil, y ella se tapó la boca con la mano, con lo que me di cuenta de que ni siquiera sabía lo que estaba diciendo. Simplemente se le habían escapado esas palabras.

Fidel Hanna y yo perseguimos a los dos fugitivos y los condujimos de nuevo hasta la rampa, en donde fueron embarcados en los vagones de ganado junto con el resto de la manada. Troté hasta donde estaba Rosemary, montada sobre *Buck*.

—¿No me habías dicho que querías vivir en el rancho cuando seas mayor? —le pregunté.

Rosemary asintió con la cabeza.

—¿Qué diablos crees que hacemos en los ranchos?

—Criar ganado.

—Criar ganado para venderlo, lo que significa enviarlo al matadero. Si eso te disgusta y tomas partido por el ganado porque deseas que se quede en libertad, no tienes madera para vivir en un rancho.

***

Habíamos regresado al rancho y estábamos en el granero desensillando los caballos y limpiando los aperos cuando Rosemary dio unos pasos hacia donde estábamos Jim y yo.

—Quiero aprender a desollar un novillo —dijo.

—¿Para qué diablos? —pregunté.

—Ése es el trabajo más repugnante del rancho —advirtió Jim—. Aún peor que castrar a los machos.

—Puesto que voy a ser ranchera, es algo que debo aprender —dijo Rosemary.

—Supongo que en eso tienes razón —admitió Jim.

En la época del rodeo, cuando teníamos empleados a un montón de vaqueros, sacrificábamos un novillo al menos una vez por semana. Unos días más tarde, Jim escogió un Hereford de tres años de aspecto saludable. Lo llevó a la caseta de la carne, le dio un tajo certero en el cuello, lo destripó, le cortó la cabeza con una sierra y lo colgó de un gancho, y luego dos de los vaqueros utilizaron una polea para izarlo.

Dejamos la res colgada durante un día, y la mañana siguiente regresamos todos a aquel lugar para el despiece. Jim utilizó la piedra de afilar a pedal para darle al cuchillo el filo de una navaja sosteniéndolo con ambas manos y moviéndolo hacia atrás y hacia delante a lo largo de la piedra giratoria, de donde salían chispas.

Rosemary, que miraba en silencio, estaba pálida. Yo sabía que ella consideraba a las cabezas de ganado criaturas que nunca le habían hecho daño a nadie, y ahora estaba de pie frente a un novillo que había matado su padre armándose de valor para cortarlo en pedazos. Cuando yo era niña, la castración y la matanza formaban parte de mi vida, pero desde que nos habíamos mudado al rancho el trabajo sangriento lo llevaban a cabo los vaqueros, y Rosemary se había mantenido apartada de todo aquello.

Pero la niña intentaba ser valiente, y cuando Jim se ató el delantal de carnicero de piel alrededor de la cintura, ella empezó a tararear. Jim le pasó el cuchillo y le guió la mano hasta el punto de la parte inferior de la pierna en donde tenía que realizar el primer tajo. Mientras bajaba el cuchillo cortando la piel, empezó a llorar en silencio, pero se mantuvo en sus trece, mientras su padre dirigía los movimientos con voz suave y firme, diciéndole que tuviera cuidado de no cortar la carne.

Pronto las manos de Rosemary quedaron bañadas de sangre, y se manchó con ella la cara cuando intentó enjugar sus lágrimas, pero en ningún momento se dio por vencida. Tardaron casi todo el día, y finalmente quitaron la piel y despiezaron la res.

Cuando todo hubo concluido, eché serrín en el suelo cubierto de sangre mientras Jim limpiaba las herramientas. Rosemary colgó el delantal de piel, se lavó las manos en un cubo y salió sin decir palabra. Jim y yo nos miramos el uno al otro, pero tampoco dijimos nada. Ambos sabíamos que ella había demostrado que podía hacerlo, pero también que no tenía verdaderamente corazón para ello, y ninguno de nosotros volvió a mencionar aquel asunto jamás.

Pensaba que Rosemary no querría nunca más comer carne, pero tenía un auténtico don para expulsar lo desagradable de su mente, y esa noche se zampó su filete con fruición.

EL VERANO SIGUIENTE RECIBÍ una carta de Clarice Pearl, una jefaza del Departamento de Educación de Arizona. Quería investigar las condiciones de vida de los niños de los havasupai, que vivían en una franja remota del Gran Cañón. Venía con una enfermera de Asuntos Indígenas para determinar si los niños cumplían con los estándares de higiene. Me pedía que las llevara en coche hasta el cañón y que dispusiera unos caballos y un guía para que nos condujeran por el largo trecho que bajaba a la aldea havasupai.

Fidel Hanna, el joven bracero havasupai del rancho de quien se había quedado prendada Rosemary, vivía en la reserva cuando no se quedaba en el rancho, y le pedí que organizara la visita. Se rió y sacudió la cabeza cuando le dije cuál era el motivo del viaje de la superintendente y la enfermera.

—Venir a examinar a los salvajes… —dijo—. Mi padre solía contar que, durante siglos, los hombres havasupai se levantaban por la mañana, se pasaban el día cazando y pescando, volvían a casa, jugaban con sus niños y se acostaban con sus mujeres por la noche. Pensaban que la vida era algo bastante bueno, pero entonces llegó el hombre blanco y dijo: «Tengo una idea mejor».

—Comprendo lo que quería decir tu padre —afirmé—. Pero el mío también solía pasarse el día sentado añorando el pasado, y he visto cómo esa clase de pensamiento le carcome a uno.

***

Conduje el coche fúnebre hasta Williams, llevando a Rosemary conmigo, para recoger en la estación a la señorita Pearl y a Marion Finch, la enfermera. Ambas eran corpulentas, llevaban la boca fruncida y el cabello corto y sujeto con horquillas. Pertenecían a ese tipo de benefactoras a las que todo les parece mal. Siempre tenían unos parámetros muy exigentes, y en todo momento te señalaban que no dabas la talla si te comparabas con ellas.

Cuando partimos hacia el norte, traté de entretener a mis clientas explayándome un poco sobre las tradiciones indias. *Pai* significa «gente», expliqué. *Havasupai* quiere decir «gente del agua verde azulada». También estaban los yavapai, la «gente del sol», y los walapai, la «gente del pino alto». Los havasupai, que vivían en un valle estrecho a orillas del río Colorado, consideraban sagrada el agua y arrojaban a sus bebés en ella cuando tenían un año de edad.

—Ésa es la clase de prácticas que nos preocupan —dijo la señorita Finch.

Le eché una mirada a Rosemary y puse los ojos en blanco. Ella reprimió una sonrisa.

***

Al cabo de unas dos horas llegamos a Hilltop, un paraje desolado rodeado de artemisas, al borde del cañón, desde donde el sendero descendía hasta la aldea. No había ni rastro de Fidel Hanna. Salimos las cuatro del coche fúnebre y nos quedamos allí de pie, escuchando el viento; mis dos clientas estaban claramente disgustadas con lo informales que eran los infieles a los que habían venido a ayudar. De pronto una banda de jóvenes indios a caballo, medio desnudos y con el rostro pintado, subió al galope por el sendero y nos rodeó, y comenzaron a aullar y blandir sus lanzas. La señorita Pearl se puso blanca y la señorita Finch soltó un chillido y se cubrió la cabeza con los brazos.

Pero yo ya me había dado cuenta de que el cabecilla, cubierto con pintura de guerra, era Fidel Hanna.

—Fidel Hanna, ¿qué demonios te crees que estás haciendo? —grité.

Fidel se detuvo frente a nosotros.

—No se preocupen —dijo sonriendo burlonamente—. No les arrancaremos la cabellera a las señoras blancas. ¡Tienen el pelo demasiado corto!

Él y los otros muchachos havasupai empezaron a reírse; estaban tan jubilosos y exaltados por el éxito de su broma y lo aterrorizadas que estaban las benefactoras que casi se caen de los caballos. Rosemary y yo no pudimos evitar reírnos entre dientes, pero mis clientas estaban indignadas.

—Sois carne de reformatorio —dijo la señorita Pearl.

—No han hecho ningún daño a nadie —dije yo—. Son sólo unos chicos jugando a indios y vaqueros.

Fidel señaló a tres de sus amigos, que se estaban partiendo de risa como los otros, y éstos se bajaron de sus caballos.

—Éstas son vuestras cabalgaduras —nos dijo. Luego le tendió la mano a Rosemary—. Tú puedes cabalgar conmigo —dijo mientras tiraba de su mano para subirla a su grupa, y antes de que yo pudiera decir nada estaban bajando al galope por el sendero.

***

La señorita Pearl, la señorita Finch y yo los seguimos al paso montadas en nuestros caballos. El sendero hasta la aldea tenía trece kilómetros de largo, y nos llevó casi todo el día recorrerlo. El camino caía a un lado del cañón serpenteando, mientras que el otro lado estaba formado por paredes de piedra caliza y arenisca en capas, como gigantescas pilas de papeles viejos. Varios años antes, unos misioneros habían intentado transportar un piano hasta la aldea para que los havasupai pudieran cantar himnos, pero el piano se había caído por un precipicio. Pasamos junto a sus restos destrozados —teclas blancas y negras, cuerdas retorcidas herrumbrosas y madera desportillada—, que yacían dispersos entre las rocas.

Al cabo de unas horas, llegamos a un lugar en el que brotaba agua fría de un manantial. Allí terminaba el paisaje rocoso de la parte alta del cañón, dando paso a una exuberante vegetación. El sendero estaba flanqueado por álamos de Virginia y sauces. El ambiente era fresco, húmedo y tranquilo.

Rosemary, Fidel y sus amigos estaban esperándonos al lado del riachuelo, donde pastaban sus caballos, y proseguimos el camino todos juntos. El riachuelo, alimentado por más manantiales, aumentaba su corriente y su tamaño a medida que avanzábamos. Finalmente llegamos a un lugar en donde el riachuelo descendía en una serie de pequeñas cascadas, y luego seguimos cabalgando bastante tiempo antes de desembocar en el lugar más impresionante que yo hubiera visto en toda mi vida. El arroyo vertía sus aguas a través de un hueco en la pared de un barranco y caía en cascada treinta metros sobre un lago de color turquesa. El aire estaba lleno de la neblina que provocaba en su atronadora caída. El vívido verde azulado del agua provenía de la cal que arrastraba el agua que surgía de los manantiales subterráneos. La humedad del aire estaba impregnada de la misma cal y había tapizado todo lo que estaba en las proximidades de la cascada —árboles, arbustos, rocas— con una costra blanca cristalizada, creando un gran jardín escultórico natural.

Era media tarde cuando entramos en la aldea havasupai: una serie de chozas construidas con zarzo donde el arroyo desembocaba en el río Colorado. Alrededor de las chozas, el arroyo alimentaba varias charcas del mismo color turquesa. Había niños havasupai desnudos chapoteando en el agua. Todos desmontamos, y Fidel y sus amigos se zambulleron en la poza más grande.

—Mamá, ¿puedo ir a nadar yo también? —preguntó Rosemary, tan deseosa de meterse en el agua que pegaba botes de impaciencia.

—No tienes traje de baño —dije.

—Puedo bañarme en ropa interior.

—Por supuesto que no —saltó la señorita Pearl—. Ya ha sido lo suficientemente inapropiado que cabalgaras detrás de ese chico indio.

—Y sería antihigiénico —añadió la señorita Finch—. A saber qué puede encontrarse uno en esa agua.

***

Fidel nos llevó a la choza de los huéspedes. Era pequeñita, pero había suficiente sitio para que las cuatro nos tendiéramos en las esterillas sobre el suelo de tierra. La señorita Pearl y la señorita Finch querían descansar, pero a Rosemary y a mí todavía nos quedaba gasolina, y cuando Fidel se ofreció a mostrarnos el valle, nos apuntamos de inmediato.

Buscó caballos frescos para todos nosotros y salimos a dar una vuelta. Paredes de arenisca de Coconino roja y piedra caliza de Kaibab rosada se alzaban verticales a ambas márgenes del río. La delgada franja de tierras bajas era verde y fértil, y pasamos cabalgando al lado de hileras de maíz sembrado densamente. Hubo un tiempo, nos dijo Fidel, en que los havasupai se pasaban el invierno cazando en la meseta y bajaban al valle en verano para cultivar. Pero desde que perdieron sus territorios de caza tradicionales a manos de los colonos blancos, permanecían en ese refugio, en la parte baja del valle, todo el año; era el punto más remoto de todo el oeste, una tribu secreta, oculta, que vivía a la antigua usanza mientras la mayor parte de la gente del mundo exterior ni siquiera sabía de su existencia. Fidel señaló un par de columnas de roca roja más altas que la pared del barranco. Nos explicó que eran las Wigleeva. Protegían a la tribu. Se decía que cualquier havasupai que se fuera para siempre se convertiría en piedra.

—Este lugar es el paraíso —dijo Rosemary—. Aún más que el rancho. Podría quedarme a vivir aquí para siempre.

—Sólo los havasupai viven aquí —dijo Fidel.

—Me convertiría en havasupai —replicó ella.

—No puedes convertirte en havasupai —intervine yo—. Tienes que haber nacido siéndolo.

—Bueno —dijo Fidel—, los mayores dicen que los blancos no pueden casarse con gente de la tribu, pero, por lo que yo sé, nadie lo ha intentado todavía. Así que tal vez tú puedas ser la primera.

***

Cuando llegó la noche, los havasupai nos ofrecieron tortas de maíz fritas envueltas en hojas, pero la señorita Finch y la señorita Pearl no querían tomar nada de eso, así que comimos galletas y cecina que había traído yo.

Al día siguiente, la señorita Finch les hizo exámenes médicos a los niños havasupai mientras la señorita Pearl hablaba de su educación con sus padres, a veces utilizando a Fidel como intérprete. La aldea tenía una escuela con un aula, pero, de vez en cuando, el estado decidía que los niños havasupai no estaban recibiendo una educación adecuada y bajaban al valle y seleccionaban a algunos para enviarlos internos a un colegio, quisieran los padres o no. Allí aprendían inglés y eran instruidos para trabajar de porteros, conserjes o telefonistas.

Tras haberse pasado la mañana haciendo de intérprete para la señorita Pearl, Fidel se sentó junto a mí y Rosemary.

—Vosotros y vuestra gente pensáis que estáis ayudando a estos niños —dijo—, pero al final lo que pasa es que no se adaptan ni al valle ni al mundo exterior. Mirad lo que me pasó a mí. A mí también me mandaron a esa escuela.

—Bueno, al menos cuando te fuiste no te convertiste en piedra —señaló Rosemary.

—Lo que se convierte en piedra está en tu interior.

***

Por la tarde, Rosemary y yo dimos un paseo por la aldea. Ella seguía fastidiándome con que quería ir a nadar. Me di cuenta de que se imaginaba de verdad a sí misma viviendo allí.

—Mamá, esto es el Jardín del Edén —decía continuamente—. El Jardín del Edén todavía existe en este planeta.

—No idealices esta forma de vida —la advertí—. Yo nací en una casa excavada en la tierra, y te cansas bastante rápido de eso.

Por la noche, después de cenar unas galletas y cecina, nos acostamos temprano otra vez, pero me desperté en mitad de la noche a causa de unos gritos. Rosemary, goteando agua, estaba de pie, fuera de la choza, envuelta en una manta. La señorita Pearl la tenía cogida de un brazo y la estaba sacudiendo, al tiempo que explicaba que se había levantado para tomar un poco de aire fresco, había oído risas y había encontrado a Rosemary, Fidel y unos cuantos niños indios nadando desnudos en la poza a la luz de la luna.

—¡No estaba desnuda! —gritó Rosemary—. Tenía puesta la ropa interior.

—Como si hubiera alguna diferencia —dijo la señorita Pearl—. Esos niños podían *verte*.

Lo que acababa de oír me cegó de rabia. No podía creer que Rosemary hubiera hecho eso. Yo sabía que la señorita Pearl estaba horrorizada, no sólo con Rosemary, sino también conmigo, y estaría preguntándose qué clase de madre habría criado a una chica tan desvergonzada. La señorita Pearl también podría concluir que eso me incapacitaba para ser maestra. Pero con quien yo estaba realmente furiosa era con Rosemary. Había dormido a su lado todas las noches para protegerla. Y creía que habría aprendido a ser más lista, que le había enseñado que los jóvenes eran peligrosos, que situaciones aparentemente inocentes podían causar problemas, que un paso en falso podía llevar a un desastre del que no se recuperaría jamás. Además le había dicho explícitamente que no podía ir a nadar, y ella me había desobedecido.

Agarré a Rosemary del pelo, la arrastré dentro de la choza y la arrojé al suelo; luego cogí mi cinturón y empecé a azotarla. De mí salió algo oscuro, tan oscuro que me asustó, pero aun así seguí golpeándola mientras ella se arrastraba por el suelo de tierra gimoteando, hasta que tuve la repugnante sensación de que había ido demasiado lejos. Entonces arrojé a un lado el cinturón y salí de la choza, pasando indignada al lado de la señorita Pearl y la señorita Finch, y me perdí en la oscuridad de la noche.

AL DÍA SIGUIENTE, EMPRENDIMOS la larga cabalgata de regreso para subir hasta el borde del cañón.
Fidel Hanna había desaparecido del mapa, pero uno de los
muchachos havasupai nos acompañó para llevarse de vuelta los caballos. La señorita Pearl no paraba de comentar
que iba a denunciar a Fidel Hanna ante el sheriff por cometer indecencias con una menor, pero Rosemary y yo
guardábamos silencio. Cada vez que yo volvía los ojos
hacia Rosemary, ella tenía la mirada clavada en el suelo.

Cuando volvimos al rancho, esa misma noche, me
acosté en la misma cama que Rosemary y traté de rodear-
la con el brazo, pero ella lo apartó, rechazándome.

—Sé que estás furiosa conmigo, pero te merecías
esos azotes —dije—. No había otra manera de que apren-
dieras la lección. ¿Crees que la has aprendido?

Rosemary estaba acostada de lado mirando fijamente a la pared. Siguió en silencio durante un minuto, y luego dijo:

—Lo único que he aprendido es que cuando tenga
hijos nunca les pegaré.

***

Ese viaje al Jardín del Edén nos salió mal prácticamente a todos. Después de contarle a Jim lo sucedido, estuvimos de acuerdo en que no volveríamos a contratar a Fidel Hanna. Aunque ya no tuvimos que preocuparnos más por ese asunto, porque cuando el muchacho oyó que la señorita Pearl amenazaba con denunciarlo ante el sheriff, se alistó en el ejército.

Se convirtió en un tirador de primera y lo enviaron a luchar en las islas del Pacífico, pero finalmente la contienda le desquició y volvió a casa aquejado de neurosis de guerra. No mucho después de haber regresado, perdió la razón por completo y tiroteó un poblado hopi. No murió nadie, y cuando Fidel salió de la cárcel estatal de Florence, volvió al valle. Pero los havasupai no le admitieron en la aldea porque había llenado de vergüenza a la tribu, y se convirtió en un paria que vivía sin compañía en un solitario rincón de la reserva. Al final se había convertido en piedra.

D ESPUÉS DEL DESAGRADABLE EPISODIO de Fidel Hanna, llegué a la conclusión de que el rancho no era un buen sitio para mi hija adolescente. Si había ido a bañarse desnuda con Fidel, lo volvería a hacer con cualquier otro jornalero del rancho que le gustara. Para inculcarle un sentido apropiado de la prudencia en lo concerniente al trato con los hombres, le di a Rosemary ejemplares de la revista *Confesiones verdaderas,* con artículos como «Nos encontrábamos en los callejones y él me hizo bajar por el sendero del pecado». También escribí a la madre superiora de la escuela de Prescott diciéndole que Rosemary había madurado y estaba ansiosa por volver a integrarse en el colegio.

Rosemary no quería ir, pero de todas maneras la mandamos. Al poco de haberse marchado, empezamos a recibir cartas en las que mostraba su añoranza por la familia, así como informes de las pésimas calificaciones que estaba obteniendo. Lo único que quería hacer, según explicaba la madre superiora, era dibujar y montar a caballo. Yo empezaba a exasperarme con Rosemary, pero también con aquellas monjas que no eran capaces de hacer pasar por el aro a una chica fantasiosa de catorce años poco aplicada.

Pero entonces sucedió algo que supuso un motivo de preocupación mucho mayor.

***

Los ingleses nos escribieron una carta diciendo que, a causa de la guerra, iban a vender el rancho para colocar su dinero en la industria del armamento. Si podíamos reunir un grupo de inversores considerarían nuestra oferta, pero a partir de ese momento el rancho estaba a la venta.

Jim y yo habíamos estado ahorrando todo el dinero posible, y nuestro capital era una suma considerable —sobre todo gracias a que los ingleses le habían dado primas a Jim durante los años más prósperos—, pero no se acercaba siquiera al mínimo necesario para comprar Hackberry, y mucho menos toda la extensión de tierras. Jim habló con rancheros vecinos sobre la posibilidad de formar algún tipo de sociedad. También se reunió con algunos banqueros, y yo me puse en contacto con Buster, que seguía en Nuevo México, pero el hecho era que, por culpa de la guerra, casi nadie tenía ni dónde caerse muerto. La gente racionaba las telas, recogía botes de hojalata y cultivaba huertos para colaborar en la defensa del país.

Casi todo el mundo estaba en esa situación.

***

Una mañana de enero, más o menos al mediodía, un gran coche blanco se detuvo delante del edificio principal del rancho y bajaron tres hombres. El primero llevaba un traje negro, el segundo una chaqueta de safari y polainas de piel y el tercero venía con sombrero de vaquero, pantalones vaqueros planchados y botas de piel de serpiente. El Trajeado se presentó como el abogado de los ingleses. El Polainas resultó ser un director de cine famoso por sus películas del oeste que estaba interesado en comprar el rancho. Mientras que el Botas era un vaquero de rodeo a quien el Polainas había dado unos cuantos papeles menores en sus películas.

El Polainas, un hombre fornido de rostro rojizo y una cuidada barba plateada, era una de esas personas que actúan como si todo lo que sale de su boca, hasta la observación más obvia, fuera profundamente interesante. Cada vez que decía algo, echaba una mirada al Trajeado y al Botas, quienes o bien reían complacidos o bien asentían en señal de aprobación. El Polainas tardó unos tres minutos en mencionar que había trabajado con John Wayne, o, como él le llamaba, «el Duque». Decía cosas como: «El Duque es el no va más del talento innato» o «La primera toma del Duque es siempre la mejor toma de todas».

Cuando el viejo Jake salió del granero arrastrando los pies, el Polainas estaba de pie en el porche observando las tierras. Señaló hacia un sauce que había junto al estanque.

—Es pintoresco —dijo—. Un buen sitio para plantar un sauce.

—Aquí no tenemos tiempo de andar plantando árboles pintorescos —soltó el viejo Jake—. Me imagino que ha crecido ahí él solo. —Regresó cojeando al granero, mientras sacudía la cabeza.

Jim y yo les enseñamos el rancho, aunque, como no nos gustaba que se vendiera a nuestras espaldas, Jim se mostró más taciturno que de costumbre. El Polainas, por su parte, actuaba casi como si no existiéramos. No hizo ni una pregunta. Él y el Botas no hacían más que comentar entre ellos cómo realizar mejoras en el lugar. Iban a construir una pista de aterrizaje para volar desde Hollywood. Instalarían un generador eléctrico de gasolina y pondrían aire acondicionado en la casa. Incluso iban a construir una piscina. Duplicarían el número de reses y criarían caballos de pura raza. Estaba claro que el Botas era uno de esos vaqueros de pacotilla que había deslumbrado al Polainas con la jerga equina y con sus virguerías con el lazo, pero que, de hecho, no tenía ni la más remota idea de las faenas propias de un rancho ni de cómo dirigirlo.

En medio de nuestro recorrido, el Polainas se detuvo y miró a Jim como si lo viera por primera vez.

—¿De modo que usted es el administrador? —preguntó.

—Sí, señor.

—Curioso, usted no parece un vaquero.

Jim llevaba puesta su ropa habitual: una camisa de manga larga, unos vaqueros sucios con el dobladillo dado la vuelta y las botas de trabajo de puntera redondeada. Me miró y se encogió de hombros.

El Polainas examinó las desgastadas paredes grises de las construcciones anexas y puso los brazos en jarras.

—Y esto no parece un rancho —añadió.

—Bueno, eso es lo que es —dijo Jim.

—Pero no da esa sensación —insistió el Polainas—. Le falta magia. Tenemos que infundirle la magia. —Se volvió hacia el Botas—. ¿Sabes lo que me estoy imaginando? —preguntó—. Todo esto construido con madera rústica.

***

Y sí, fue madera rústica. Tras comprar la propiedad, el Polainas derribó el edificio principal del rancho y construyó una casa nueva con vigas a la vista y paredes de madera rústica barnizada. Luego derribó el barracón y construyó uno nuevo también con madera rústica haciendo juego. Cambió el nombre del rancho, y lo llamó Showtime («La hora del espectáculo»). Además cumplió su palabra y construyó una pista de aterrizaje y duplicó el tamaño del rebaño.

El Polainas despidió al Gran Jim y al viejo Jake. Eran demasiado viejos y demasiado chapados a la antigua —«pasados de moda» fueron sus palabras exactas—, y dijo que necesitaba gente que le ayudara a infundirle magia al rancho. Luego despidió a todos los peones, que en su mayoría eran mexicanos e indios, porque dijo que no tenían aspecto de vaqueros. Contrató al Botas para hacerse cargo de la propiedad y trajo un puñado de tipos del circuito de los rodeos que usaban vaqueros nuevos ceñidos y camisas bordadas con broches nacarados.

Habíamos vivido once años en ese rancho, y adorábamos aquel sitio. Conocíamos todas y cada una de sus setenta y tres mil hectáreas —los cauces, las vaguadas, las planicies, la meseta plagada de artemisas, las montañas de roca erosionada y las laderas de las colinas tapizadas de enebros— tan bien como nuestros propios corazones. Respetábamos la tierra. Sabíamos lo que se podía hacer con ella y lo que no, y nunca le exigimos más allá de sus límites. Nunca dilapidamos el agua y jamás sobreexplotamos los pastos, a diferencia de nuestros vecinos. Cualquiera que cabalgara a lo largo de las cercas vería hierba de diez centímetros de altura de nuestro lado y de dos centímetros del otro. Habíamos sido buenos administradores. Los edificios podían resultar a simple vista algo toscos, pero estaban en buen estado de conservación, y todavía eran sólidos. No había un solo rancho mejor dirigido en toda Arizona. Siempre habíamos sabido, por supuesto, que no éramos propietarios de la finca, pero al mismo tiempo no podíamos evitar considerarla nuestra, y nos sentimos despojados, como se habían sentido mi padre y mi abuelo cuando los colonos empezaron a cercar el valle del Hondo.

—Por lo que veo, me han retirado a los cuarteles de invierno —comentó Jim después de que el Polainas le comunicara su despido.

—Ya sabes que eres el mejor en lo que haces —le dije.

—Pero, por lo que se ve, parece que lo que hago ya no hace falta.

—Nunca nos hemos autocompadecido —observé—, y no vamos a empezar ahora. Pongámonos a hacer el equipaje.

***

Teníamos nuestros ahorros, así que no nos encontrábamos económicamente en apuros. Decidí que teníamos que mudarnos a Phoenix y empezar de nuevo. Arizona estaba cambiando, estaba llegando un montón de dinero. Como el estado tenía un clima perfecto para volar en avión, las fuerzas aéreas habían construido bases y pistas de aterrizaje por todas partes. Al mismo tiempo, las personas con problemas pulmonares llegaban en auténticas oleadas, y es más, el aire acondicionado se había convertido en algo accesible, de tal modo que lugares como Phoenix atrajeron a todos los pusilánimes del este que no eran capaces de soportar sus temperaturas. La ciudad parecía estar prosperando.

Cuando llamé a Rosemary para comunicarle que teníamos que dejar el rancho, se puso histérica.

—No podemos, mamá —dijo—. Es todo lo que hemos conocido. Está dentro de mí.

—Ahora está detrás de ti, cariño —puntualicé.

El Pequeño Jim también estaba fuera de sí y dijo que simple y llanamente se negaba a marcharse.

—No depende de nosotros, y tampoco de ti —le dije—. Ya estamos fuera.

Como administrar un rancho era algo que empezaba a pertenecer a nuestro pasado, yo quería sacarme de encima casi todo lo que tuviera que ver con ello. Le vendimos todos los caballos al Polainas, excepto *Remiendos*, que se acercaba a los treinta años y se la regalé a los havasupai. Rosemary tal vez nunca volvería a ver el Jardín del Edén, pero al menos sabría que una yegua a la que ella quería estaba allí.

Sí me quedé con los pantalones de montar ingleses y el par de botas camperas que llevaba puestos el día que me había caído de *Diablo Rojo* y había conocido a Jim, pero prácticamente eso fue lo único que conservé. Todo lo que teníamos cabía en la parte trasera del coche fúnebre, y un hermoso día de primavera, cuando las lilas estaban floreciendo y los pajarillos cantaban en los árboles, lo empaquetamos todo y bajamos por el sendero. Rosemary todavía estaba interna en el colegio; nunca regresó al rancho. El Pequeño Jim, que estaba sentado entre Jim y yo, se dio la vuelta para echar una última mirada.

—No hay que mirar atrás —le dije—. No puedes. Simplemente, aunque quieras, no puedes.

DETECTIVES

Parte 8

Rosemary a los dieciséis años en Horse Mesa

JIM PENSABA QUE TENÍAMOS QUE EMPEZAR nuestra nueva vida en Phoenix gastando a lo loco.

—Di algo que siempre hayas querido tener —dijo.

—Una dentadura nueva —dije inmediatamente. Los dientes me daban problemas desde hacía años, pero en la meseta del Colorado no había grandes dentistas. Si un diente no dejaba de doler, buscaban unas tenazas y te lo sacaban. Además tenía un hueco entre los dos dientes delanteros, que se habían separado por culpa de los que me faltaban a los lados. Yo trataba de mantener el hueco tapado con un pedazo de cera blanca, pero cuando ésta se caía debo admitir que mi aspecto era un poco terrorífico. Los dientes de Jim estaban exactamente igual de mal.

—Hazte una tú también —dije.

Jim se rió.

—Dos dentaduras postizas nuevas. Eso debería ser suficiente para que nos fuera bien en esta ciudad.

Encontramos un dentista joven y encantador que nos metió un montón de novocaína, extrajo nuestros dientes marrones y desgastados y colocó nuevas dentaduras en nuestras encías. La primera vez que colocó la mía en su sitio y me puso un espejo delante me quedé impresionada con aquellas dos impecables hileras de grandes piezas de porcelana blanca reluciente, tan brillantes y alineadas como los azulejos de una cocina. De la noche a la mañana, había conseguido la sonrisa de una estrella de cine, y Jim parecía tener treinta años menos. Los dos andábamos por la ciudad dedicándoles sonrisas radiantes a nuestros nuevos vecinos.

También compramos una casa en la calle 3 Norte. Era una finca enorme y vieja con altas ventanas, puertas de madera maciza y paredes de adobe de casi sesenta centímetros de espesor. Finalmente nos deshicimos del viejo coche fúnebre y compramos un Kaiser color granate —un nuevo tipo de sedán fabricado en California, con un parachoques amplio y estribos—. Yo estaba encantada con aquella casa y el coche, pero nada me hacía sentirme más orgullosa que mi nueva dentadura postiza. Era mejor que los dientes de verdad, y de vez en cuando, cuando me encontraba en un restaurante o en cualquier lugar hablando con alguien de mi dentadura, no podía evitar sacármela y mostrársela.

—¡Mirad! —decía, sosteniéndola en alto para enseñarla—. No son dientes. ¡Es una auténtica dentadura postiza!

AL PRINCIPIO PENSÉ QUE PHOENIX era estupenda. Nuestra casa estaba cerca del centro de la ciudad, y podíamos ir caminando a las tiendas y los cines. Me propuse ir a todos y cada uno de los restaurantes de la calle Van Buren. Me encantaban especialmente las cafeterías, porque podías ver la comida antes de pedirla en vez de elegir a ciegas de un menú. Después de tantos años de sentarme en cajones de naranjas y de beber en botes de café, decidí comprar unas sillas de caoba tallada y una vajilla de porcelana bávara. Por primera vez en la vida teníamos teléfono, lo que significaba que la gente que quería ponerse en contacto con nosotros no se veía obligada a dejarnos un mensaje en la oficina del sheriff.

El Pequeño Jim, sin embargo, odió Phoenix desde el primer momento.

—Me falta el aire —decía.

Y cuando Rosemary terminó las clases en el internado y se reunió con nosotros en la ciudad, también la detestó. Odiaban el negro asfalto y el cemento gris. Pensaban que el aire acondicionado era algo estrambótico y ruidoso y que el teléfono no servía más que para que te fastidiaran día y noche. Phoenix era una ciudad cuadriculada y carecía de curvas, parecía una sucesión de cajas; y, sobre todo, era el reino del fingimiento.

—Ni siquiera se puede ver la tierra —se quejó Rosemary—. Está toda cubierta de asfalto y aceras.

—Pero piensa en las ventajas —dije yo—. Comemos en cafeterías. Tenemos instalación de fontanería en el interior de la casa.

—¿A quién le importa eso? —dijo Rosemary—. Cuando estábamos en el rancho, uno podía agacharse y hacer pis cada vez que tuviera ganas.

Añadió que vivir en Phoenix incluso le hacía cuestionarse su fe.

—He estado rezando a diario para que me permita volver al rancho —afirmó—. O Dios no existe o no me oye.

—Por supuesto que existe y te oye —dije—. Sin embargo tiene derecho a decir que no, ¿qué te has creído?

A pesar de mis argumentos, empecé a preocuparme de verdad por el efecto que Phoenix estaba provocando en mi hija. Le daba igual la fontanería en el interior de la casa, cuestionaba la existencia de Dios e incluso se mostró avergonzada cuando, al día siguiente, en una cafetería, me quité la dentadura para enseñársela a la camarera.

***

No quería reconocerlo delante de los niños, pero al cabo de unos meses yo misma también empecé a sentir una cierta claustrofobia. El tráfico me enloquecía. En el condado de Yavapai, podías conducir por donde querías a la velocidad que te diera la gana y salirte de la carretera cuando te apeteciera. Aquí había semáforos, policías con silbatos, líneas amarillas, líneas blancas y toda clase de señales que le ordenaban a uno hacer esto y le prohibían hacer aquello. Se suponía que un coche significaba libertad, pero toda aquella gente atrapada en mitad de las calles de dirección única —en donde ni siquiera te permitía dar media vuelta para largarte del atasco— lo mismo podría haber estado encerrada en jaulas. Yo me sorprendía a mí misma discutiendo constantemente con otros conductores, sacando la cabeza por la ventanilla de mi Kaiser, cuyo motor siempre estaba recalentado, y gritándoles a aquellos imbéciles que tendrían que regresar al este, que era su sitio.

Nada había logrado que me sintiera tan libre como pilotar un avión, y sólo me faltaban algunas horas de vuelo para conseguir mi licencia de piloto, así que decidí volver a tomar clases. El aeropuerto tenía una escuela de vuelo, pero cuando aparecí por allí el administrativo que me atendió me entregó un fajo de impresos y empezó a refunfuñar sobre revisiones de la vista, exámenes físicos, permisos de despegue, restricciones de altura y zonas de vuelo prohibidas. Me di cuenta de que aquellos tipos de la ciudad habían seccionado el cielo dividiéndolo en casillas al igual que habían hecho con el suelo.

***

En cambio, un punto a favor de Phoenix era que había muchas más ofertas de empleo que en el condado de Yavapai. A Jim lo contrataron como gerente de un almacén de repuestos de aviones y yo aterricé en un puesto de profesora en un instituto de Phoenix Sur.

En la ciudad también había oportunidades para invertir. Después de pagar nuestra casa en la calle 3, todavía nos quedaba dinero, y lo utilizamos para comprar algunas otras casas pequeñas y alquilarlas después. Siempre entraban en el mercado casas embargadas a precio de ganga. Jim y yo acudíamos a las subastas que se celebraban en los tribunales y pujábamos. Y yo empecé a llevar un talón de diez mil dólares en el bolso, por si se daba la casualidad de que me cruzaba con alguien que tuviera que vender rápido a precio de ganga. Por primera vez en nuestra vida vivíamos a costa de otros, pero era así como se salía adelante en la ciudad. Cuando Jim dijo que eso le hacía sentirse un buitre, yo le contesté que los animales carroñeros tenían una mala fama inmerecida.

—Los buitres no matan a otros animales, viven de los que ya están muertos —dije—. Y eso es lo que estamos haciendo nosotros: no estamos trayendo la adversidad a esas personas, sólo nos aprovechamos de ella.

Yo me pasaba todo el tiempo preocupada por que alguien me fuera a arrebatar el bolso y saliera corriendo con mi talón, así que lo sostenía aferrado contra mi pecho cuando andaba por la ciudad. Ésa fue sólo una de las miles de cosas que descubrí que me preocupaban en Phoenix. Nos habíamos comprado una radio que podíamos oír todo el día, ahora que vivíamos en una casa con electricidad. Al principio yo pensaba que aquello era estupendo, pero lo cierto es que por primera vez escuchaba las noticias todos los días, y casi todos los días había algún crimen o cualquier otro delito en la ciudad. A la gente siempre la estaban atracando o robándoles el coche o entrando en su casa, si no eran víctimas de una violación, o les disparaban o les apuñalaban. Una mujer de

Phoenix llamada Winnie Ruth Judd —conocida como la «Carnicera Rubia» y la «Asesina del Maletero» porque había matado a dos personas y había metido sus cuerpos en el portaequipajes del coche— no hacía más que escaparse del manicomio en el que la habían recluido. Las noticias siempre incluían relatos de alguien que había visto a la Asesina del Maletero, además de advertencias a la población de que cerraran bien todas las puertas y ventanas de sus casas.

Así que metí mi revólver de empuñadura nacarada bajo mi almohada. También me compré una pequeña pistola del veintidós para llevarla en el bolso junto con el talón. Todas las noches me aseguraba de echar los cerrojos de las puertas, cosa que jamás había hecho en el rancho, y dormía en la parte exterior de la cama, que todavía compartía con Rosemary, dejándola a ella el lado de la pared, de modo que si alguien lograba superar las puertas cerradas con llave y nos atacaba, yo pudiera enfrentarme a él mientras Rosemary huía.

—¡Mamá, te has convertido en doña Angustias! —decía ella.

Y tenía razón. En el rancho nos preocupábamos por el tiempo que iba a hacer, el ganado y los caballos, pero no por nuestra seguridad. En Phoenix la gente se preocupaba por su integridad a todas horas.

ADEMÁS, LA GENTE ESTABA PREOCUPADA por los posibles bombardeos. Todos los sábados al mediodía probaban las sirenas antiaéreas, y un estridente *uuu-uuu-uuu* sonaba atronadoramente por toda la ciudad. Si una sirena se oía en cualquier otro momento, eso significaba que se estaba produciendo un ataque y se suponía que había que dirigirse a los refugios antiaéreos. Rosemary no podía soportar el sonido de las sirenas, y cuando éstas se ponían en funcionamiento metía la cabeza bajo una almohada.

—No puedo aguantar ese ruido —decía.

—Suena por tu propio bien —decía yo.

—Vaya, lo único que consigue es asustarme, y no veo qué tiene eso de bueno.

La chica estaba desarrollando una marcada vena respondona. Una mañana de agosto, Rosemary y yo íbamos caminando por la calle Van Buren y pasamos delante de una tienda en donde se había juntado un puñado de personas, embobadas delante de una máquina automática de hacer rosquillas. Al lado había un quiosco de periódicos, y cuando eché un vistazo a los titulares leí que la bomba atómica había sido arrojada sobre Hiroshima. Compré un periódico y, mientras lo leía, traté de explicarle a Rosemary lo que había sucedido. Rosemary no podía creer que una sola bomba hubiera borrado del mapa una ciudad entera; habían muerto miles y miles de personas, no sólo soldados sino también abuelos, madres, niños, perros, gatos, pájaros, pollos, ratones y cualquier bicho viviente.

—¡Esas pobres criaturas! —exclamaba sollozando una y otra vez.

Yo traté de argumentar que habían sido los japoneses los que habían empezado la guerra, y que gracias a la bomba lanzada sobre Hiroshima miles de muchachos americanos no tendrían que morir combatiendo con ellos, pero Rosemary concluyó que había algo perverso en la bomba atómica. Las muertes de todos esos ratones y pájaros eran sencillamente tan aterradoras para ella como las de las personas. Después de todo, dijo, los animales no habían empezado la guerra.

También pensaba que había algo enfermo en los americanos, que se quedaban allí de pie embobados ante una máquina de hacer rosquillas cuando tanta gente sufría al otro lado del mundo.

—Concéntrate en lo positivo —dije—: viven en un país en el que nadie tiene que hacer rosquillas a mano.

***

Los sentimientos de Rosemary se oscurecieron aún más ese otoño. La habíamos matriculado en el St. Mary's, un instituto católico que se encontraba cerca de casa, y las monjas, que se pasaban el tiempo recordando a sus alumnas que toda vida era sagrada, les mostraron imágenes rodadas en Japón en las que se veía la devastación de Hiroshima y Nagasaki. Las escenas de los barrios de las ciudades aplastadas, los cadáveres calcinados y los bebés deformados por la radiación provocaron pesadillas a Rosemary. Las monjas le dijeron que tenía que rezar por los japoneses, porque ellos también eran hijos de Dios y habían perdido a sus hijos e hijas y padres y madres. Yo no era tan comprensiva.

—Eso es lo que pasa cuando vas por ahí declarando la guerra —le decía.

Pero Rosemary estaba consternada. Pensaba que nadie, excepto Dios, debería ser capaz de matar a tanta gente tan fácilmente y tan rápido como habíamos hecho con la bomba atómica. Que su propio gobierno dispusiera de tal poder hacía que le tuviera mucho miedo. Ahora que tenía la bomba atómica, ¿a quién iba a bombardear a continuación? ¿Y si decidía que el enemigo era ella?

Cuando me cansé de explicarle a Rosemary que el fin justificaba los medios, le pedí que dejara de hablar sobre Hiroshima, porque así dejaría de pensar en ello. Ciertamente me hizo caso y no la oí hablar más del tema, pero un día miré bajo la cama que todavía compartíamos y encontré una carpeta llena de dibujos de animales y niños con los ojos rasgados y alas de ángeles.

ROSEMARY EMPEZÓ A DIBUJAR Y PINTAR más obsesivamente que nunca. Por lo que pude comprobar, parecía que era su único talento. Sus calificaciones seguían siendo horrorosas. La matriculé en clases de violín y piano, pero su profesor dijo que carecía de disciplina para practicar. Traté de defenderla, argumentando que su punto fuerte en música era la improvisación, no el estudio sistemático, pero un día el profesor me dijo que si tenía que oírla torturando el pobre violín un minuto más acabaría por perforarse él mismo los tímpanos.

—¿Qué voy a hacer contigo? —le pregunté.

—Yo no estoy preocupada por mí misma —dijo—. Y tampoco deberías estarlo tú.

Muchas chicas bonitas perdían su belleza cuando llegaban a la adolescencia, pero Rosemary todavía era deslumbrante, aunque yo había cumplido la promesa que me hice a mí misma de no decírselo jamás. Sin embargo, empezaba a desesperarme un poco, y un día leí un artículo en el periódico sobre un certamen de belleza y pensé que tal vez mi hija debía dar un paso adelante y jugar a esa carta.

—Tengo una idea —dije—: presentarte a un concurso de belleza o intentar trabajar como modelo.

—¿De qué estás hablando? —preguntó Rosemary.

Le dije que se pusiera un bañador y que caminara hacia delante y hacia atrás ante mí. No resultó muy prometedor. Era muy guapa y tenía buen tipo, pero se movía como una vaquera, no como una participante en un concurso de belleza, balanceando vigorosamente los brazos con cada enorme zancada que daba. Así que la matriculé en una escuela de modelos, en donde aprendió a caminar con un libro sobre la cabeza y a salir de un coche sin enseñar las bragas. Pero en su primera sesión de fotos, cuando el fotógrafo le dijo que flirteara con la cámara, no pudo evitar reírse tontamente por la timidez, y aquel hombre se desalentó.

Lo que Rosemary quería de verdad era ser pintora.

—Los pintores nunca ganan dinero —dije—, y por lo general se vuelven locos.

Rosemary señaló que Charlie Russell y Frederic Remington se habían hecho ricos pintando escenas del oeste.

—El arte es una hermosa manera de hacer dinero —aseguró.

Prosiguió diciendo que con una pequeña inversión, lo que costaba comprar un lienzo y un poco de pintura, se podía crear un cuadro que valiera miles de dólares. ¿En qué otra clase de trabajo se podía hacer eso? Un lienzo en blanco, argumentaba, era un tesoro que estaba esperando aflorar.

Finalmente llevé algunos de sus dibujos a varias tiendas de marcos y les pregunté a los dependientes si pensaban que mi hija tenía talento. Dijeron que prometía, así que accedí a que fuera a clases con Ernestine, una profesora de dibujo y pintura que usaba boina por si no quedase suficientemente claro por su acento que era francesa.

Ernestine le enseñó a Rosemary que el color blanco no era realmente blanco, que el negro no era realmente negro, que todo color tenía dentro otros colores, que uno debía amar las hierbas tanto como las flores, porque todo lo que existía sobre este planeta tenía su propia belleza y descubrirlo dependía del artista, y que para el artista no había nada como la realidad, porque el mundo era tal como uno elegía verlo.

A mí todo eso me sonaba a palabrería barata, pero Rosemary estaba verdaderamente deslumbrada.

—¿Sabes qué es lo más maravilloso de pintar? —dijo un día.

—¿Qué?

—Si hay algo en el mundo que no te gusta, puedes pintar un cuadro en el que se transforme en lo que tú quieras.

Con las clases de Ernestine, los cuadros de Rosemary cada vez reflejaban menos el modelo de lo que estuviera pintando y se acercaban más a lo que sentía en ese momento. Por esa época, empezó a escribir su nombre en dos palabras, «Rose Mary», porque pensaba que así la firma quedaba más bonita. Yo seguí pagándole las clases con la francesa, pero no dejé de decir a Rosemary que el arte era una profesión incierta, que la mayoría de las mujeres todavía tenían que elegir entre ser enfermera, secretaria o maestra, y que, en mi opinión, la docencia era muy superior a las otras dos profesiones.

***

Lo curioso era que, a pesar de lo que decía a Rosemary, por primera vez en mi vida no disfrutaba con mi trabajo. Muchos de los niños procedían de familias acomodadas, usaban ropa elegante —algunos incluso conducían su propio coche— y se negaban a obedecerme si no les daba la gana. También por primera vez yo no estaba sola, enseñando en una escuela con una sola aula. Había un director y otros profesores que cuestionaban mi trabajo, impresos que estaba obligada a rellenar y comités en los que participar. La mitad de mi jornada se me iba haciendo papeleo para la burocracia.

Había más reglas para los profesores que para los estudiantes, y aquellos burócratas eran exageradamente estrictos con su cumplimiento. Una vez abrí mi bolso en la sala de profesores y una de las profesoras vio mi pequeña pistola y casi le da un ataque.

—¡Eso es un revólver! —dijo con un grito ahogado.

—Casi —repliqué yo—. Es sólo una veintidós.

Aun así, me denunció ante el director, quien me advirtió que si volvía a traer un arma de fuego al instituto me despediría.

—¿Cómo voy a protegerme a mí misma y a mis alumnos? —pregunté.

—Para eso está la policía —afirmó.

—¿Quién nos va a proteger de la policía?

—Limítese a dejar el arma en casa.

J IM NUNCA SE QUEJABA, PERO yo me daba cuenta de que su trabajo le gustaba tan poco como a mí el mío. Se aburría soberanamente —un tipo grandullón, ancho de hombros, sentado en un lugar antinatural para él, detrás de una pequeña mesa de metal, revisando el inventario y controlando cómo los obreros mexicanos embalaban piezas de aviones—. Jim no era un hombre sedentario. Y además, también tenía un montón de tiempo libre, algo a lo que no estaba acostumbrado, y se pasaba buena parte de ese tiempo dándole a la lengua con la contable del almacén, una divorciada emperifollada que me caía fatal, llamada Glenda. Ella le llamaba «Smithy» a Jim y siempre le estaba pidiendo que le encendiera un cigarrillo.

Mi marido no le encontraba ningún aliciente a la vida en la ciudad y no entendía por qué la gente se empeñaba en querer vivir así. ¡Había tantas cosas en esta vida que le parecía que se apartaban de lo que debería ser lo correcto y lo natural! Poco después de habernos mudado a la ciudad, talaron todos los naranjos y los álamos de

Virginia que daban sombra a las calles para que hubiera más espacio para aparcar.

—A mí me parece que se pierde más de lo que se gana —advirtió Jim.

La verdad era que echaba de menos el aire libre. Y el sudor, el polvo y el calor de las faenas del rancho, los olores y el trabajo pesado. Añoraba la vida en el rancho, que le obligaba a uno a estar pendiente del cielo y la tierra para intentar prever los embates de la naturaleza. Los domingos dábamos un paseo por el parque Encanto, que estaba en medio de la ciudad, y por pura costumbre Jim seguía observando lo que le decían las plantas y los animales. Ese año, al llegar el otoño, se dio cuenta de que los pájaros estaban emigrando hacia el sur antes de lo habitual, que las ardillas estaban almacenando una cantidad extra de frutos secos, que las bellotas eran especialmente grandes, que la corteza de los álamos de Virginia era más gruesa y también lo eran las cáscaras de las pacanas.

—Va a ser un invierno crudo —dijo.

Las señales estaban allí. Él tenía la esperanza de que el resto de la gente también las viera.

***

Y ese invierno fue crudo. Llegó pronto, y en enero nevó en Phoenix por primera vez desde hacía muchos años. Cuando estábamos en el rancho, una ventisca semejante habría sido una llamada de atención, y nos hubiéramos preocupado de cortar leña, juntar los caballos y traer una carreta de heno desde la pradera. Jim hubiera construido un cortavientos para proteger al ganado. Habría sacado todos los carros del garaje y habría hecho con ellos un muro entre la casa y el granero cubriéndolos con lonas, abrigos y mantas, y luego lo habría reforzado con troncos viejos, yunques, tierra, piedras y todo lo que encontrase. Habría metido todo el ganado que cupiera dentro del granero, y cuando llegara la tormenta, él estaría allí fuera montado a caballo manteniendo al ganado en movimiento, manteniendo su sangre en circulación. Cada dos horas metería a los animales que les había tocado estar fuera en el granero y detrás del muro improvisado, de modo que todos pudieran tener un descanso del viento y la nieve.

Viviendo en la ciudad, lo único que hacíamos era encender el radiador y escuchar el silbido del viento.

***

La nieve siguió cayendo, y al día siguiente el gobernador salió por la radio y declaró el estado de emergencia. Se suspendieron las clases y la mayor parte de las tiendas permanecieron cerradas. Se movilizó a la Guardia Nacional para que rescatara a las personas que se habían quedado aisladas en remotos rincones del estado. Jim dijo que esperaba que el Botas y el Polainas supieran lo que estaban haciendo. Tenía la esperanza de que todo el ganado hubiera sido desplazado desde la meseta a los prados de invierno y que los peones hubieran roto el hielo de los estanques.

—Lo primero que hay que hacer es romper el hielo —dijo—. En caso contrario, el ganado morirá de sed antes de pasar hambre.

***

Al tercer día de la tormenta, llamaron a la puerta. Era un hombre del Departamento de Agricultura de Arizona. Dijo que el ganado se estaba muriendo en todo el estado. Los rancheros necesitaban ayuda, y el nombre que oía mencionar una y otra vez era el de Jim Smith. Habían tardado algún tiempo en encontrarlo, dijo aquel hombre, pero le necesitaban.

Jim metió algo de ropa de abrigo en su viejo saco de lana del ejército, cogió su sombrero y salió por la puerta en menos de cinco minutos.

***

Lo primero que hizo Jim fue organizar el lanzamiento de heno desde el aire. Tenía un gran avión de carga con fardos redondos, y volaron hacia el centro de la tormenta. Cuando llegaron a la pradera, la tripulación hizo rodar los fardos por la parte trasera de la bodega de carga y el heno cayó dando tumbos por la nieve y rebotando sobre la tierra.

Puesto que las carreteras estaban intransitables, Jim pidió al gobierno un avión pequeño y un piloto, y volaron por todo el estado, aterrizando en los ranchos que estaban aislados. Jim explicaba a los rancheros, muchos de los cuales no habían visto jamás una nevada parecida a ésa, lo que tenían que hacer. Les aconsejaba romper el hielo de los estanques y cortar las alambradas para dejar que el ganado vagara libremente. Era necesario que los animales se movieran para mantener la sangre en circulación, e instintivamente se dirigían hacia el sur, pero si se topaban con una alambrada se apretujarían contra ella y morirían. Había que permitirles que se juntaran en grandes manadas para que, apiñados, conservaran el calor. Más tarde ya los reconocerían gracias a las marcas y los volverían a separar.

En un rancho en lo alto de las colinas no había ningún sitio donde aterrizar. Jim nunca se había puesto un paracaídas, pero decidió hacerlo por primera vez.

—Cuente hasta diez, tire de la cuerda y ruede al caer —dijo el piloto, y Jim saltó del avión.

***

La tormenta había cesado, pero las temperaturas todavía eran glaciales cuando Jim llegó al rancho Showtime. Aun antes de aterrizar, pudo ver desde el aire que nadie había roto el hielo del Gran Jim. A lo largo de la orilla del estanque yacían amontonados animales muertos. Cuando llegó al edificio principal del rancho, encontró al Botas y a los nuevos jornaleros sentados alrededor de la sofisticada estufa de propano del Polainas, con los pies apoyados en sillas y bebiendo café.

Cualquier cabeza de chorlito puede dirigir un rancho durante las épocas buenas. Sólo se puede saber si eres un ranchero de verdad cuando tienes que hacer frente a la adversidad. Aquellos zoquetes que estaban sentados alrededor de la estufa quizá no supieran qué tenían que hacer, pero al menos deberían haber escuchado los partes meteorológicos y, cuando hubieran oído que una tormenta del demonio estaba llegando desde Canadá, habrían tenido veinticuatro horas para prepararse. Yo habría levantado a patadas al idiota del Botas y a sus estúpidos compañeros, pero ése no era el estilo de Jim. Sin embargo, les hizo levantar su trasero de las sillas y salir a cortar alambradas, romper el hielo y poner al ganado en movimiento.

Había miles de animales muertos que yacían duros como la piedra sobre la nieve, amontonados a lo largo de las cercas que daban al sur. Algunos de los que habían sobrevivido estaban tan débiles que no podían caminar, así que Jim ordenó a los hombres que trajeran heno y agua para alimentarlos a mano. Masajeó sus patas, que estaban llenas de heridas porque habían intentado romper el hielo por sí solos, y los ayudó a ponerse de pie otra vez. Si conseguía que los animales comenzaran a moverse, él sabía que sobrevivirían.

**

Jim estuvo fuera dos semanas. Durante todo ese tiempo no supe dónde estaba ni qué hacía, y fueron las dos semanas más largas de mi vida. Cuando volvió, había perdido casi diez kilos. Su cara y sus manos estaban agrietadas. No había dormido durante varios días, y tenía unas oscuras ojeras. Sin embargo se encontraba feliz. No se había sentido útil desde que se había ido del rancho. Había estado haciendo todo lo que era su razón de ser. Era otra vez el Gran Jim.

**

Unos días después de su regreso recibió una llamada del Polainas. Cuando Jim volvió al condado de Yavapai durante la nevada, la gente le había contado que el Polainas había estado diciendo de él que era una «reliquia» y un «vejestorio acabado». Pero eso había sido antes de la tormenta. Ahora el Polainas estaba tan impresionado por el modo en que Jim había salvado lo que quedaba del rebaño del Showtime que le ofreció su antiguo puesto de administrador del rancho. Incluso le propuso construirnos una cabaña con madera rústica.

—Tú eres auténtico —le dijo el Polainas.

Jim y yo hablamos sobre el asunto, pero de inmediato estuvimos de acuerdo en que aquello no era para nosotros. Antes habíamos sido los que administrábamos el rancho, y habíamos tomado todas las decisiones. La tormenta había vuelto más humilde al Polainas, pero aun así todavía tenía ideas disparatadas sobre cómo infundirle magia al Showtime. Jim no quería ser un criado sometido a los caprichos del Polainas ni tener que perder su tiempo discutiendo con aquel hombre sobre sus absurdas ideas. Es más, ya no había ninguna posibilidad de que alguna vez compráramos la propiedad. Le dije a Jim que no quería vivir en una cabaña, aunque fuera de madera rústica, esperando a que el dueño llegara en un avión con sus amigos de Hollywood para celebrar fiestas de fin de semana y guiando a aquellos petimetres en cabalgatas para seguir rastros. Yo ya había sido criada, y con una vez era suficiente.

AL MES SIGUIENTE, TUVE UN DÍA FESTIVO escolar y andaba por la ciudad haciendo recados cuando decidí darme una vuelta por el almacén. En el periódico había aparecido un artículo sobre el trabajo que había realizado Jim salvando rebaños durante la nevada, con una fotografía suya al lado del avión desde el que había saltado en paracaídas. El titular ponía: «Un vaquero se arroja en paracaídas en medio de la nevada para rescatar al ganado». Mi marido se había convertido, de alguna forma, en un héroe local. La gente lo reconocía por la calle y se detenía para estrecharle la mano. Un tipo incluso gritó:

—¡Es el vaquero paracaidista!

Jim pensó que todo aquello era un poco ridículo, pero no podía evitar darse cuenta del modo en que las mujeres sonreían al «vaquero paracaidista» y coqueteaban con él cuando se descubría o les abría la puerta.

Ese día Jim no me esperaba, y cuando entré en el almacén Glenda, la fulana que trabajaba de contable, estaba de pie en su puerta hablándole. Tenía el pelo negro azabache y los labios pintados de color rojo sangre; llevaba un vestido púrpura ajustado y estaba inclinada con la espalda apoyada contra el marco de la puerta, haciendo resaltar su figura. Tenía puesto uno de esos sujetadores con un artilugio que empuja los pechos hacia delante, como el morro cónico de un avión.

Cuando me vio, en lugar de parecer contrariada, sacudió un poco sus pechos y miró a mi marido.

—Oh, oh, Smithy —dijo—, ¿tenemos problemas?

Me hirvió la sangre, y estuve tentada de abofetear a aquella descarada, pero me limité a mirar a Jim para captar su reacción. Si notaba que estaba animado, iba a armar una buena, pero la expresión de Jim era de vergüenza ajena, más por aquella tonta que por algo que hubiera hecho él.

—Ya está bien, Glenda —dijo.

Nos fuimos los dos a una cafetería a comer, y no dije nada del numerito de Glenda, pero tomé nota mentalmente de que debía tenerlos vigilados.

***

A decir verdad, a medida que fueron pasando los días no pude evitar preguntarme si realmente estaba pasando algo entre Jim y aquella buscona. A veces estaban completamente solos en aquel enorme almacén, y allí había cantidad de rincones y recovecos ocultos que podían ser buenos para los juegos de manos. Y además, tenían la hora de la comida, lo que les proporcionaba un amplio intervalo para meterse en la cama de algún hotel. En otras palabras, tenían oportunidades, y ella claramente tenía malas intenciones. La cuestión era si también las tenía mi marido.

Carecía del menor sentido enfrentarme a Jim, porque si resultaba ser otro mequetrefe sinvergüenza se limitaría a mentir. Yo creía conocer a Jim, pero también sabía que una no podía —o no debía— confiar en los hombres. Un hombre sensato también podría ser incapaz de resistir si se le presentaba una tentación irrefrenable. Y había muchas más tentaciones en Phoenix que las que jamás había habido en el condado de Yavapai. Tal vez el asunto del vaquero paracaidista se le hubiera subido a la cabeza a Jim, con todas aquellas señoras que lo adoraban batiendo pestañas y enseñando sus pechos cónicos como el morro de un avión, haciéndole pensar que era el primer semental del criadero de caballos. Quizá estuviera resurgiendo el polígamo latente que había en su interior.

En cualquier caso, a medida que transcurrían los días me di cuenta de que no iba a conseguir tranquilidad con aquellos pensamientos a menos que llegara hasta el fondo del asunto. Tenía que investigar.

No quería contratar a un detective privado, como hacían en las películas. Los sabuesos siempre eran hombres, y tampoco podía confiar en ellos. Tampoco quería seguir a Jim yo misma, como había hecho con mi primer marido en Chicago. En cualquier caso yo sabía que el mequetrefe sinvergüenza era un canalla, y sólo necesitaba probarlo. Con Jim estaba tratando de determinar cuáles eran los hechos, y cuanto más sigilosamente lo hiciese, mejor. Además Phoenix era mucho más pequeña que Chicago, y la gente me conocía. Yo era maestra y tenía una reputación que mantener. No quería que me pillaran acechándole por los callejones.

Así que recluté a Rosemary para que me ayudase.

***

—Pero, mamá, no quiero espiar a papá —dijo cuando le expliqué la operación.

—No es espiar, es investigar —la corregí—. Podría estar engañándome, pero no lo sabemos. Podría ser inocente. Eso es lo que esperamos, y eso es lo que estamos tratando de probar: que es inocente.

¿Cómo podía Rosemary negarse a eso?

***

Supuse que, si estaba pasando algo entre Jim y aquella fulana, el mejor momento para citarse era a la hora de comer. Las consecuencias de ser pillado en el almacén con los pantalones bajados eran demasiado serias.

Se acercaban las vacaciones de primavera de Rosemary. Mi plan era que ella se pasara la semana que no tenía instituto siguiendo a Jim a la hora del almuerzo. Si Jim y aquella zorra estaban liados, probablemente lo harían al menos una vez a la semana. Concluí que si durante esa semana no había ninguna actividad sospechosa, lo consideraría libre de culpa y cargo.

El primer día de nuestra investigación hacía calor para ser primavera, y el cielo sin nubes era de un azul profundo, casi oscuro. Aparqué el Kaiser a un par de manzanas del almacén. Le dije a Rosemary que se escondiera en el callejón de la acera de enfrente y que siguiera a Jim cuando saliera a la hora de comer, asegurándose de que entre ella y él hubiera otras personas, por si él se giraba de repente. Le di un lápiz y una libreta.

—Toma notas —le dije.

Puso cara de resignación, pero cogió la libreta y se bajó del coche.

—Será divertido —dije—. Somos detectives.

Me quedé allí sentada media hora, tratando de leer el periódico, pero sobre todo mirando mi reloj y examinando a los transeúntes. Luego se acercó Rosemary por la calle y se volvió a subir al Kaiser.

—Y bien, ¿qué ha pasado? —pregunté.

—Nada.

—Algo tiene que haber pasado.

Rosemary estaba allí sentada, con la vista clavada en sus zapatos.

—Papá ha comido en el parque. Solo.

Dijo que le había seguido y él se había metido en una tienda de ultramarinos, había salido con una bolsa de papel y había ido andando al parque, en donde se había sentado en un banco y había sacado un paquete de galletas saladas, un pedazo de salchicha ahumada, un trozo de queso y un cartón de leche. Había usado su navaja para cortar una rodaja de salchicha y un poco de queso para cada galleta, y se había bebido la leche a sorbitos, para que le durase hasta el final de la comida.

Rosemary sonreía mientras lo estaba contando, como si ver a su padre sentado al sol comiendo una salchicha y unas galletas y dosificándose la leche la hubiera congraciado con el mundo.

—¿Eso es todo? —pregunté.

—Cuando ha terminado, se ha quitado las migas de los dedos y se ha liado un cigarrillo.

—Bien —dije—. Volveremos a hacer lo mismo mañana.

***

El segundo día, Rosemary se bajó del coche con su lápiz y su libreta, y yo me quedé allí sentada un rato tamborileando con los dedos sobre el volante, y luego aparecieron doblando la esquina Jim y Rosemary, juntos. Él la llevaba cogida de la mano, y ella parecía mucho más contenta que cuando se había ido.

Jim se arrodilló junto a mi ventanilla.

—Lily, ¿qué demonios está pasando?

Pensé en buscar alguna falsa excusa rebuscada, pero Jim era más listo que yo, y estaba segura de que el juego había terminado.

—Estaba tratando de demostrarme a mí misma y a Rosemary lo que esperaba que fuera la verdad: que eres un esposo fiel.

—Entiendo —dijo—. Vamos a comer los tres juntos.

Nos llevó otra vez a la tienda de ultramarinos, en donde compramos salchicha ahumada, galletas saladas, queso y leche, e hicimos un bonito picnic en el mismo parque.

Pero esa noche, cuando volvió a casa, Jim me dijo:

—¿Qué te parece si nos sentamos a charlar un poco?

Yo me preparé un whisky con agua y nos sentamos en el patio trasero de la casa de adobe, en donde los naranjos empezaban a florecer.

—No te estaba espiando —dije—. Sólo estaba confirmando que todo iba aceptablemente bien entre nosotros. No quiero que me engañes con esa fulana.

—Lily, no te estoy engañando. Pero forma parte de la vida de la ciudad que los hombres estén, de vez en cuando, en compañía de mujeres que no son sus esposas. Tienes que confiar en mí.

—No es que no confíe en ti —dije—, pero no me voy a quedar sin hacer nada mientras una fulana trata de robarme a mi marido.

—Tal vez todos nos sintamos un poco acorralados en esta ciudad. Y posiblemente nos esté volviendo un poquito locos a todos.

—Entonces tal vez deberíamos marcharnos —sugerí.

—Tal vez deberíamos hacerlo.

—Entonces está decidido.

—Ahora sólo tenemos que encontrar un sitio al que irnos.

El aviador

Parte 9

Rex y Rosemary después de su boda

HORSE MESA ERA UNA CAGADA de mosca, un campamento con pretensiones, en realidad construido para los hombres que trabajaban en la presa de Horse Mesa, que contenía las aguas del río Salt, formaba el lago Apache y generaba energía eléctrica para Phoenix. En Horse Mesa solamente vivían trece familias, pero esas familias tenían hijos, y los niños necesitaban una maestra, y ese verano me dieron el trabajo.

Cambiamos el elegante pero poco fiable Kaiser California por un buen Ford fabricado en Detroit, y un día de julio cargamos nuestras maletas en el maletero y nos dirigimos al este, primero a Apache Junction, luego a Tortilla Flats, en donde terminaba el asfalto. Desde allí, seguimos por el Sendero Apache, un sinuoso camino de tierra, y subimos hasta las montañas de la Superstición, que, en mi humilde opinión, eran todavía más espectaculares que el Gran Cañón. Pasamos al lado de enormes acantilados de arenisca roja y dorada, con sus capas de sedimentos inclinadas y apretadas, como un puñado de libros amontonados en un estante. Las montañas estaban salpicadas de saguaros, arbustos y nopales, que eran más feos que el demonio, pero no podías dejar de admirar su habilidad para crecer incluso en las grietas más secas, rocosas e inhóspitas de las paredes de los barrancos (y que el diablo me lleve si no se las arreglaban para dar algunos frutos sabrosos).

Tras varios kilómetros por el Sendero Apache, llegamos a un camino de tierra aún más estrecho que salía hacia el norte. Nos adentramos en él atravesando una sucesión de colinas y bajamos por una serie de empinadas cuestas, pasando por debajo de salientes y rodeando unas formaciones rocosas de ensueño. Jim iba al volante, y hacía deslizarse al Ford pegado a la ladera de la montaña, ya que no había quitamiedos y el terreno caía tan abruptamente al otro lado que con un pequeño error acabaríamos despeñándonos por el abismo. El camino era conocido por el nombre de Agnes Weeps (en inglés, «Agnes llora»), en honor a la primera maestra del pueblo, que no había podido reprimir las lágrimas cuando vio lo profundo y sinuoso que era el camino, dándose cuenta entonces de lo remoto que estaba el pueblo. Pero desde el primer momento en que lo vi con mis propios ojos adoré ese camino. Pensé en él como en una escalera de caracol que me sacaba de los atascos de tráfico, los informativos de la radio, los burócratas, las sirenas antiaéreas y las puertas cerradas con llave de la vida en la ciudad. Jim dijo que teníamos que volver a bautizar aquel camino con el nombre Lily Sings (en inglés,«Lily canta»).

Seguimos por Agnes Weeps todo el tiempo hasta el fondo del cañón, luego giramos en una curva y vimos un lago azul intenso rodeado de paredes de barrancos de arenisca roja por todos los lados. Cruzando un pequeño puente, colgado de uno de los barrancos y mirando al lago, se encontraba Horse Mesa. Era sólo un puñado de casas de estuco en un lugar remoto: Agnes había acertado en este aspecto de la cuestión. Un camión traía comida dos veces por semana desde la cantina de la presa Roosevelt. Sólo había un teléfono, situado en el centro social. Si uno quería hacer una llamada, tenía que solicitarla a la operadora de la centralita de Tempe, que le daba un horario para que, a la hora indicada, efectuara la llamada a través de Mormon Flats, y todos en el centro social podían oír la conversación.

Pero nosotros nos encontrábamos enormemente felices de estar en Horse Mesa. Como era verano, los chicos se pasaban el día entero en el lago, tirándose desde las paredes verticales al agua fría. El río y el lago atraían a toda clase de animales, y vimos carneros, mapaches, monstruos de Gila, serpientes de cascabel de las montañas y chacahualas.

Jim consiguió en la Oficina de Reclamación de Tierras un puesto de conductor de camiones —rellenaba socavones y reconstruía vaguadas erosionadas a lo largo de todo el recorrido del Sendero Apache—, y el trabajo le hacía feliz. Conducía un potente vehículo, solo, al aire libre.

Y yo trabajaba otra vez en lo mío, en una escuela con sólo un aula, sin burócratas con cara de pescado que me cuestionaran, enseñándoles a mis alumnos lo que creía que necesitaban saber.

LA ESCUELA DE HORSE MESA LLEGABA sólo hasta octavo curso, así que ese otoño, por tercera vez, tuvimos que enviar a los chicos a un internado. A Rosemary la matriculamos en el de San José, un pequeño y elegante instituto de Tucson. Yo sabía que muchas de las otras chicas provenían de familias ricas, así que antes de que se fuera le hice un regalo.

—¡Perlas! —exclamó cuando abrió la cajita—. ¡Tienen que haberte costado una fortuna!

—Las conseguí con vales de S&H —dije—. Y no son auténticas, son de imitación.

Le hablé por primera vez de mi primer marido, el mequetrefe sinvergüenza, y su otra familia.

—El muy canalla me regaló un anillo falso —dije—. Pero durante años creí que era auténtico y me comporté como si lo fuera, y nadie sospechó nada.

Abroché el collar alrededor de su cuello.

—La cuestión —dije— es que si mantienes la frente alta nadie lo sabrá jamás.

***

Con los chicos fuera, en el colegio, nuestra vida en Horse Mesa se fue convirtiendo en una tranquila rutina. Parte de ésta fue, en sí misma, instalarnos. Vivir allí era como hacerlo en una catedral natural. Cuando te levantabas, día tras día, salías al exterior y veías allí abajo el lago azul, y luego alzabas los ojos hacia los desfiladeros de arenisca —aquellos impresionantes estratos de rocas rojas y amarillas formadas a lo largo de milenios—, con decenas de grietas veteadas de negro que tras los aguaceros tormentosos se convertían temporalmente en cataratas. En una sola tormenta conté veintisiete cascadas.

No menos importante era que todos en Horse Mesa nos llevábamos bien. Teníamos que hacerlo. Como todos trabajábamos juntos y dependíamos los unos de los otros, las peleas eran un lujo que no podíamos permitirnos. Nadie se quejaba ni cotilleaba. Sólo recibíamos señales intermitentes de radio, así que, por las noches, mientras los niños jugaban, los mayores paseaban y se hacían visitas. Ninguno de nosotros tenía mucho dinero, de modo que no hablábamos de las cosas de las que habla la gente acaudalada. En cambio comentábamos todo aquello que nos importaba: el tiempo, el nivel del lago, una lubina con la boca enorme que alguien había pescado bajo el puente, las huellas de puma que algún otro había visto a orillas del Fish Creek. A un tipo de la ciudad le habría parecido que teníamos poco o nada que hacer, pero ninguno de nosotros lo sentía así, y la rutina ayudaba a mantener la tranquilidad de nuestro pequeño campamento al borde del barranco.

***

A pesar de lo pacífica que se había vuelto nuestra vida, yo todavía tenía momentos de gran indignación. Siempre me había interesado la política, pero descubrí que tenía talento para ella después de que el Departamento de Educación intentara cerrar un par de escuelas en nuestra zona, y me puse en contacto con la Federación de Educadores Unidos para impedirlo. Vi lo fácil que era lograr que se hicieran las cosas si uno tenía voluntad de trabajar y de hacerse oír, y lo rápido que se dejaban intimidar algunos políticos si uno los agarraba por el cuello o les clavaba el dedo en el pecho.

Empecé a viajar a Phoenix con asiduidad para asegurarme de que los políticos ambiguos cumplieran con sus promesas electorales, y en una ocasión irrumpí en la oficina del gobernador, con Rosemary detrás de mí, para recriminarle que no dotara con suficientes fondos los presupuestos de educación. Cuando me amenazó con hacer que me arrestaran, le dije que, si lo hacía, yo —contribuyente, maestra y tierna madre de dos niños— convocaría una conferencia de prensa y le recordaría a todo el mundo lo hijo de puta mentiroso que era él.

Me convertí en la jefa del distrito electoral del Partido Demócrata de Horse Mesa. Siempre llevaba encima tarjetas de empadronamiento, y en las tiendas de ultramarinos preguntaba a la gente que hacía cola si estaban inscritos en el padrón electoral. Si no lo estaban, les entregaba una tarjeta.

—Todo el que piense que esto no supone ninguna diferencia es que nunca le ha picado un mosquito —le decía a la gente.

Hice que se apuntaran las trece familias de Horse Mesa en el padrón electoral, y el día de las elecciones Jim me llevó en el coche hasta Tortilla Flats. Yo tenía las papeletas en una mano y mi revólver de empuñadura nacarada en la otra, y retaba a cualquiera que tratara de acallar la democracia robando los veintiséis votos con los que la gente había depositado su confianza en mí.

—¡Un momento todo el mundo! —declaré al llegar—. Aquí están las papeletas de Horse Mesa, y estoy orgullosa de anunciar que hemos conseguido el cien por ciento de los votos.

***

Jim y yo, además, adquirimos un nuevo pasatiempo: la búsqueda de uranio. El gobierno lo necesitaba para sus armas nucleares y ofrecía una recompensa de cien mil dólares a todo aquel que descubriese una mina de uranio. De hecho una pareja de Colorado que no tenía ni un céntimo se había topado con una, y ahora eran ricos. Jim compró un contador Geiger de segunda mano, y los fines de semana íbamos en coche al desierto y buscábamos rocas que lo hicieran sonar.

Me sorprendió encontrar un montón por allí, sobre todo cerca de un lugar llamado la Llanura del Francés, y no nos llevó mucho tiempo llenar varios cajones. Se los llevamos a un técnico de Mormon Flats, pero nos dijo que en realidad no contenían uranio: toda la radiactividad estaba en la superficie. Las rocas, según nos explicó, estaban en una zona en donde el gobierno había hecho pruebas nucleares.

Yo suponía que las rocas que hacían sonar el contador algún día valdrían algo, de modo que las guardamos en el sótano y de vez en cuando cogíamos más.

***

Después de terminar el instituto, tanto Rosemary como el Pequeño Jim fueron a la Universidad Estatal de Arizona. Con un metro noventa de estatura y noventa kilos de peso, el Pequeño Jim era ahora más grande que el Gran Jim. Jugaba al fútbol americano en la universidad y se comía media caja de cereales cada mañana, pero nunca fue un estudiante destacado. Durante su primer año en la universidad conoció a Diane, una belleza de labios carnosos cuyo padre era un pez gordo de Correos en Phoenix. Se casaron, y Jim abandonó la universidad y se convirtió en agente de policía.

«Uno colocado —pensé—, y otra por colocar».

***

Me daba la sensación de que había hecho un trato con Rosemary. O al menos lo consideraba un trato, aunque Rosemary todavía creía que yo imponía mi voluntad. Pero acordamos que estudiaría arte en la universidad cuando se graduara como maestra y obtuviera su diploma. Después de la guerra se habían establecido en Arizona muchos jóvenes, y a Rosemary siempre le estaban pidiendo citas. A decir verdad, muchos hombres le habían propuesto matrimonio. Le dije que esperase, que todavía no estaba preparada. Pero yo tenía una idea clara de la clase de hombre que necesitaba: un ancla. Aquella chica todavía tenía tendencia a ser poco constante, pero con un hombre firme a su lado podía verla sentar la cabeza, enseñando en una escuela primaria, criando un par de hijos y pintando por afición.

Había muchos hombres firmes —hombres como su padre—, y yo sabía que podía encontrarle uno apropiado.

E L VERANO SIGUIENTE, DURANTE el tercer año de Rosemary en la universidad, ella y sus amigos empezaron a ir en coche al cañón de Fish Creek a nadar. Un día vino a casa y nos contó una historia que me pareció graciosa. Un grupo de jóvenes pilotos de las fuerzas aéreas había estado en el cañón. Cuando ella se había tirado al agua desde el precipicio, uno de ellos se había quedado tan impresionado que había saltado detrás y le había dicho que pensaba casarse con ella.

—Le dije que ya me habían propuesto matrimonio veintiún hombres, y que los había rechazado a todos, y que no entendía por qué pensaba que iba a aceptarle a él. Él dijo que no me estaba proponiendo nada, que sólo me estaba informando de que íbamos a casarnos.

Yo pensé que alguien con esa osadía sólo podía ser un líder nato o un embaucador.

—¿Cómo es? —pregunté.

Rosemary pensó un segundo en la pregunta, como si tratara de resolver un acertijo.

—Interesante —dijo—. Diferente. Hay algo que sí te puedo decir de él: no era muy buen nadador, pero saltó con decisión.

***

El nombre del saltador era Rex Walls. Se había criado en Virginia Occidental y estaba destinado en la Base Luke de las fuerzas aéreas. Rosemary volvió feliz de su primera cita con él, riendo como una tonta. Se encontraron en un restaurante mexicano en Tempe, y cuando otro tipo había intentado tontear con ella Rex había iniciado una pelea que se convirtió en una gresca general, pero ella y Rex se habían escabullido y habían salido corriendo cogidos de la mano antes de que llegaran los polis.

—Dijo que era mejor «poner los pies en polvorosa» —dijo Rosemary.

«Justo lo que necesita —pensé—: un demonio».

—Eso suena muy prometedor —admití.

Rosemary ignoró el sarcasmo.

—Se ha pasado hablando sin parar toda la noche —dijo—. Tiene muchos proyectos. Y está muy interesado en mi vena artística. Mamá, es el primer hombre de todos con los que he tenido una cita que me toma en serio como artista. De hecho está interesado en ver algunos cuadros.

***

El siguiente fin de semana Rex apareció en Horse Mesa para ver las obras de Rosemary. Era un tipo larguirucho de oscuros ojos rasgados, una sonrisa diabólica y cabello negro peinado hacia atrás. Sus modales fueron corteses:

se quitó rápidamente su gorra de las fuerzas aéreas, estrechó vigorosamente la mano de Jim y a mí me dio un suave apretón.

—Ya veo de quién ha heredado la belleza Rosemary —dijo.

—Tú sí que sabes mentir —dije yo.

Rex echó la cabeza hacia atrás y se rió.

—Y ya veo también de quién ha heredado su descaro Rosemary.

—Soy sólo una vieja maestra —proseguí—, pero tengo un bonito juego de dientes postizos.

Me quité la dentadura y se la enseñé.

Rosemary se escandalizó.

—¡Mamá! —exclamó.

Pero Rex volvió a reírse.

—Son bonitos de verdad, pero en eso estamos empatados —dijo, y él también se quitó la dentadura postiza. Explicó que cuando tenía diecisiete años su coche había chocado contra un árbol—. El coche se detuvo, pero yo seguí hacia delante.

«Este tipo tiene algo», pensé. Al menos, estaba segura de que alguien que podía reírse de un accidente de coche que le había dejado sin dientes debía tener agallas.

Rosemary había traído algunos de sus cuadros —paisajes del desierto, flores, gatos, retratos de Jim—, y Rex los sostuvo en alto uno por uno y alabó con entusiasmo la originalidad de la composición, la brillantez del color, la sofisticación de la técnica… Un montón de estupideces, a mi humilde entender, pero Rosemary se deleitaba con ellas, igual que con las tonterías existenciales de Ernestine, aquella profesora de pintura francesa.

—¿Por qué ninguno de estos cuadros está colgado en las paredes? —preguntó Rex.

En el salón teníamos dos láminas con imágenes de bosques que yo había comprado porque el azul del cielo combinaba a la perfección con el azul de la alfombra que había en el suelo. Sin pedir permiso, Rex las descolgó y las reemplazó por dos de los cuadros de Rosemary en los que no había ningún tono de azul.

—Así están mejor —dijo—, expuestos; ése es su sitio.

—Bueno, son bonitos, pero no hacen juego con la alfombra —objeté—. He tardado mucho tiempo en encontrar unas láminas que tuvieran el tono exacto de azul.

—Al diablo con lo de que vayan a juego —dijo Rex—. Hay que mezclar las cosas de vez en cuando. —Señaló mis láminas—. Ésas son solamente reproducciones —afirmó, y luego hizo un gesto hacia los cuadros de Rosemary—. En cambio éstos son originales, y no sólo eso, son condenadas obras maestras.

Miré a Rosemary. Estaba radiante.

A FINALES DEL VERANO, REX Y ROSEMARY ya salían regularmente. Yo no me daba cuenta de lo seria que era la cosa, pero aquel canalla de Rex era muy persistente. Podía ver sus intenciones como si estuvieran escritas en un libro abierto. Era encantador, pero casi todos los timadores lo eran, ya que antes de desplumarte tenían que ganarse tu confianza. El mequetrefe sinvergüenza que era mi primer marido me había enseñado eso. Rex siempre tenía una broma en los labios, podía hablar de cualquier tema, repartía lisonjas como si fueran caramelos y te hacía sentir que eras el centro del mundo, pero estaba claro que no se podía confiar demasiado en él.

Además, tenía toda clase de planes magníficos y siempre estaba hablando de nuevas fuentes de energía —energía solar, energía térmica, energía eólica—. Jim pensaba que Rex era pura palabrería.

—Si pudiéramos aprovechar el aire caliente que sale de esa cotorra —decía—, proporcionaríamos energía a todo Phoenix.

Yo no desalentaba mucho a Rosemary para que la relación no se volviera más seria. No hay forma más infalible de que una jovencita terca quiera hacer algo que prohibírselo. Pero trataba de hacerle ver que quizá no fuese el compañero ideal a largo plazo.

—No es exactamente una joya —le advertía.

—Yo no quiero casarme con una joya —replicaba ella.

***

Rosemary me confesó que lo que le gustaba de Rex era que cuando él andaba cerca siempre pasaban cosas. Le encantaba iniciar conversaciones con perfectos desconocidos. Le gustaba actuar caprichosamente. Le encantaban las travesuras y las sorpresas. Una vez metió a hurtadillas uno de los cuadros pequeños de Rosemary en un museo de arte de Phoenix, lo colgó en un sitio vacío y luego la invitó a ir al museo con él. Ella nunca se había sobresaltado tanto —o nada le había hecho tanta gracia— como cuando Rex la llevó a donde estaba el cuadro y, simulando sorprenderse, dijo:

—Bueno, mira eso: es el mejor cuadro de todo el condenado edificio.

Rosemary explicaba que algunas de las cosas que sucedían alrededor de Rex eran extrañas, otras eran emocionantes, graciosas o daban miedo, pero siempre lo convertía todo en una aventura. Podía reconocer en los demás a quienes, como él mismo, tenían una vena desenfrenada, como si fueran masones comunicándose mediante señales secretas. Si iban al circo, conocía a los payasos, a la jinete que montaba a pelo y al tragasables, y participaba de una animada velada después del espectáculo, despachándose varias copas en un bar con todos ellos, en donde el tragasables mostraba cómo clavar un puñal en la garganta, la jinete que montaba a pelo explicaba que los nazis la habían enviado a un campo de concentración porque era gitana y uno de los payasos —el de los ojos tristes— confesaba que su antiguo amor vivía allí cerca y que nunca había vuelto a amar a nadie más; así que todos se metían en el coche y se dirigían a la casa del antiguo amor del payaso y de pronto te encontrabas a las cuatro de la mañana de pie bajo la ventana de aquella mujer desconocida cantando *Red River Valley* con la esperanza de hacer renacer su amor por el payaso de los ojos tristes.

***

Ese otoño, un sábado por la mañana, temprano, cuando Rosemary volvió a casa de la universidad, Rex apareció en Horse Mesa. Llevaba botas y un sombrero de vaquero. Rosemary, Jim y yo estábamos acabando de desayunar nuestras gachas de trigo en la mesa de la cocina. Le pregunté a Rex si quería que le preparara un cuenco.

—No, gracias, señora. Tengo planeado un gran día para hoy y no quiero molestar.

—¿Y cuáles son tus planes? —pregunté.

—Bueno, ustedes son auténticos habitantes de las praderas, y están acostumbrados a los caballos —dijo—. Así que imagínese: como voy a casarme con su hija, tengo que demostrarles a todos ustedes que, a pesar de que nunca me he montado en un caballo, tengo lo que hay que tener para hacerlo. Así que hoy saldré a buscar un caballo, y si ustedes quieren venir conmigo y hacerle alguna sugerencia a este ignorante, les quedaría muy agradecido.

Jim y yo nos miramos el uno al otro. Aquel tipo iba verdaderamente en serio. Mientras tanto Rosemary estaba diciendo que los Crebbs, que vivían en un rancho al pie de las montañas y mandaban a sus dos hijos a mi escuela, tenían algunos caballos de la raza cuarto de milla que con mucho gusto nos dejarían para que los montáramos. Así que cuando terminamos las gachas de trigo fuimos a por nuestras botas y salimos en el Ford hacia la finca de los Crebbs.

Ray Crebbs nos dijo que los caballos estaban en el corral, que las sillas de montar estaban en el granero y que se las pusiéramos nosotros mismos, con confianza, pero que los caballos no habían sido montados desde hacía un par de meses y podían estar un poco ariscos. Escogimos cuatro, pero todos estaban apegados a la manada y no quisieron venir con nosotros, así que Jim tuvo que echarles el lazo, o no habríamos podido hacerles entrar en el granero.

Rosemary siempre tenía que hacerse con el caballo más brioso de la manada, y eligió un zaino un poco inquieto. Yo le eché el ojo a uno castrado, manso, para Rex, pero él dijo que ni en broma iba a montar un caballo al que le habían cortado las pelotas, así que le di la yegua que había elegido para mí, aunque se estaba comportando de modo hosco y tímido.

Después de ensillarlos, salimos hacia el corral. Rosemary y Jim empezaron a dar vueltas al trote para que sus caballos entraran en calor, y yo me quedé un poco rezagada para darle algunos consejos a Rex. El pobre le ponía voluntad, pero se veía desde lejos que su naturaleza no era la de un jinete. Se estaba esforzando demasiado. Estaba tenso e inclinado hacia delante, con lo que cargaba todo su peso sobre los hombros. Le dije que se relajara, que se echara hacia atrás y que soltara el cuerno de la silla, porque éste no le iba a salvar.

En lugar de relajarse, Rex siguió con su cháchara de que aquello era pan comido, de que se lo estaba pasando en grande y de cómo quería obligar a aquel jamelgo a marchar a paso firme.

—¿Cómo hago para poner tercera? —preguntó.

—Primero tienes que aprender a mantener el culo sobre la silla —dije.

Un rato después le di permiso para que trotara, pero empezó a rebotar sobre su silla y a tirar de las riendas. Aun así, insistió en que no se iba a bajar hasta que hubiera galopado, porque, según él, hasta que uno no galopa no se puede decir realmente que ha montado a caballo.

—¡Si quieres que la yegua galope, sólo tienes que darle una patada! —gritó Rosemary.

Y eso fue lo que hizo Rex: dio una fuerte patada a la yegua en el flanco. El animal se puso en marcha, pero no comenzó a galopar, probablemente porque se imaginó que no era una buena idea con aquel jinete carente de equilibrio. A pesar de ello, Rex se sorprendió y empezó a gritar: «¡Quieta! ¡Quieta!», mientras tiraba de las riendas. Con todo ese ruido y alboroto, la pobre yegua se asustó, y entonces sí se puso en movimiento.

Mientras la yegua iba a toda velocidad describiendo un gran círculo alrededor del corral, yo le gritaba a Rex que se echara hacia atrás y que se cogiera de las crines, pero estaba tan atemorizado que no oía nada de nada. Se puso a gritarle a la yegua y a tirar de las riendas, pero el animal se limitó a inclinar la cabeza hacia atrás y siguió galopando.

Jim y Rosemary galoparon a toda prisa hacia el centro del corral para apartarse de su camino. La yegua había dado unas cuantas vueltas sin aminorar la velocidad y yo me di cuenta de que Rex empezaba a resbalarse de la silla. También me percaté, mirando a los ojos de la yegua, de que estaba asustada, no enfadada, y eso significaba que quería detenerse, pero necesitaba que le dieran permiso.

Bajé de mi caballo y me coloqué en el sitio por donde iba a pasar la yegua. Estaba preparada para colgarme de su flanco si no se detenía, pero cuando se iba acercando alcé las manos despacio, la miré a los ojos y con voz tranquila le dije: «So». Y se detuvo justo delante de mí.

De hecho se detuvo tan bruscamente que Rex salió despedido hacia delante, se colgó de su cuello un instante y luego cayó al suelo.

Rosemary se bajó rápidamente de su caballo y vino corriendo.

—¿Estás bien? —le preguntó.

—Está bien —dije—. Sólo se le han soltado las ligas de las medias.

Rex se puso de pie y se quitó el polvo de sus pantalones vaqueros. Me di cuenta de que estaba un poco alterado, pero respiró hondo y se pasó los dedos por el cabello. Luego, una gran sonrisa apareció en su rostro.

—Ya he encontrado el acelerador —dijo—. Ahora lo único que me falta es saber dónde está el freno.

✳✳✳

Rex insistió en volver a montar, lo cual me alegró, y disfrutamos de un agradable paseo a caballo por la finca de los Crebbs. Cuando regresamos a Horse Mesa, ya estaba avanzada la tarde. Calenté unas alubias y, después de haber cenado, sugerí que jugáramos unas manos de póquer.

—Jamás me van a oír ustedes decir que no a eso —dijo Rex—. Tengo una botella de licor en el coche. ¿Qué tal si voy a buscarla y echamos un par de tragos?

Rex trajo la botella, Jim preparó unos vasos —incluyendo uno para él, sólo por mostrarse amable— y nos sentamos todos en la mesa de la cocina. Rex sirvió a todos dos dedos de whisky. No hay mejor forma de observar el verdadero carácter de un hombre que viéndolo jugar al póquer. Algunos jugaban con el fin de conservar lo que tenían, otros lo hacían para forrarse. Para algunos consistía en apostar y eso era todo, para otros se trataba de un juego de habilidad que suponía cierto cálculo de los riesgos. Para algunos se trataba de números, para otros se trataba de psicología.

Rosemary, por ejemplo, era una pésima jugadora de póquer. Por más que le hubiera explicado las reglas una y otra vez, siempre estaba haciendo preguntas que revelaban la mano que le había tocado. Tan pronto como repartí las cartas, ella miró las suyas y preguntó:

—¿La escalera gana al color?

—Si te delatas así, nunca vas a ganar —la advertí yo.

—Ganar no es tan bueno como lo pintan —dijo Rosemary—. Si siempre ganas, nadie querrá jugar contigo.

Ésa se la dejé pasar.

A medida que nos fuimos adentrando en la partida, me di cuenta de que Rex era un buen jugador. Para él, el juego no consistía en evaluar sus propias cartas, sino en enterarse de cómo jugaban los contrincantes; y al principio parecía saber exactamente cuándo pasar y cuándo subir la apuesta.

Pero se había quedado con la botella junto a él. Jim y Rosemary no habían tocado su bebida y yo sólo le había dado un par de sorbos a la mía. Rex se pasó el tiempo llenando su vaso, y a medida que fue transcurriendo la velada empezó a jugar de modo demasiado fanfarrón, echándose muchos faroles, apostando más de lo debido, perdiendo apuestas que nunca debía haber tratado de ganar y enfureciéndose con sus cartas cuando le decepcionaban.

Un rato después dejó de servirse en el vaso y empezó a beber directamente de la botella. Fue entonces cuando supe que podía desplumarle por completo. Esperé hasta tener una mano segura —un full de ochos y cuatros— y entonces le hice creer que me estaba obligando a subir la apuesta, pero yo no lo hacía, y pronto estaba más hundido de lo que creía.

Descubrí mis cartas. Rex las examinó y su expresión se volvió amarga. Después arrojó sus propias cartas boca abajo al centro de la mesa. Unos segundos después, se rió entre dientes.

—Vaya, Lily —dijo—, ese caballo castrado no tenía pelotas, pero usted sí que tiene un buen par.

Rosemary soltó una risa tonta. Me dio la sensación de que le gustaba el atrevimiento que había mostrado su novio ante mí. Y a decir verdad, era el primer tipo que había traído a casa que no me tenía ni una pizca de miedo.

Jim miró a Rex enarcando las cejas.

—No te pases, aviador —le advirtió.

—Sin ánimo de ofender, amigo —dijo Rex—, le estaba haciendo un cumplido a la señora.

Jim se encogió de hombros.

—Se ha llevado la nómina de más de un peón del rancho exactamente de esta manera —explicó.

Rex alargó la mano hacia la botella para darle otro trago, pero ya estaba vacía.

—Parece que nos hemos despachado esto —dijo.

—Tú te la has despachado —le corregí.

—Creo que ya hemos jugado lo suficiente —intervino Rosemary.

Rex asintió con la cabeza. Dejó la botella sobre la mesa, se puso de pie y luego se tambaleó hacia un lado.

—Estás borracho —dije.

—Sólo estoy un poco alegre —afirmó Rex—. Y ahora tengo que despedirme de ustedes.

—No puedes conducir por ese camino en el estado en que estás.

—Estoy bien —aseguró Rex—. Conduzco así todo el tiempo.

—Tal vez mi madre tenga razón —dijo Rosemary.

—Puedes dormir en el garaje —ofreció Jim.

—He dicho que estoy bien —repitió Rex, y empezó a buscar las llaves en su bolsillo.

—Oye, borrachín estúpido —dije—, estás demasiado bebido para conducir, y no voy a permitirlo.

Rex apoyó ambos puños sobre la mesa.

—Oiga, señora, a Rex Walls nadie le da órdenes, y mucho menos una vieja con la cara desgastada por muchos cojones que tenga. Y con eso les deseo buenas noches.

Nos quedamos todos sentados en silencio mientras Rex salía haciendo eses. Cerró de golpe la puerta mosquitera. Le oímos poner el motor en marcha, y luego, con un chirrido de las ruedas, su coche desapareció perdiéndose en la oscuridad, bajando la ladera por Agnes Weeps.

AL DÍA SIGUIENTE PENSÉ QUE DEBÍA mantener una conversación seria con mi hija acerca de su novio.

—Ese pillastre puede ser divertido —admití—, pero también es un peligro para sí mismo y para los que le rodean.

—Nadie es perfecto —replicó ella—. Estamos sólo a un paso de las bestias y a un paso de los ángeles.

—Eso es bastante cierto —dije—, pero no todos se sitúan exactamente en el punto medio. Rex es inestable. Nunca tendrás la menor seguridad a su lado.

—La verdad es que no me importa la seguridad —afirmó—. Y de todos modos, no creo que vaya a tenerla nunca con nadie. Mañana una bomba atómica nos podría matar a todos.

—¿Así que me estás diciendo que el futuro no es importante? ¿Que vas a vivir tu vida como si no hubiera un mañana?

—Casi todo el mundo pasa tanto tiempo preocupándose por el futuro que no disfruta del presente.

—Y a la gente que no hace planes para el futuro el porvenir le tiende una emboscada. «Espera que suceda lo mejor, pero haz planes para lo peor», solía decir mi padre.

—No puedes prever todo lo que la vida te va a echar encima —dijo ella—. Y no puedes evitar el peligro. Está ahí. El mundo es un lugar peligroso, y si te pasas el día preocupada retorciéndote las manos te perderás toda la aventura.

Sentí que podía decir un montón de cosas más sobre el tema del peligro. Podría haberle dado una larga charla sobre ese tema, haberle contado que a mi padre le había coceado en la cabeza un caballo a los tres años, que mi amiga Minnie de Chicago había muerto con el cabello enganchado en una máquina, que mi hermana Helen se había suicidado después de quedarse embarazada por un descuido. La vida venía con todas las aventuras y peligros que necesitaras. No tenías que buscarlos. Pero el meollo de la cuestión era que, en realidad, Rosemary no había escuchado lo que yo le había dicho cuando visitamos a los havasupai y le di aquella azotaina por irse a nadar con Fidel Hanna.

—No sé qué hice mal cuando te crié —dije—. Tal vez me esforcé demasiado. Pero todavía sostengo que necesitas un ancla.

***

Ese mismo día, un poco más tarde, llamaron a la puerta. Cuando fui a abrir, allí estaba Rex Walls. Traía en una mano un gran ramo de azucenas blancas, y me lo tendió.

—Azucenas para Lily, a modo de disculpa —dijo—. Aunque no son tan preciosas como su tocaya[*].

—No es exactamente la misma canción que estabas silbando ayer.

—Lo que dije es imperdonable, y soy el primero en admitirlo. Pero he venido esperando que le daría a este impresentable otra oportunidad.

Prosiguió explicando que había tenido un día difícil, que se había caído de un caballo desbocado delante de la mujer que amaba y luego su madre le había ganado al póquer, lo que le había llevado a tomar una copa de más.

—Pero fue usted quien empezó cuando me llamó estúpido. —Hizo una pausa—. Y sé conducir cuando estoy borracho.

Yo sacudí la cabeza y miré las azucenas.

—Podría darte todas las oportunidades del mundo, pero aún sigo pensando que lo que mi hija necesita es un ancla.

—El problema de estar atado a un ancla —dijo— es que es condenadamente difícil volar con ella.

«¡Qué fantasma!», pensé. Siempre tenía que decir la última palabra. Pero las azucenas eran bonitas.

—Voy a ponerlas en agua.

—A usted le gusta volar —añadió Rex—. Si con ello logro que se reconcilie conmigo, sería un honor para mí llevarla a dar una vuelta en avión.

---

[*] En inglés, *lily* significa «azucena». *(N. del T.)*

Yo no había subido a un avión desde hacía años, y aunque todavía estaba mosqueada con aquel gamberro la idea me llenó de excitación; así que, por supuesto, acepté. Cuando Rex vino a recogerme el domingo siguiente, yo le estaba esperando de pie delante de casa, vestida con mi mono de aviador y mi casco de piel en la mano.

Rex asomó la cabeza por la ventanilla del sedán Ford bicolor que siempre le pedía prestado a un amigo.

—¡Amelia Earhart —gritó— viva, después de todo!

Rosemary quería venir con nosotros, pero Rex le dijo que el avión sólo tenía dos plazas.

—En este viaje sólo vamos Amelia y yo —dijo.

Rex conducía endiabladamente, como me gustaba a mí, y en poco tiempo habíamos bajado a toda velocidad por Agnes Weeps, saliendo del cañón, y viajábamos a lo largo del Sendero Apache.

Le pedí a Rex que me contara algo sobre sus orígenes.

—Señora —dijo—, si lo que está buscando es pedigrí, va a encontrar menos que en la perrera municipal.

Dijo que se había criado en un pueblo con minas de carbón. Su madre era huérfana y su padre había trabajado de administrativo en el ferrocarril. Su tío fabricaba bebidas alcohólicas ilegalmente, y cuando era adolescente a veces Rex llevaba el licor de contrabando al pueblo.

—¿Fue allí donde aprendiste a conducir así? —pregunté—. ¿Huyendo de los agentes del gobierno?

—¡Demonios, no! —dijo—. Los polis eran nuestros mejores clientes. Y mi tío no me permitía conducir deprisa. Eran bebidas de primera calidad, y él me exigía que condujera lento para que no se agitaran.

Le hablé de la época en que yo también vendía alcohol ilegal que tenía almacenado debajo de la cuna y de cómo Rosemary me había salvado una vez porque se puso a berrear cuando vio a los agentes del gobierno, que habían venido a investigar. Nos entendimos bien, charlando, hasta que ya en la llanura vimos una caravana destartalada rodeada de basura: ejes de coches, fregaderos de metal, viejos bidones de aceite, montones de lonas plegadas y un camión herrumbroso subido a unos bloques de hormigón.

Rex pisó el freno, dio un viraje brusco y se metió en el patio que estaba delante de la caravana.

—¡Mire toda esta mierda! —exclamó—. Como nacido en Virginia Occidental, soy un tanto susceptible con respecto a estos engendros de la chusma blanca, y voy a cantarle las cuarenta a este tipo.

Se bajó y empezó a aporrear la puerta.

—¡A ver si el miserable patán que vive en este montón de escombros tiene los huevos de mostrar su fea cara de culo!

Un tío escuálido con el pelo cortado al rape abrió la puerta.

—Mi futura suegra está en ese coche —aulló Rex—
y le enferma tener que pasar junto a esta pocilga cuando
conduce por este camino. Así que la próxima vez que yo
vaya por esta carretera quiero verlo limpio. ¿Entendido?

Los dos hombres se miraron fijamente el uno al otro
durante unos segundos. Yo tenía la certeza de que iban
a enzarzarse a puñetazos, pero entonces se empezaron a
reír y a darse palmadas mutuamente en la espalda.

—Rex, desgraciado hijo de puta, ¿dónde has estado? —preguntó aquel tipo.

Rex lo llevó hasta el coche y me lo presentó como
Gus, un viejo amigo de las fuerzas aéreas.

—Tal vez creas que tengo aquí a esa mujer que desapareció hace tanto tiempo, Amelia Earhart, pero en realidad es Lily Casey Smith, que sería capaz de darle a la
misma Amelia Earhart un par de lecciones de cómo pilotar. Por cierto, es la madre de mi futura esposa.

—¿Va usted a dejar que este zopenco desertor se
case con su hija? —preguntó Gus—. Si es así, ¡tenga el
látigo a mano!

Los dos pensaron que aquello era gracioso.

***

Rex me explicó que, si seguían al pie de la letra las normas, estaba prohibido que los pilotos de las fuerzas aéreas subieran civiles a los aviones militares, aunque todo
el mundo lo hacía de tapadillo. Por eso, como no podían
despegar con civiles desde la base, delante de los contro-
ladores, los pilotos recogían a sus invitados en los distin-
tos campos de hierba que había en las afueras de la base
en donde a veces efectuaban aterrizajes. Uno de esos cam-

pos de aterrizaje quedaba justo detrás de la caravana de Gus, de modo que Rex iba a dejarme con su amigo mientras él iba a la base, despegaba con el avión y aterrizaba para recogerme junto a la caravana. A mí no me parecía mal que un hombre ignorara unas estúpidas normas, así que Rex se anotó otro tanto en la columna de los puntos positivos, aunque la columna de los negativos todavía seguía a la cabeza a mucha distancia.

Me quedé sentada detrás de la caravana charlando con Gus. Había una manga anaranjada para medir la fuerza del viento en el extremo de un mástil al lado del campo de aterrizaje, pero dado que no había viento, sólo estaba allí colgando. Finalmente apareció el avión. Era amarillo, un biplaza de un solo motor con una cubierta transparente que Rex había deslizado hacia atrás. Aterrizó y se aproximó a nosotros. Cuando se detuvo, Gus señaló el estribo que había debajo del alerón, y yo trepé al ala lo mejor que pude. Rex me dijo que me sentara delante, y él se puso detrás. Me coloqué mis auriculares y miré las agujas del panel de control, que se sacudían por las vibraciones del motor. Rex aceleró y empezamos a avanzar dando tumbos hasta que conseguimos elevarnos en el aire.

A medida que fuimos ganando altura, volví a experimentar la sensación de ser un ángel; veía los coches minúsculos arrastrándose por las carreteras, allí abajo, y observé hacia la distante curva del horizonte, con esa infinitud de cielo azul encima.

Volamos hacia Horse Mesa, y Rex descendió para aproximarse a nuestra casa un par de veces. Rosemary y Jim salieron corriendo a saludarnos con los brazos como locos, y Rex bajó en picado.

Luego seguimos la cresta de las montañas hasta el cañón de Fish Creek. Nos dejamos caer dentro del cañón mismo, volando encima del río sinuoso entre las paredes de roca roja de los barrancos que aparecía y desaparecía ante mi vista de forma espectacular.

Cuando salimos del cañón, viramos en círculo sobre la llanura, y Rex, al que podía oír a través del intercomunicador, me permitió coger los mandos. Incliné el avión hacia la izquierda, volví a enderezarlo, lo incliné a la derecha describiendo un gran círculo, ascendí y descendí. Nada en la vida era más maravilloso que volar.

Rex volvió a coger los mandos. Describió con el avión un enorme rizo, y no pude evitar agarrarme desesperadamente cuando me vi boca abajo. Al salir del rizo, descendimos en picado y luego pasamos rozando la tierra, a apenas quince metros de altura. Los árboles, las colinas y las formaciones rocosas se nos venían encima y pasaban vertiginosamente a ambos lados.

—A esto lo llamamos vuelo rasante —dijo Rex—. Un amigo mío lo estaba haciendo sobre la playa, y cuando saludó con la mano a unas chicas su avión se fue derecho al agua.

Enseguida nos dirigimos hacia una carretera flanqueada por una hilera de postes telefónicos.

—¡Ahora fíjese! —gritó Rex por el intercomunicador.

Dejó caer el avión todavía más, hasta que prácticamente tocamos el suelo. Comprendí que iba a intentar pasar bajo el tendido telefónico.

—¡Rex, no seas idiota! ¡Nos vamos a matar! —aullé.

Rex se limitó a sonreír socarronamente, y antes de que pudiera darme cuenta estábamos alineados frente a dos postes; luego éstos pasaron a nuestros costados como una flecha, con el cable de teléfono sobre nuestras cabezas.

—Eres un hombre condenadamente chiflado —dije.

—¡Es eso lo que su hija adora de mí! —aulló como respuesta.

Volvió a ascender y nos dirigimos hacia el norte, hasta que encontró lo que quería: ganado pastando. Descendió detrás del rebaño y se aproximó a él, otra vez casi rozando la tierra. Los animales huyeron en estampida con su torpe galope, abriéndose en dos grupos, uno a cada lado, cuando nos colocamos sobre ellos, pero Rex inclinó el avión a la derecha y luego a la izquierda, hasta que llevó a los animales hacia el centro. Sólo cuando había vuelto a juntarlos subió de nuevo y se alejó.

—Eso no lo puede hacer usted con un caballo. ¿O sí?

E SA PRIMAVERA Rex y Rosemary decidieron casarse.
Mi hija me dio la noticia una noche después de cenar, mientras estábamos fregando los platos.

—Necesitas a alguien estable —le dije—. ¿Es que
no te he enseñado nada?

—¡Vaya si lo has hecho! —aseguró—. Es lo único
que has estado haciendo a lo largo de toda mi vida. «Que
esto te sirva de lección». «Que aquello te sirva para aprender algo». Pero todos estos años tú creías que me estabas
enseñando una cosa y lo que yo aprendía era otra.

Nos quedamos allí de pie, mirándonos fijamente la
una a la otra. Rosemary estaba apoyada en el fregadero
con los brazos cruzados.

—¿De modo que te vas a casar con él aunque yo no
lo apruebe? —pregunté.

—Ése es mi plan.

—Siempre quise creer que no había ni un niño al
que no le pudiera enseñar —dije—. Resulta que estaba
equivocada. Ese niño eres tú.

***

Entonces Rex anunció que su periodo de servicio llegaba a su fin y que había decidido no reengancharse porque las fuerzas aéreas querían que pilotara bombarderos, y él prefería cazas. Además no quería que Rosemary malgastara su vida criando una prole de hijos en una achicharrante caravana en una base aérea en el desierto. Tenía otros proyectos, grandes proyectos.

Todo aquello me parecía descabellado.

—¿Dónde vais a vivir? —le pregunté a Rosemary.

—No lo sé —contestó—. Eso no tiene importancia.

—¿Qué quieres decir con que no tiene importancia? El lugar donde vives, tu hogar, es una de las cosas más importantes en la vida de una persona.

—Siento que no he tenido realmente un hogar desde que me fui del rancho. No creo que nunca vuelva a tenerlo. Tal vez no me instale jamás en ninguna parte.

***

Jim se tomó con filosofía la boda de Rosemary: pensaba que, como ya había tomado una decisión, discutiendo con ella lo único que lograríamos sería ponerla en contra nuestra.

—Tengo la sensación de haber fracasado —afirmé.

—No te eches tierra encima —dijo Jim—. Puede que no haya resultado ser como tú habías planeado, pero eso no significa que sea una persona mal encaminada.

Estábamos sentados en los escalones delanteros de la casa. Un poco antes había llovido. Los desfiladeros de roca roja que rodeaban Horse Mesa estaban mojados y el agua caía por las grietas creando decenas de cascadas temporales.

—Las personas son como los animales —prosiguió Jim—: algunas son más felices cuando están encerradas y otras necesitan vagar en libertad. Hay que reconocer lo que hay en su naturaleza y aceptarlo.

—¿Así que esto es una lección para mí?

Jim se encogió de hombros.

—Nuestra hija ha encontrado algo que le gusta, esto de la pintura, y alguien con quien quiere estar, ese tipo, Rex, así que le lleva ventaja a un montón de gente.

—Supongo que lo que debería hacer es dejar que las cosas sucedan.

—Serías más feliz si lo hicieras —aseguró Jim.

***

Les dije a Rex y a Rosemary que me haría cargo de todos los gastos si se casaban en una iglesia católica, y lo celebramos por todo lo alto. Yo tenía la esperanza de que con una gran boda tradicional empezarían con el pie derecho y quizá se convirtieran en un matrimonio tradicional.

Alquilamos un salón de banquetes en el hotel Sands, que acababa de ser construido en el centro de Phoenix. Logré negociar un buen precio, ya que el hotel era nuevo y estaba tratando de atraer clientela. Ayudé a Rosemary a elegir un vestido de boda, y también en este caso lo conseguí barato, porque nos quedamos con uno que había devuelto una novia cuya boda se había anulado. A Rosemary aquel traje le sentaba a la perfección.

Invité prácticamente a todas las personas que conocía: rancheros y peones de los ranchos, maestros y antiguos alumnos, administradores, miembros del Partido Demócrata de Arizona, gente de mi vida pasada, como Grady Gammage, que me había conseguido aquel primer trabajo de maestra en Red Lake, y el Gallo, que respondió en una carta a la maestra que hacía mucho tiempo le había enseñado a escribir que vendría con la mujer apache con la que se había casado. Yo pensaba llevar mi vestido de *Lo que el viento se llevó,* pero Jim me recomendó que no lo hiciera. Dijo que no quería que eclipsara a la novia.

—¿Qué vais a hacer en la luna de miel? —le pregunté a Rosemary cuando se acercaba el día señalado.

—No vamos a planear nada —dijo—. Es idea de Rex. Simplemente nos subiremos al coche después de la boda e iremos a donde nos lleve la carretera.

—Bueno, cariño, entonces supongo que sólo daréis un paseo.

***

Rosemary estaba guapísima en su boda. Su vestido llegaba hasta el suelo. Era de encaje sobre seda blanca, con un largo velo también de encaje y guantes a juego que le llegaban hasta los codos. Con unos zapatos blancos de tacón, era casi tan alta como Rex, que parecía un auténtico chiflado con su esmoquin blanco y su pajarita negra.

Rex y sus amigos habían estado bebiendo cervezas todo el día, y la situación se desmadró un poco durante el banquete. Rex soltó un largo discurso en el que se refería a mí como «Amelia Earhart», a Jim como «el vaquero paracaidista» y a Rosemary como «mi rosa silvestre». Cuando empezó a sonar la música, llevó en volandas a Rosemary por todo el salón, obligándola a girar sin parar. Ella se lo pasaba en grande haciendo muchos aspavientos con su vestido de encaje y levantando los zapatos blancos de tacón como si fuera una bailarina de cancán. Luego Rex nos hizo ponernos a todos en fila para bailar la conga, y fuimos serpenteando por todo el salón balanceando las caderas y levantando las piernas.

Al final, cuando la pareja de recién casados salió del hotel, el Ford prestado de Rex les estaba esperando aparcado en la puerta. Estábamos en mayo, estaba ya avanzada la tarde, y la luz dorada de Arizona inundaba la calle. Cuando llegaron a la acera, Rex cogió a Rosemary de la cintura, la echó hacia atrás y le dio un beso largo y profundo en la boca. Casi se caen, y eso les hizo tanta gracia que se les llenaron los ojos de lágrimas. Cuando Rosemary estaba subiendo al coche, Rex le dio una palmada en el trasero como si fuera de su propiedad, y luego se subió a su lado. Los dos todavía se estaban riendo cuando Rex pisó a fondo el acelerador, como hacía siempre.

Jim me rodeó con el brazo y los miramos alejarse por la calle, dirigiéndose hacia el campo abierto como una pareja de caballos a medio domar.

EL BICHITO

Epílogo

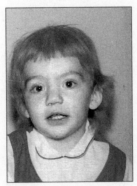

Jeannette Walls a los dos años

J IM Y YO SEGUIMOS VIVIENDO EN HORSE MESA. Jim se estaba haciendo mayor y pronto se jubiló, aunque se mantenía ocupado ejerciendo como alcalde no oficial de nuestro pequeño campamento —soltándole un sermón al hijo díscolo de un vecino, ayudando a otro vecino a reparar el techo de su casa o a limpiar el carburador de un motor—. Yo seguí enseñando. Al igual que Jim, no iba a quedarme sin hacer nada con los pies apoyados en la barandilla del porche. Al contrario, saber que mis alumnos me esperaban hacía que me despertara todas las mañanas ansiosa por ir a la escuela.

El Pequeño Jim y Diane se instalaron en un pulcro rancho en los suburbios de Phoenix y tuvieron dos hijos. Su vida parecía bastante estable. Rex y Rosemary, mientras tanto, andaban a la deriva por el desierto; Rex aceptaba trabajos eventuales y se ocupaba de sus variados y disparatados proyectos, bebiendo cerveza y fumando cigarrillos mientras dibujaba planos de máquinas para minas de oro y gigantescos paneles para aprovechar la energía solar. Rosemary pintaba como una posesa, pero empezó a parir hijos a diestro y siniestro, y cada vez que nos visitaban —un par de veces al año, y se quedaban hasta que Rex y yo empezábamos a gritarnos y estábamos a punto de enzarzarnos a golpes— o bien estaban esperando otro más o Rosemary estaba amamantando al que acababa de traer al mundo.

Los dos primeros bebés de Rosemary fueron niñas, aunque la muerte súbita se llevó a la segunda antes de que cumpliera un año. La tercera también fue una niña. Rex y Rosemary estaban viviendo en Phoenix cuando nació, en nuestra casa de la calle 3 Norte, pero no tenían dinero para pagar la factura del hospital, así que tuve que extenderles un cheque —acompañado por unas cuantas palabras que le solté al condenado Rex—. Rosemary le puso el nombre de Jeannette a la niña y, probablemente todavía bajo la influencia de su antigua profesora de pintura, la inscribió con dos enes, tal como hacen los franceses.

Jeannette no era una belleza despampanante —y agradecí al cielo que así fuera—, y tenía una incipiente pelambrera de color zanahoria y un cuerpo tan largo y escuálido que cuando la gente la veía acostada en su cochecito le decía a Rosemary que alimentara mejor a su bebé. Pero tenía unos ojos verdes simpáticos y un atisbo de mandíbula cuadrada y fuerte igual que la mía, y desde el mismo instante de su nacimiento sentí una poderosa conexión con la niña. Me di cuenta de que tenía una personalidad tenaz. Cuando yo la cogía en brazos y extendía un dedo, el bichito lo agarraba y lo retenía como si nunca lo fuera a soltar.

Con la forma de vida que habían elegido Rex y Rosemary, que no tenía visos de cambiar, a aquellos niños les esperaban tiempos duros. Pero salieron de buena madera, y supuse que serían capaces de jugar las cartas que les habían tocado. Además, yo no los dejaría. ¡Por todos los demonios, Rex y Rosemary no me impedirían actuar si se trataba de mis propios nietos! Tenía algunas cosas que enseñarles a esos niños, y nadie sobre esta tierra sería capaz de detenerme.

Nota de la autora

El objetivo original de este libro era hablar de la niñez de mi madre, y de cómo se crió en un rancho de ganado de setenta mil hectáreas en Arizona. Sin embargo, cuando hablaba con mi madre sobre esos años, siempre insistía en que era mi abuela la que había tenido una vida verdaderamente interesante, y decía que el libro debía tener a Lily como protagonista.

Mi abuela era —y lo digo con el máximo respeto— todo un personaje. Sin embargo al principio me resistí a escribir sobre ella. A pesar de que habíamos estado cerca cuando era una niña, murió cuando yo tenía ocho años, y casi todo lo que sabía de ella era de segunda mano.

A pesar de todo, había estado oyendo historias sobre Lily Casey Smith toda mi vida, relatos que ella le había contado muchas veces a mi madre, quien me los repitió a mí. Lily era una mujer llena de vida, una maestra apasionada y una gran conversadora que explicaba con gran detalle lo que le había sucedido, por qué había sucedido, qué había hecho ella al respecto y qué había aprendido de ello, todo con la idea de dar lecciones de vida a mi madre. Mi madre —que a duras penas puede recordar mi número de teléfono— tiene una asombrosa memoria para los detalles referentes a sus padres y abuelos, así como un sorprendente conocimiento de la historia y la geología de Arizona. Jamás me ha contado nada sobre la tribu havasupai, el Mogollon Rim, la gran mortandad de ganado o la doma de caballos que yo no haya podido confirmar.

Mientras entrevistaba a mi madre y a otros miembros de la familia, me topé con un par de libros sobre su abuelo paterno y su bisabuelo materno que confirmaron algunos de los relatos familiares: *Major Lot Smith, Mormon Raider* (*El mayor Lot Smith, asaltante de mormones*), de Ivan Barrett, y *Robert Casey and the Ranch on the Rio Hondo* (*Robert Casey y el rancho de río Hondo*), de James Shinkle.

Aunque estos libros corroboraban ciertos acontecimientos, como el asesinato de Robert Casey y la enemistad entre sus hijos a causa de la herencia, contradicen otros. Shinkle señalaba que cuando estaba investigando para escribir su libro se topó con versiones contradictorias de los acontecimientos y no había conseguido llegar en todos los casos a dilucidar exactamente la verdad. Al contar la historia de mi abuela, en ningún momento he aspirado a esa clase de exactitud histórica. Concebí este libro más en el sentido de una historia oral, de volver a contar relatos transmitidos en la familia de generación en generación, tarea que he emprendido tomándome la habitual libertad del narrador de relatos.

He escrito la historia en primera persona porque quería captar la voz característica de Lily, que recuerdo claramente. Cuando escribía no pensaba en el libro como

una obra de ficción. Lily Casey Smith fue una mujer muy
real, y decir que yo la creé a ella o inventé los acontecimientos de su vida sería adjudicarme mayor mérito del
que me corresponde. De todas maneras, puesto que no
dispongo de las palabras de la propia Lily, y como también he utilizado mi imaginación para rellenar los detalles nebulosos o que me faltaban —y he cambiado unos
cuantos nombres para proteger la privacidad de algunas
personas—, lo más sincero a la hora de definir este libro
es decir que se trata de una «novela».

Suma de Letras es un sello editorial del Grupo Santillana

www.sumadeletras.com

Argentina
Avda. Leandro N. Alem, 720
C 1001 AAP Buenos Aires
Tel. (54 114) 119 50 00
Fax (54 114) 912 74 40

Bolivia
Avda. Arce, 2333
La Paz
Tel. (591 2) 44 11 22
Fax (591 2) 44 22 08

Chile
Dr. Aníbal Ariztía, 1444
Providencia
Santiago de Chile
Tel. (56 2) 384 30 00
Fax (56 2) 384 30 60

Colombia
Calle 80, 10-23
Bogotá
Tel. (57 1) 635 12 00
Fax (57 1) 236 93 82

Costa Rica
La Uruca
Del Edificio de Aviación Civil 200 m al Oeste
San José de Costa Rica
Tel. (506) 22 20 42 42 y 25 20 05 05
Fax (506) 22 20 13 20

Ecuador
Avda. Eloy Alfaro, 33-3470 y Avda. 6 de
Diciembre
Quito
Tel. (593 2) 244 66 56 y 244 21 54
Fax (593 2) 244 87 91

El Salvador
Siemens, 51
Zona Industrial Santa Elena
Antiguo Cuscatlan - La Libertad
Tel. (503) 2 505 89 y 2 289 89 20
Fax (503) 2 278 60 66

España
Torrelaguna, 60
28043 Madrid
Tel. (34 91) 744 90 60
Fax (34 91) 744 92 24

Estados Unidos
2023 N.W 84th Avenue
Doral, FL 33122
Tel. (1 305) 591 95 22 y 591 22 32
Fax (1 305) 591 74 73

Guatemala
7ª Avda. 11-11
Zona 9
Guatemala C.A.
Tel. (502) 24 29 43 00
Fax (502) 24 29 43 43

Honduras
Colonia Tepeyac Contigua a Banco Cuscatlan
Boulevard Juan Pablo, frente al Templo
Adventista 7º Día, Casa 1626
Tegucigalpa
Tel. (504) 239 98 84

México
Avda. Universidad, 767
Colonia del Valle
03100 México D.F.
Tel. (52 5) 554 20 75 30
Fax (52 5) 556 01 10 67

Panamá
Vía Transísmica, Urb. Industrial Orillac,
Calle Segunda, local 9
Ciudad de Panamá
Tel. (507) 261 29 95

Paraguay
Avda. Venezuela, 276,
entre Mariscal López y España
Asunción
Tel./fax (595 21) 213 294 y 214 983

Perú
Avda. Primavera, 2160
Surco
Lima 33
Tel. (51 1) 313 40 00
Fax. (51 1) 313 40 01

Puerto Rico
Avda. Roosevelt, 1506
Guaynabo 00968
Puerto Rico
Tel. (1 787) 781 98 00
Fax (1 787) 782 61 49

República Dominicana
Juan Sánchez Ramírez, 9
Gazcue
Santo Domingo R.D.
Tel. (1809) 682 13 82 y 221 08 70
Fax (1809) 689 10 22

Uruguay
Juan Manuel Blanes, 1132
11200 Montevideo
Tel. (598 2) 402 73 42 y 402 72 71
Fax (598 2) 401 51 86

Venezuela
Avda. Rómulo Gallegos
Edificio Zulia, 1º - Sector Monte Cristo
Boleita Norte
Caracas
Tel. (58 212) 235 30 33
Fax (58 212) 239 10 51